TATJANA KRUSE
Achtung: Wuchtbrumme

Buch

Die Wuchtbrumme schlägt wieder zu! Die Wuchtbrumme ist eine Single-Frau der Neunziger, ein toughes Alt-Girlie, das den gängigen Idealen holder Weiblichkeit in keiner Weise entspricht: Sie ist dick, vorlaut und politisch unkorrekt – Letzteres vor allem gegenüber Blondinen und Männern jedweder Couleur (»Wahre Gleichberechtigung herrscht erst an dem Tag, an dem die Slipeinlage für den Mann auf den Markt kommt!«). Von echten oder auch nur eingebildeten Katastrophen lässt sie sich nicht unterkriegen, sondern nimmt ihr Leben tatkräftig selbst in die Hand – und lässt dabei keinen Fettnapf aus. Unerschrocken, und meist ungefragt, macht sie sich daran, diese Welt in einen besseren Ort zu verwandeln. Kurz gesagt, die Wuchtbrumme steckt wohl in jeder Frau, doch spricht sie ohne mit der Wimper zu zucken aus, was andere nicht einmal zu denken wagen.

Autorin

Tatjana Kruse ist 1960 in Kirchheim/Teck geboren und in Schwäbisch Hall aufgewachsen. Seit 1995 veröffentlicht sie Kurzgeschichten und schreibt für verschiedene Zeitschriften. Neben einigen anderen Auszeichnungen erhielt sie 1996 den *Marlowe* der Raymond Chandler Gesellschaft für den besten deutschen Kurzkrimi. Tatjana Kruse ist Mitglied bei den *Sisters in Crime* und im *Syndikat* und lebt als Autorin und Literaturübersetzerin in Stuttgart.

Tatjana Kruse

Achtung: Wuchtbrumme

GOLDMANN

Die in diesem Band enthaltene Kurzgeschichte
»Homo homini lupus (*Der Mensch ist dem Menschen ein Wolf
oder: Wie entwerfe ich eine detektivische Handlung?*)«
ist erstmals 1998 in der Anthologie
Mordsgewichte, hrsg. von Anneli von Könemann, erschienen.

Umwelthinweis:
Alle bedruckten Materialien dieses Taschenbuches
sind chlorfrei und umweltschonend.

Originalausgabe September 2001
Copyright © 2001 by Wilhelm Goldmann Verlag, München,
in der Verlagsgruppe Random House GmbH
Umschlaggestaltung: Design Team München
Umschlagillustration: Creativ Pool / Yvonne Poepperl
Satz: DTP Service Apel, Hannover
Druck: Elsnerdruck, Berlin
Verlagsnummer: 44994
JE · Herstellung: Heidrun Nawrot
Made in Germany
ISBN 3-442-44994-4
www.goldmann-verlag.de

1 3 5 7 9 10 8 6 4 2

Inhalt

Oderint, dum metuant 9
    (*Mögen sie hassen, wenn sie nur fürchten ...*
    oder: Mit mir verscherzt man es sich besser nicht!)

Ad es tempit 12
    (*Auch das geht vorüber ...* oder: Trau keinem
    Friesen fern der Heimat!)

Tertius gaudens 25
    (*Der lachende Dritte ...* oder: E-Mails für alle!)

Ignoramus, ignorabimus 31
    (*Wir wissen es nicht und werden es nie wissen ...*
    oder: Das Schiff der Verdammten)

Fabrum esse sua quemque fortunae 43
    (*Jede ist ihres Glückes Schmied ...* oder: Wie
    man ein Auslaufmodell von Lover loswird)

Inquietum est cor nostrum 51
    (*Unruhig ist unser Herz ...* und das hat nix mit
    koffeininduzierten Herzrhythmusstörungen zu tun)

Credo quia absurdum 60
    (*Ich glaube, gerade weil es widersinnig ist ...*
    oder: Der Blick in die Zukunft für nur
    dreineunundneunzig pro Minute ...)

Horror vacui 68
   (*Grauen vor der Leere* ... ob im Magen oder
   im Hirn)

Fama crescit eundo 78
   (*Das Gerücht wächst, indem es sich verbreitet* ...
   oder: von Klatschtanten und Lästermäulern
   und ihrer gerechten Strafe)

Displicuit nasus suus 87
   (*Es missfiel seine Nase* ... oder: Mir deucht, ich
   stehe einem Killer gegenüber!)

Turbantibus aequora ventis 94
   (*Bei Wogen aufwühlenden Winden* ... oder:
   Wenn eine eine Kreuzfahrt wagt, dann kann sie
   was erleben)

Nescis, quid vesper serus vehat 111
   (*Du weißt nicht, was der späte Abend bringt* ...
   oder: Der Schröcken von Graiffenstein)

Curricula Vitae 123
   (*Lebensläufe* ... oder: Wie einer jeden von uns
   das Karma im Nacken sitzt)

Lux lucet in tenebris 137
   (*Das Licht leuchtet in der Dunkelheit* ...
   oder: Ich seh mal wieder schwarz!)

Homo homini lupus 150
   (*Der Mensch ist dem Menschen ein Wolf* ...
   oder: Wie entwerfe ich eine detektivische
   Handlung?)

Nunc est scribendum 160
   (*Jetzt muss geschrieben werden* ...
   oder: Sauerland bei Nacht [Untertitel: Die heißen
   Sauerländer brauchen keinen Vergleich zu
   scheuen!])

Sub omni canone 171
    (Was so viel heißt wie *unter aller Kanone* und
    trefflich meinen Beitrag zur Auflösung der
    berühmten Stuttgarter KritikerInnenmorde
    beschreibt ...)

Verba sequentur 187
    (*Die Worte werden sich schon einstellen* oder:
    Unsere Daily-Talk-Show gib uns heute!)

Nuda Veritas 200
    (*Die nackte Wahrheit* ... oder: Die Werbung lügt
    nicht)

Cave Canem 205
    (*Vor Wadenbeißern wird gewarnt* ... oder:
    Der Hund von Bubenorbis ...)

In hoc signo vinces 221
    (*In diesem Zeichen siege* ... oder: Where no one
    went before!)

Dies miserabilis 233
(Oder für alle Nicht-LateinerInnen: *Ein
verdammt schlechter Tag* ...)

Danksagungen 238

Oderint, dum metuant

(Mögen sie hassen, wenn sie nur fürchten ...
oder: Mit mir verscherzt man es sich
besser nicht!)

Als er nur noch einen Meter entfernt lag, stieß ich zu. Nennen Sie es Verteidigung territorialer Besitzansprüche oder schimpfen Sie es Männerhass, aber wenn ich meinen Arm ausstrecke, muss ich Rasen fühlen können, keinen aufgeblasenen Dauerlächler im Pantermustertanga.

Der Platz unter der einsamen Linde auf der hinteren Liegewiese des Killesberg-Freibades gehört mir. Immer schon. Dieses Recht habe ich anlässlich meines vierten Lebensjahres erworben, als ich an ebendieser Stelle fünf Minuten dauerstrullte. Wenn ich damals schon hätte schreiben können, hätte ich meinen Namen in den Boden gepinkelt. So wurde es nur eine runde Stelle, auf der nie wieder etwas wuchs: mein persönlicher Liegeplatz.

In den über dreißig Jahren, die seitdem verstrichen sind, hat es nur selten jemand gewagt, mir diesen Platz streitig zu machen. Und keiner hat es je ein zweites Mal versucht ...

Na ja, das stimmt nicht ganz – *er* schon. Er tauchte an einem sonnigen Sonntagnachmittag auf und ließ sich keine drei Meter von mir entfernt nieder. Ich will ja gern zugeben, dass er sich ruhig verhielt, mich nicht anmachte und auch nicht das übliche nervige Fehlverhalten gockelhafter Typen aufwies: Er gab keine obszönen Geräusche in den unteren Körperregionen von sich, und er schnippste auch kein Ohrenschmalz zu mir rüber. Was soll's, dachte ich in einem Anflug völlig untypischer Großherzigkeit, lass ihn da liegen.

Aber schon am nächsten Samstag war er wieder da. Jemand anderes hätte vielleicht Stein und Bein geschworen, dass es immer noch drei Meter bis zu meinem Stammplatz waren, aber ich wusste: Es waren nur zwei Meter neunzig! Ich funkelte ihn böse an, aber er rührte sich nicht, ignorierte mich einfach, als gäbe es mich gar nicht. Spätestens da hätte ich etwas sagen müssen, aber ich verpasste die Gelegenheit, und dann war es zu spät.

Am darauf folgenden Sonntag war er bis auf zwei Meter zu mir herübergerutscht. »Verdufte!«, fauchte ich, aber meine Warnung prallte an ihm ab wie ein Regentropfen an einer Brillantinefrisur. Aus den Augenwinkeln sah ich sein dreckiges Grinsen.

In der Woche darauf waren die Schulferien zu Ende. Ich hoffte, dass er damit auf Nimmerwiedersehen aus meinem Leben verschwinden würde, aber dem war nicht so. Als ich am Samstagnachmittag nach einem kurzen Nickerchen aufwachte, lag er keine zwei Meter entfernt neben mir.

»Das ist deine letzte Warnung, Alter. Zwing mich nicht, handgreiflich zu werden!« Ich spuckte neben ihm aus, als ich mich auf den Weg zum Sprungturm machte. Nach einem Doppelachsel vom Zehnmeterbrett (vor meinem inneren Auge) und einem *Magnum* am Eisstand (realiter) war er verschwunden. Doch nur bis Sonntag.

Und Sonntag kochte der Brei über. Er nahm eine kleine Windböe zum Anlass, mir bis auf einen Meter auf die Pelle zu rücken. Und da reichte es mir: Ich zog mein Schweizer Messer aus der Handtuchrolle und stieß zu!

Mit einem lauten »ffffttttt« entwich die Luft binnen weniger Sekunden, wobei er in hohem Bogen an der Linde vorbei in Richtung Nichtschwimmerbecken flog.

Endlich Ruhe!

Ad es tempit

(Auch das geht vorüber ...
oder: Trau keinem Friesen fern der Heimat!)

»Wennste da hingehst, biste selbst schuld«, erklärte Sophie, ihres Zeichens meine beste Freundin, und damit war die Sache für sie erledigt.

Für mich natürlich nicht. Ich litt Entscheidungsqualen. Sollte ich als Überraschungsgast auf der Geburtstagsparty meiner seit über zwanzig Jahren verschollenen Grundschulfreundin Freia aus der Torte springen oder nicht?

Na ja, aus der Torte springen hatte Freias Gatte Günter nicht explizit verlangt. In der Kunst- und Kulinariagalerie *Leer* war eine Party im engsten Freundeskreis mit Musik und Spezialitäten aus Freias ostfriesischer Heimat geplant. Ich sollte in einem Nebenraum auf mein Stichwort warten, dann die Tür aufreißen und die zu Tränen gerührte Freia in meine Arme schließen. Zur Belohnung sollte ich das Riesenbuffet plündern dürfen. Für mich klang das nach einem guten Deal. Sophie sah das anders.

»Kannst du dich an diese Freia überhaupt noch erinnern? Wenn ihr euch über zwanzig Jahre lang nicht gesehen und jeden Kontakt gemieden habt, warum dann jetzt eine plötzliche Verschwesterung? Die will dich doch nur ihren Freunden vorführen, weil du durch deine Mega-Neugier für alles Kriminelle in letzter Zeit des Öfteren in der Zeitung erwähnt worden bist. Also, mir wäre so eine Freakshow peinlich.«

Ich wägte ihre Worte gegen den Gedanken an lecker Labskaus ab – und die Entscheidung war getroffen.

Der große Abend kam, und ich eilte – meinen göttlichen Venus-von-Willendorf-Körper bis zur Unkenntlichkeit aufgebrezelt – zur Galeria *Leer*. Die lag zwar gar nicht so weit von meinem Wohnklo in Stuttgarts City entfernt, aber in Riemchenpumps und einem zu kleinen, knöchellangen, knallroten Slinkykleid lässt es sich irgendwie nicht frei ausschreiten. Bis ich im Herderweg ankam, war ich schweißgebadet und roch nicht nur nach *Les Must* von Cartier, sondern auch wie ein Iltis. Vielleicht begrüßte mich der Mastiff der Galeriebesitzerin deswegen so überschwänglich. Egal, die beiden Pfotenabdrücke aus dunkelblauer Farbe auf meiner Brust sahen irgendwie avantgardistisch aus.

Günter hatte mich angehalten, nur ja an der Küchentür zu klingeln, damit Freias Freundeskreis mich nicht zur Unzeit entdeckte und dem Geburtstagskind verräterische Hinweise geben konnte. Die Galeristin, die gleichzeitig als Meisterköchin fungierte, ganz in Schwarz mit asymmetrischer Strähnchenfrisur und Designerschürze, musterte mich mit ungnädigem Blick und verweigerte mir den Eintritt in ihr Allerheiligstes.

»Sie können in meinem Atelier auf die Herrschaften warten, die sich um Sie kümmern sollen. Da vor und dann links, die Tür ist nur angelehnt.«

Die Wegbeschreibung war akkurat, doch als wollte er jedweden möglichen Zweifel ausräumen, schob mich der Mastiff mit vor Begeisterung rotierendem Schwanz in die richtige Richtung. Ich durfte getrost davon ausgehen, dass jetzt auch meinen Hintern zwei Pfotenabdrücke zierten.

Das Atelier war ein lichter Glaskasten, in dem das Chaos tobte. Das Chaos und die Kälte – es war der kälteste Sommer seit Menschengedenken, manche Leute hatten schon ihre Heizung angeworfen, und meine Mutter hatte mir einen selbst gestrickten Pulli in einem Care-Paket geschickt, so a … kalt war es. Göttinseidank war es aber auch trocken, und überall, wo in dem schmuddeligen Glasdach Lücken klafften, konnte man den überwältigenden Sternenhimmel bewundern. Ich konnte förmlich zusehen, wie meine Körperwärme im wahrsten Sinn des Wortes »abdampfte«. Aber na ja, ich war der erste Programmpunkt, lange konnte meine Eiszeit folglich nicht dauern.

Zuerst gestaltete sich meine Wartezeit abwechslungsreich. Es lagen Apothekenrechnungen und private Liebesbriefe herum, und ohne meine Fingerabdrücke zu hinterlassen, tauchte ich in das Leben der Galeristin ein. Dann studierte ich die diversen Buchrücken in den Regalen, nur Werke, die entweder zu den Klassikern zählten oder irgendwann mal auf der *Spiegel*-Bestsellerliste gestanden hatten. Zuletzt betrachtete ich die unzähligen Aquarelle, mit denen der Boden des Ateliers zugemüllt war. Ein übles Geschmiere in düsteren Endzeitfarben – also wahrscheinlich hohe Kunst.

Die Stunden verrannen. Möglich, dass es sich nur um Minuten handelte, aber das Lächeln der Vorfreude, das mein Magen meinem Gesicht aufgezwungen hatte, war bereits für die Nachwelt in meinen Zügen eingefroren.

Dann die Erlösung – die Verbindungstür zur Galerie ging auf, und ein Endvierziger mit Vollbart schlich sich herein.

»Hallo, ich bin der Gandolf. Schön, dich kennen zu lernen. Ahem … also, das dauert jetzt noch ein wenig, aber du hast ja genug zu lesen, wie ich gerade sehe. Willst du ein Glas Prosecco? Warte, ich hol dir eins.«

Schwupps, war er wieder weg.

Ich wollte »Nein, mir ist schrecklich kalt, ich hätte lieber einen Tee« rufen, aber mein Gesicht war zur Eismaske erstarrt. Die Fortbewegung war auch nur noch grobmotorisch möglich, und als ich – wie Frankensteins Monster kurz nach seiner Erschaffung – endlich torkelnd zur Verbindungstür kam, war diese schon zugefallen. Selbstredend ließ sie sich nur von der anderen Seite öffnen.

Kurz hegte ich die Hoffnung, dass der Prosecco vielleicht vom Herumstehen schon warm geworden wäre und mir wenigstens die Speiseröhre wieder auftauen könnte, aber diese Überlegung erwies sich als hinfällig, alldieweil Gandolf mich vergessen hatte.

»Und hier ist sie: Deine alte Grundschulfreundin!«

Die Tür wurde aufgerissen. Jemand schälte mich unsanft aus meinem Mantel und schubste mich in die Galerie. Ich streckte die Arme aus und sah mich suchend um, aber keine der anwesenden schwarz gekleideten Damen gab sich als meine alte Freundin Freia zu erkennen. Wie ein Kreisel drehte ich mich ungelenk und lächelte blöd.

»Du hast dich aber verändert!«, hörte ich da plötzlich ein Piepsestimmchen, das ungefähr aus Kniehöhe zu mir heraufdrang. Ich senkte den Kopf.

Freia!

Als sich unsere Wege nach der vierten Grundschulklasse trennten, war Freia eine winzige, grazile, sylphisch aussehende Blondine mit großen Ohren gewesen. Ich auch. Heute war Freia immer noch eine winzige, grazile, blonde Sylphe, deren Ohren aber mittlerweile unter der schweineteuer wirkenden Frisur eines Trendfriseurs versteckt waren, und die nach zu viel Pariser Parfüm roch. Ich dagegen war zur mächtigen Walküre gereift und schnipselte an meinen Wallelocken aus Ersparnisgründen immer selbst herum, was man nicht merkt, wenn ich die Haare so wie an diesem Abend hochstecke (das rede ich mir zumindest ein). Was uns noch verband, war der Umstand, dass auch ich nach zu viel Pariser Parfüm roch.

Eine Umarmung kam nicht zu Stande – Freia hätte mit ihren zarten Ärmchen ohnehin maximal meine linke Wade umfassen können, und ich war immer noch gefriergetrocknet. Alles in allem ein peinlicher Moment, wie ihn nur das Leben schreibt.

Freias Gatte schob mich enttäuscht in Richtung Flügel. Er hatte wohl Tränen der Rührung und ein bewegt applaudierendes Publikum wie in *Lass dich überraschen* erwartet, aber der einzig Gerührte war der Mastiff, der mich (beziehungsweise seine Pfotenabdrücke) wiedererkannte und mir laut schnaufend unsittlich im Schritt schnüffelte.

Ein Ende der Unsäglichkeiten war noch lange nicht abzusehen. Erst gab es Bescherung: Günter beglückte seine Freia mit einem riesigen Ring, der an Geschmacklosigkeit nicht zu überbieten war. Zuletzt hatte zweifelsohne Lukrezia Borgia so ein Teil in der Öffentlichkeit getragen. Freia schien aber offenbar auf derlei Bombasto-Schmuck zu stehen, denn sie trug bereits ähnliche Hämmer an den Fingern. Dann überreichten Gandolf samt Gattin ein Jahresabo für die Stuttgarter Oper und die anderen Freunde überschütteten sie mit Champagner, Jahrgangsessig aus der Toskana, Reich-Ranickis Autobiografie, von ihm selbst hochgelobt, und diverse Alessi-Küchengerätschaften.

Die Krönung kam eine halbe Stunde später, als auch das letzte Präsent ausgepackt und der Geschenkpapierberg höher als die Jubilarin war: Günter hatte einen Tenor aus Cuxhaven einfliegen lassen, der keine zwei Meter neben mir ostfriesische Volkslieder in mein bis dahin gutes Ohr schmetterte. Zugegeben, schöne Lieder, schöne Stimme, aber er sang etwas feucht, und jedes Mal, wenn er sich zu mir drehte, regnete es Schleimtropfen, die durch den Stoff meines Slinkykleides sickerten. Außerdem lief sein haarloser Kopf von Lied zu Lied immer krebsroter an – bestimmt würde er gleich platzen.

Ich versuchte mich dadurch abzulenken, dass ich die Anwesenden begutachtete. Das Gros der Männer trug *Hugo Boss* oder *Armani* und blickte kultiviert drein. Aber ich kenne meine Pappenheimer: Alles *Viagra*-Kunden und Stehpinkler, die auf Akademiker machen, aber *GEO* nur wegen der Nacktfotos von afrikanischen Gorillas lesen.

Die Damen waren durch die Bank knochig und täuschten im Bett zweifelsohne regelmäßig Migräne vor. Es handelte sich entweder um exzellent gelifte Erstpartnerinnen oder frisch auspubertierte Zweitfrauen.

Die lästerliche Blickinspektion beruhte auf Gegenseitigkeit. Zwar hätten wohl viele Männer gern mit dem Mastiff getauscht, der immer noch beseelt schnüffelte, aber die Frauen signalisierten mir, dass sie mich für einen Rollmops im Stützkorsett mit Achselgestrüpp und Cellulitis hielten. Typische Igittigittblicke von nicht berufstätigen Managerfrauen, die keine anderen Sorgen haben, als ihre Bulimie zur Perfektion zu treiben.

Apropos Rollmops – wo war das Buffet?

Der plötzlich einsetzende rauschende Applaus lenkte mich kurzzeitig ab.

Günter hob die Arme. »Vielen lieben Dank an den Maestro« – tosender Beifall – »und an Hans-Otto am Flügel, die uns die Klänge der Heimat so nahe gebracht haben. Liebe Freunde, ich darf euch versprechen, dass wir von diesem Ohrenschmaus am heutigen Abend noch kosten werden. Doch jetzt möchte ich das Buffet eröffnen. Langt kräftig zu!«

»So, Sie sind also eine alte Schulfreundin unserer Freia.«

Die Schwarzgekittelten inklusive Freia waren mir anstellmäßig zuvorgekommen. Ich sog zwar mit geblähten Nüstern den Duft meines heiß geliebten Labskaus ein, aber von meiner ungünstigen Position neben dem Flügel war ein sofortiges Vordringen zum Buffet am anderen Ende des Raumes nicht möglich gewesen. Also smalltalkte ich notgedrungen mit der Brillenträgerin vor mir.

»Sie sind aber nicht aus Friesland?« Keine Frage, eher eine Feststellung. Zwischen ihren Worten ließ die Brillenträgerin durchblicken, dass so etwas wie ich im hohen Norden nur durch missglückte Genmanipulation oder wildwuchernde Mutation des Erbmaterials entstehen konnte.

»Nein, ich komme aus Schwäbisch Hall. Als Freias Vater seine Arbeit als Torfstecher verlor, zog er in den Süden. Freia und ich wurden zusammen eingeschult, und in den Ferien durfte ich immer mit zu ihrer Großmutter.«

»Ich wusste gar nicht, dass Freia aus einer Torfstecherfamilie kommt.«

Das konnte auch niemand wissen, ich hatte es soeben erfunden.

»Nun, meine Familie war immer schon im ostfriesischen Bierbraugewerbe.«

»Ach ja«, erkundigte ich mich freundlich. »Welche Marke?«

Auf diese Weise als Ignorantin geoutet, verlor ich augenblicklich meine Ansprechpartnerin.

Die Schlange zum Buffet schlängelte sich vom Flügel aus gute zehn Meter. Nach sensationellen neun Metern dreiunddreißig – vor mir nur noch Gandolf, ich konnte schon einen ersten Blick auf die Hundertwasserteller und das Platinbesteck werfen – plingte plötzlich ein Löffel gegen ein Glas, und das allgemeine Murmeln erstarb.

»Liebe Freunde, bitte setzt euch doch.«

Da hatte ich mich ja wohl verhört.

Aber Günter blieb unerbittlich. Alle setzten sich. Folglich auch ich. »Unser Freund Gandolf hat meiner lieben Freia zu ihrem Ehrentag eine Ode geschrieben.«

»Ahs« und »Ohs« aus dem Publikum. Nur mein Magen knurrte ein deutlich hörbares »Grmpf!«

Gandolf trat neben den Flügel, ein zartes Jungmädchenrosa auf den Wangen. Er knitterte ein Blatt Papier aus der Hosentasche, räusperte sich und hub rezitativ an:

*Innerlich müde erwacht an ihrem Ehrentage
die Frau und blickt in den Spiegel.
Bleich und faltig, keine Frage,
doch tief in ihrem Herzen jung geblieben.
Sie seufzt und schaut ein letztes Mal
auf ihre Hängebacken,
doch weiß sie und glaubt fest daran,
mein neues Lebensjahr, ich kann es packen!
Meine Familie liebt mich, nur das allein zählt,
ich habe für mein Dasein den richtigen Weg gewählt!
Das Leben geht weiter, egal wie alt man ist,
nur die Persönlichkeit wirklich wichtig ist!*

Nun gut, dass es sich stockend bis gar nicht reimte und allen echten Oden Hohn sprach, damit konnte ich ja leben. Aber was wollte uns der Autor damit sagen? In mir erstarrte alles. Wäre ich Freia gewesen, ich hätte ihm meinen fruchtig-blumigen Dautel-Chardonnay, Jahrgang '98, ins bärtige Gesicht gekippt.

Doch Freia erhob sich mit einem feinen Lächeln –

Schmunzeln, trotz Runzeln – und nahm unter dem rauschenden Beifall der versammelten Hofschranzenclique den triumphierend strahlenden Hobbydichter fest in ihre Arme.

Fein, dachte ich, offenbar bin ich die Einzige, in der die Empörung köchelt. Außerdem handelt es sich nicht um einen großen zeitgenössischen Lyriker, sondern nur um einen engen Freund der Familie, der ja wohl weiß, was er seinen Lieben zumuten darf.

Während die anderen Gäste sich jubelnd um den Dichter scharten, eilte ich endlich zum Buffet. Wie zu erwarten, war das Beste schon weg – weit und breit kein Lachs, kein Kaviar, kein Meeresfrüchtesalat. Nur noch klägliche Labskausreste und ein paar Scheiben Brot. Ich sehnte mich nach meinem Bequemsessel und meiner Schuhschachtel mit den aktuellen Flyern der Bringdienste. Hier fühlte ich mich fremd, ausgegrenzt und unterernährt.

Doch immer, wenn man denkt, schlimmer kann's nicht mehr kommen, kommt es schlimmer.

Ich hatte mich gerade mit meinem Teller (eine halbe Schöpfkelle Labskaus, drei Scheiben Vollkornbrot, ein Strang Petersiliendeko) ans leere Ende eines Tisches gesetzt, der Tenor hub zu einer neuen Runde mit friesischem Liedgut an, als Gandolf, der schwäbische Troubadix, in die Raumesmitte torkelte. Erst dachte ich ja, er wolle das Lied von dem Fischer, der in einem bösen Sturm erkennt, dass er seine Liebste nie wieder in die Arme schließen wird, pantomimisch nachgestalten, aber dann wurde doch recht schnell klar, dass hier ein Mensch seine letzten Atemzüge röchelte.

Und schwupps war er tot.

»Er ist erstickt. An einer Garnele. Gar keine Frage.«

So lautete das einhellige Urteil. Natürlich sah ich klarer: Mir hatte auch schon mal ein Meerestier im Schlund gesteckt – das löste zwar wildes Zucken und aus den Höhlen tretende Augäpfel aus, aber kein schweres Nasenbluten, Durchfall, Erbrechen, übermäßige Speichelbildung und Herzrhythmusstörungen. Gar keine Frage: Der Mann war vergiftet worden.

Der herbeigerufene Notarzt schloss sich meiner Meinung an. Wobei ich vielleicht hinzufügen sollte, dass ich besagte Meinung nicht laut kundtat. Ich war hier nur Gast.

Dieser Umstand hielt die Polizei jedoch nicht davon ab, mich in den Kreis der Verdächtigen zu integrieren.

Den Kommissar erkannte ich schon, da hatte er sein Dienstfahrzeug mit dem Stern auf der Haube noch gar nicht verlassen. Sein Duft – konzentrierter Versagerschweiß mit einem Hauch von animalischem Achselgeruch – waberte bereits in die Galerie.

Er erkannte mich ebenfalls auf Anhieb. »Sieh an, wen wir hier haben. Sie gibt es also immer noch.«

Ich nickte betont blasiert. »Und, Herr Kommissar? Immer noch nicht befördert?«

Womit mein Schicksal besiegelt war: Ich wurde als Letzte vernommen.

Die Wartezeit im Sammellager versüßten mir Jo und Frank, zwei schnuckelige Kerlchen, so richtig zum Reinbeißen. Ich balzte auf Teufel komm raus und wähnte mich im Glück wie ein Pfund Hackbraten zwischen zwei leckeren Toastscheiben, bis sich gegen Mitternacht – wir drei waren die Letzten, deren Aussagen protokolliert wurden – herausstellte, dass meine Bemühungen fruchtlos bleiben würden. Lag es an den drei Glas Chardonnay oder an meiner angeborenen Begriffsstutzigkeit, dass ich erst kapierte, es mit einem schwulen Pärchen zu tun zu haben, als Frank Jo, der zuerst hinausgerufen wurde, zum Abschied leidenschaftlich küsste?

Als ich endlich an die Reihe kam, wähnte ich in der Ferne schon einen Hahnenschrei zu hören. Ein kurzer Blick in den Taschenspiegel zeigte, dass sich meine Mascara großflächig auf dem ganzen Gesicht verteilt hatte und die Ringe unter meinen Augen bis zu meinem Doppelkinn reichten. Außerdem hatte ich seit Stunden nichts gegessen. Kurz gesagt: Ich war unleidlich.

Der Kommissar aber auch. »Hören Sie, wenn Sie dieses Mal auch schon wieder ahnen, wer es war, dann sagen Sie es gleich und ermitteln Sie nicht wieder auf eigene Faust!« Offenbar trug er mir immer noch nach, dass ich ihm bei unserer ersten Begegnung – damals ging es um eine tote Blondine unter der Dusche – die Ermittlungen nicht gerade leicht gemacht hatte.

»Ich weiß ja nicht mal, wie er zu Tode kam«, rotzte ich zurück.

Wir musterten uns wie Stier und Torero. Fragte sich nur, wer der Stier war und wer der Torero.

»Gandolf Erdinger wurde vergiftet. Wir wissen noch nicht genau, wie, aber wir wissen, wodurch: Malathion. Ein farbloses Gift, das extrem schnell wirken kann, jedoch einen ganz eigenen Geruch hat. Eigenartig, dass er das beim Essen nicht herausgeschmeckt hat.«

Essen? An diesem Abend hatten zwei Personen nichts gegessen – die eine war ich, die andere der Tote.

In diesem Moment ward mir Erleuchtung zuteil.

Jetzt war auch klar, wer in unserer kleinen Kraftprobe die undankbare Rolle des Stieres innehaben würde: *Natürellement* der Herr Kommissar.

Am nächsten Tag wurde ich gegen acht Uhr früh, nach knapp drei Stunden Schlaf, aus dem Bett geklingelt. Wer außer Sophie würde es wagen?

»Und? Wie war's?«

»Ja, ganz nett, nicht so der Brüller, aber nachdem ich der Polizei wieder einmal erzählen konnte, wer den Toten auf dem Gewissen hatte, verzeichne ich die Party doch als Erfolg.«

»Was für ein Toter? Schon wieder eine Leiche?«

»Bitte, Sophie, andere Frauen geraten immer an den falschen Mann oder haben ständig Grippe. Ich stolpere eben dauernd über Leichen – das ist mein Karma.«

Sophie schnaubte. »Langsam habe ich das Gefühl, dass das alles nichts mehr mit Zufall zu tun hat.«

»Im Leben gibt es keine Zufälle«, dozierte ich.

»Dich kann man nicht begreifen«, seufzte Sophie, »nur befürchten.«

»Klingelst du mich deshalb aus dem Bett: Um mich zu beleidigen?«

»Yep, das ist mein schönstes Hobby.«

Ich erzählte ihr dann doch noch, was sich in der Galeria *Leer* zugetragen hatte. Dass Gandolf – der, wie sich herausstellte, seit Jahren der Geliebte von Freia gewesen war, sich nun aber, aus vermeintlich wieder entdeckter Loyalität zu seinem Freund, Freias Mann, wohl aber doch eher wegen der hageren Brünetten, an der er den ganzen Abend geklebt hatte (nicht seine Gattin, versteht sich), von ihr hatte trennen wollen – auf eine gänzlich mittelalterliche Weise vom Leben zum Tode gebracht worden war.

Einer von Freias Ringen war in der Tat und ungelogen ein alter Giftring mit ausfahrbarer Spitze. Nach der unselig-unsäglichen Ode hatte ihn Freia, lange geplant und nur auf den richtigen Moment wartend, vor unser aller Augen und mit einem Lächeln im Gesicht zu Tode umarmt.

Meine Göttin, was für ein Abgang für einen Dichter!

Tertius gaudens

*(Der lachende Dritte ...
oder: E-Mails für alle!)*

Thema: Endlich vernetzt!
Datum: 2. Mai
Von: Cyberhexe
An: Cyberlöwin

Hai Sophie,
    wie konnte ich nur all die Jahre ohne Internetzugang leben?
    Jacques hat mir gestern alles installiert, und ich bin schon die halbe Nacht durchs Internet gesurft. Ich sage nur: Auf-re-gend!!!
    Das E-Mailen finde ich allerdings noch irgendwie kompliziert und wenig benutzerinnenfreundlich, aber die Mail-Adressen von meinen Stammtischfrauen, meinen wichtigsten Dienstleistern und natürlich von Dir habe ich schon in meinem E-Mail-Adressbuch gespeichert.
    Los, mail mir was zurück, damit ich sehe, ob es auch funktioniert!

Thema:	Willkommen in der Gegenwart
Datum:	2. Mai
Von:	Cyberlöwin
An:	Cyberhexe

Wurde ja auch höchste Zeit – Willkommen in der Gegenwart.

Und stell Dich nicht so an: Mailen ist easy!

Obwohl, Du hast Recht – ein Steinzeitmensch wie Du sollte dafür am besten Nachhilfe nehmen ... ;-)

Thema:	grrrrrr
Datum:	2. Mai
Von:	Cyberhexe
An:	Cyberlöwin

Klunte!

Thema:	grrrr
Datum:	2. Mai
Von:	Cyberlöwin
An:	Cyberhexe

Tussi!

Thema:	Pierce Brosnan
Datum:	3. Mai
Von:	Cyberhexe
An:	Cyberlöwin

Hai Sophie –

hast Du gestern Pierce Brosnan im Fernsehen gesehen? Die Szene mit ihm im klatschnassen T-Shirt? Seufz ...

Thema: Pierce Brosnan
Datum: 3. Mai
Von: Cyberlöwin
An: Cyberhexe

Iiiiiiii, nääääää – den könnte man mir nackt auf den Bauch binden, und es würde nix passieren. Was willste denn von so einem Schönling? Der ist doch total hohl in der Birne.

Thema: Männer
Datum: 3. Mai
Von: Cyberhexe
An: Cyberlöwin

Schnulli, es ist nicht die Birne von Pierce Brosnan, an der ich interessiert bin ...

Du bist eben schon viel zu lange im gut versorgten Hafen der Ehe, doch wenn mein frustgetrübtes Single-Auge auf diesen vollkommenen Body fällt, dann schlägt meine Jungmädchensehnsucht Blasen. Ich will ihn! Er soll mir den Pitbull machen, und ich will seine Schmusekatze sein! Hach (Frischluft zufächel), warum kann es soooo schöne Männer nicht auch im wirklichen Leben geben?

Jacques' momentane Flamme ist im Filmbusiness (soll heißen, sie studiert an der Filmakademie in Ludwigsburg) und will mir die Autogrammadresse von Pierce besorgen. Ich hoffe, dieser Lustgott ist auf seinen Autogrammkarten nur leicht bekleidet ...

Thema: Pierce – und kein Ende
Datum: 4. Mai
Von: Cyberlöwin
An: Cyberhexe

Datt darf doch alles gar nich wahr sein! Wennste mir noch lange von diesem Hohlkopf vorschwärmst, krieg ich die Krätze!

Dunkler Haarschopf und nichts darunter törnt mich total ab. Da ist mir Bruce Willis im hautengen Muscle-Shirt tausendmal lieber. Und gute Musik macht der auch noch!

Thema: Männer
Datum: 4. Mai
Von: Cyberhexe
An: Cyberlöwin

Dafür malt Pierce Brosnan!

Nein, nein, nein – in der schönen neuen Welt, in der wir Frauen das Sagen haben und endlich die längst überfällige Slipeinlage für den Mann auf den Markt kommt, da wird es mein Pierce Brosnan sein, der zur besten Sendezeit Werbung für die atmungsaktiven Einlagen in String-Tangas macht!

Ich kann es kaum erwarten …

Thema: Ihre E-Mail vom 3. Mai d. J.
Datum: 4. Mai
Von: Dr. Goebel
An: Cyberhexe
CC: Cyberlöwin

Sehr geehrte Damen,
ich möchte Sie hiermit höflichst ersuchen, von der Versendung weiterer E-Mails mit obszönem Inhalt an mich umgehend Abstand zu nehmen!
Hochachtungsvoll,
Dr. Dr. h.c. Falk Goebel

Thema: Desaster
Datum: 4. Mai
Von: Cyberlöwin
An: Cyberhexe

Du meine Güte, was hast Du jetzt wieder angestellt????

Thema: Desaster
Datum: 4. Mai
Von: Cyberhexe
An: Cyberlöwin

Gott, wie peinlich!!!! Ich muss versehentlich auf die falsche Taste gekommen sein. Der Mann ist mein Steuerberater. Ein selbstgefälliger Dauerquassler mit ausgeprägter Handrückenbehaarung, der ständig nach nassem Hund riecht. Wahrscheinlich ein latenter Bettnässer und heimlicher *Viagra*-Konsument.
Was soll der jetzt nur von mir denken???

Thema:	Ihre E-Mail vom 4. Mai d. J.
Datum:	5. Mai
Von:	Dr. Goebel
An:	Cyberhexe
CC:	Cyberlöwin

Ich denke, dass Sie sich einen neuen Steuerberater suchen sollten!

Thema:	Pierce Brosnan
Datum:	5. Mai
Von:	Textbuero
An:	Cyberhexe

Cheerio!
Habe Deine neuesten E-Mail-Ergüsse verfolgt. Absolut köstlich! Maren und Sharon finden das auch. Du weißt schon, dass Du beim Versenden von E-Mails nicht die Taste »An alle« anklicken darfst?

Sag mal, hast Du mittlerweile die Autogrammadresse von Pierce Brosnan? Da bin ich echt scharf drauf – ich spendiere Dir auch 'ne Cola.

Liebe Grüße,
Deine Stammtischschwester
Silke

Ignoramus, ignorabimus

*(Wir wissen es nicht und
werden es nie wissen ...*
oder: Das Schiff der Verdammten)

Frauen sind das eigentliche starke Geschlecht. Wie ich darauf komme? In meiner Familie wimmelt es nur so von starken Frauen (in *jedem* Sinn des Wortes). Wenn meine Mutter einen Raum betritt, flüstern Kinder und gestandene Männer mit ängstlicher Stimme: »Oh, die Admiralin.« Wenn meine Tante Hulda einen Raum betritt, keuchen alle nur: »O mein Gott!« *Qed.*

Aber wie schon Nietzsche zu sagen pflegte: Gott ist tot. Und das war meine Tante Hulda jetzt auch. Mit 97 Lenzen. Durch ein tragisches Geschick mitten aus dem Leben gerissen. Jemand hatte die lebenserhaltenden Geräte an ihrem Krankenhausbett abgeschaltet ...

Ich saß mit Cousin Henning und Oma Nölle im Zugabteil auf der Fahrt zum Gedenkgottesdienst in die ostfriesische Provinz.

Oma Nölle, meine viermal verehelichte Großmutter mütterlicherseits, schnarchte auf dem Fensterplatz leise vor sich hin.

Cousin Henning, nur auf den ersten Blick ein Fleisch gewordener Girlie-Traum, raufte sich den trendig kurzgeschorenen Quadratschädel.

»Wie furchtbar! Wie entsetzlich!«, jammerte er unablässig.

Ich nickte. Aber warum eigentlich? Tante Hulda, vom Bruder meines Großvaters mütterlicherseits gegen den Willen der Familie angeheiratet, war eine unleidige Greisin gewesen, die nichts als Spott, Hohn und Verachtung für die Menschheit, insbesondere für ihre Familie, übrig gehabt hatte.

Die Ehe war kinderlos geblieben, aber da in unserer Sippe seit Urzeiten niemand mehr über den Styx gerudert worden war (will sagen: den Löffel abgegeben hatte), reisten nun – in freudiger Erwartung eines opulenten Leichenschmauses – aus ganz Deutschland Tanten, Onkels, Vettern, Basen und Menschen an, die um so viele Ecken mit uns verwandt waren, dass sie als Knochenmarkspender zwar nicht mehr in Frage kamen, aber bestimmt lustige Geschichten bei Kaffee und Kuchen zum Besten geben konnten und daher willkommen waren.

Horrorgurke Henning zog ein gebügeltes Taschentuch aus seiner Freitagshose und schnäuzte kräftig. »Warum? Warum?«, stöhnte er.

»Ich bitte dich, die Frau war fast hundert. Es war ein Geschenk des Himmels. Besser ein Ende mit Schrecken als ein Schrecken ohne Ende«, nölte meine Schwester Inka, die von ihrer Raucherpause auf dem Klo in der ersten Klasse zurückkehrte.

»Das finde ich jetzt pietätlos!«, zischelte ich, nicht, weil ich das wirklich dachte, sondern weil ich auch als reife Erwachsene meiner doofen Schwester grundsätzlich widerspreche. Alte Hassliebe rostet eben nicht.

»Ja, Inka, wie kannst du so was nur sagen«, gab Henning mir Recht – ein beispielloses Vorkommnis. »Tante Hulda hätte die Hundert sicher gern noch erreicht.« Er senkte die

Stimme und setzte seinen Verschwörerblick auf. »Aber ihr wisst ja, was man sich erzählt: Es soll kein Unfall gewesen sein.«

Henning hob und senkte rhythmisch die buschigen Augenbrauen.

Inka schnaubte.

Ich kam ins Grübeln.

»Bäh, was für ein lächerliches Geschenk!«, pflegte Tante Hulda zu sagen, wenn wir Kinder ihr zum Geburtstag selbst getöpferte Obstschalen überreichten. Nicht so sehr ihre Worte hemmten fürderhin jedwede kreative Lust in uns, sondern eher der abschätzige Tonfall und der dazu passende missfällige Gesichtsausdruck.

Tante Hulda hielt nichts von Beschönigungen. Das Leben hatte ihr nichts geschenkt, und sie schenkte dem Leben nichts. Das machte sie auch zu einem alten Knauser. Zur Konfirmation erhielt ich von ihr ein (in Zahlen: 1) Frotteebadetuch: PREISSTURZ BEI C&A, NUR 5 MARK. Entweder hatte sie, die sie damals schon lange Jahre pensioniert war, vergessen, das Schildchen abzumachen, oder sie wollte mir verdeutlichen, wie viel Geld ich ihr wert war. Ich war schließlich ihre Lieblingsnichte.

Wahrscheinlich sollte ich auch aus diesem Grund die Rede anlässlich ihres Gedenkgottesdienstes halten. Das war ihr letzter Wille. Das, und dass man ihre Asche in der Nordsee verstreuen sollte. Na ja, eigentlich wollte sie, dass ihre Asche in der Südsee den Wellen anheim gegeben würde, sie hatte immer schon den Wunsch gehegt, in wärmeren Breiten zu leben. Aber da, wo sie jetzt war, war es sicher heiß genug ...

»Reine Routine, dass wir von diesem Kommissar befragt wurden!«

Inkas nasales Heulbojengejaule riss mich aus meinen Gedanken. Mit dieser Stimme ruft sie auch immer Torsten und Julia vom angrenzenden Spielplatz, sobald sie und *Meister Proper* die ganze Acht-Zimmer-Altbauwohnung von Bakterien befreit haben, was zweimal die Woche zu geschehen pflegt. Ich weiß wirklich nicht, warum das gemeine Hausweib, diese im Aussterben begriffene Kreatur, nicht endlich von der Evolution überrollt wird.

»Dieser Vorgehensweise bedienen sich die Behörden grundsätzlich, wenn im Krankenhaus Patienten auf nicht natürliche Weise sterben«, dozierte Inka weiter. »Juhuu, da draußen!«

Letzteres galt einem Menschen, den ich noch nie gesehen hatte, der aber mit mir verwandt sein musste, weil er einen schwarzen Trauerflor um seinen blau karierten Holzfällerhemdsärmel trug. Er saß wohl im Abteil nebenan. Der ganze Bundesbahnwaggon sowie der daran anschließende halbe Großraumwagen war voll mit unserer Sippe. Das lag keineswegs daran, dass wir fromm und getreulich dem Bibelwort »Seid fruchtbar und mehret euch« gefolgt wären, die Frauen in meiner Familie hatten einfach gern Sex, aber erst meine Generation hatte den Trick mit den Verhütungsmitteln wirklich raus.

Henning schüttelte den Kopf. »Die Apparate wurden ausgeschaltet. Per Knopfdruck!«

Wie sonst? Mittels Telekinese? Mein Vetter besaß ein unschlagbares Talent darin, das Selbstverständliche wie eine Offenbarung kundzutun.

»Wenn ihr mich fragt« – was wir nicht taten, aber das störte Henning weiter nicht –, »wurde Tante Hulda ermordet!«

Ermordet, so ein Quark. Von wem denn? Und wieso? Man sagt Geizhälsen zwar gern nach, sie hätten in einer Socke unter der Matratze Millionen gehortet, aber wir hatten Tante Huldas Wohnung bereits von der Besenkammer bis zum Tiefkühlfach auseinander genommen: Nichts. Und laut Sparbuch befanden sich gerade mal zehntausend Mark auf ihrem Konto. Das reichte nicht mal für die Seebestattung, die sie sich testamentarisch ausbedungen hatte.

Wenn Geld nicht das Motiv war, dann vielleicht Leidenschaft? Nach Großonkel Waldemars Tod, irgendwann zu Beginn des vorigen Jahrhunderts, war Tante Hulda noch in bester Verfassung und gewiss keine Kostverächterin gewesen. Aber zu ihrem achtundachtzigsten Geburtstag hatte sie mir nach drei Eierlikör speicheltröpfchenverteilend anvertraut, dass es nun genug sei – die Männer hätten ihr einfach nichts Neues mehr zu bieten. Sie wolle sich jetzt mehr den geistigen Genüssen widmen. Sprach's und schrieb sich am Montag darauf in den Volkshochschulkurs *Quantenphysik leicht gemacht* ein. »Solange man noch kann, soll man agil sein, und wenn man mal nicht mehr kann, dann ist Hopfen und Malz ohnehin verloren. Und jetzt geh los und hol noch eine Flasche Eierlikör. Aber den guten!«

Keine geldgeilen Erben, kein verschmähter Liebhaber – was blieb dann noch? Der Zufall? Oder eine dieser von den Medien heiß geliebten teuflischen Krankenschwestern, die alte Menschen »von ihren Qualen befreien« wollten?

Tante Hulda war mit gebrochener Hüfte eingeliefert worden. Nach einer Woche kam erschwerend hinzu, dass sie sich irgendeine neuzeitliche Krankenhausinfektion mit hartnäckig resistenten Erregern zugezogen hatte. Sie wurde sehr schwach und schlief viel, aber in den wenigen wachen Momenten funktionierte ihr Mundwerk noch tadellos.

»Schwester, Sie haben sich doch hoffentlich die Hände desinfiziert, nachdem Sie bei dieser Geschlechtskranken die Bettpfanne gewechselt haben, oder?«, tönte sie einmal mit Blick auf ihre Zimmernachbarin, die sich kurz darauf auf eigenes Risiko entlassen ließ.

Und das war nur eine der Blüten, die Tante Hulda dem Pflegepersonal zukommen ließ, kolportiert von Pfarrer Meinecke, der just in diesem Moment Tante Hulda hatte Trost spenden wollen. »Trösten Sie sonst wen, ich lasse mir doch von einem Dreikäsehoch nicht erklären, wie ich mit meinem Gott zu sprechen habe!« Pfarrer Meinecke war 69. Und zog ab wie ein begossener Pudel.

Die Nachtschwester von Tante Huldas Station ließ sich versetzen, und auch die Tagschwester wurde bald darauf von der Krankenhausleitung durch eine Nonne mit grenzenloser Geduld ersetzt. Und ich konnte beim besten Willen nicht glauben, dass eine Nonne ihren Finger auf den Knopf zu Tante Huldas Geräten gelegt hatte.

Oder doch?

In Cuxhaven hieß es: Umsteigen aufs Boot. 44 Personen, die Kleinkinder nicht mitgezählt, schoben sich auf den Kutter, den das Bestattungsinstitut *Abendrot* organisiert hatte.

88 besorgte Augen blickten dabei gen Himmel, an dem sich gewaltige Wolkengebirge auftürmten. Es würde stürmisch werden.

»Können wir die Asche nicht einfach im Hafenbecken entleeren und gut?«, erkundigte sich Cousine Trudl bei dem schmucken Kapitän.

»Tut mir Leid, aber das geht nicht.« Seine Stimme klang markig. »Wir müssen raus aufs Meer, so will es die Vorschrift.«

Wie verstört ich war, mag man daran erkennen, dass ich mich nicht sogleich an den schnuckeligen Uniformierten mit dem männlichen Tenor schmiegte, sondern mir von meinem Vetter Fred einen Kugelschreiber borgte.

»Willst du für den Kapitän deine Telefonnummer notieren?«, griente Fred. Meine Verwandtschaft kennt meine Vorlieben nur zu gut.

»Nein, ich will mir ein paar Stichworte zur Gedenkrede aufschreiben.«

»Zur Gedenkrede?« Wenn Fred erregt war, kippte seine Stimme. »Willst du damit sagen, die Rede ist noch nicht fertig?«

»Ich habe noch gar nicht angefangen.«

Wozu auch die Eile? Ich hatte ja noch eine Viertelstunde ...

»Würde bitte die Hälfte von Ihnen auf die Steuerbordseite wechseln?«

Kapitän Borgwands Stimme klang nicht mehr nach Heldentenor, dazu lag zu viel Angst darin. Bibbernde Angst. Das war nicht auf den zugegebenermaßen immens hohen Seegang zurückzuführen, sondern auf die Tatsache, dass gut zwei Drittel meiner Sippe über die Backbordreling hing und die ohnehin schon schwerstvergifteten Nordseefische fütterte. Hoffentlich entdeckte uns keine *Greenpeace*-Patrouille.

»Bitte, wechseln Sie auf die andere Seite des Schiffes.« Noch ein einziger weiterer Brechsuchtkandidat, und der Kutter würde kentern.

Würde mir persönlich nichts ausmachen, dann blieb mir erspart, die Gedenkrede zu halten.

Was sollte ich nur sagen? Ich wollte nicht lügen. Um keinen Preis. Aber ich konnte doch unmöglich die Worte *kratzbürstig*, *unnahbar* und *bösartig* verwenden – Worte, die jedem spontan einfielen, der an Tante Hulda dachte. Man sagt nichts Schlechtes über die Toten, basta! Sie könnten einen kettenrasselnd des Nächtens heimsuchen. Und gerade Tante Hulda traute ich das Kettenrasseln zu.

Sie vergaß nie etwas – na ja, wenn man ihr etwas Nettes sagte, ging das links rein und rechts raus, aber wehe, man sagte mal etwas Falsches. Meine Mutter hatte 1971 im Sommerurlaub beiläufig geäußert, dass ihr Tante Huldas Dutt doch etwas lächerlich vorkam. »Eine Dauerwelle würde dein verbliebenes Resthaar fülliger erscheinen lassen und macht auch nicht so alt.« Niemand weiß genau, was danach geschah, denn die beiden angegrauten Damen zogen sich in die Speisekammer von Tante Bekes Reetdachhaus zurück. Als sie wieder herauskamen, hatte Tante Hulda eine zerrissene Kittelschürze und einen Meckischnitt und meine Mutter, die Schere noch in der Hand, besaß statt einem Gebiss nur mehr dreißig Porzellanzähne, einzeln eingebettet in die Sohlen von Tante Huldas Gesundheitssandaletten, und musste sechs Wochen lang von Flüssignahrung leben. Da verwundert es nicht, dass Mutter einen schweren Bandscheibenschaden vortäuschte, um nicht von Schwäbisch Hall nach Cuxhaven zur »Versenkung« fahren zu müssen, wie sie es nannte. Mein Vater machte auf solidarisch und kam ebenfalls nicht mit. Was wollen Sie, ich habe nie behauptet, wir seien keine dysfunktionale Familie …

Graubraunes Wasser klatschte gegen die Scheiben. Wir waren in einen formidablen Sturm geraten.

»Ich will nicht sterben!«, jaulte es von irgendwoher.

Die Brechgeräusche wurden lauter.

Es war unklug gewesen, den Leichenschmaus vor das Ausstreuen der Asche anzusetzen.

»Liebe Anwesende!«

Pfarrer Meinecke bemühte sich redlich, gegen den Wind anzubrüllen, aber seine Stimmbänder waren zu sanftmütig für das Tosen der Naturgewalt.

Neben ihm standen nur der Kapitän, meine Schwester Inka und ich. Mit wehenden Haaren und vorgerecktem Kinn spielten wir am Bug gewissermaßen die berühmte Winslett-DiCaprio-Szene aus *Titanic* nach. Nur dass es nicht um Romantik ging, sondern um eine Seebestattung.

Der Rest der Familie kauerte mit grünen Gesichtern überall im Boot verstreut. Sämtliche Köstlichkeiten der Leichenschmaustafel – Häppchen aus garantiert nichtökologischem Anbau, die insgesamt immerhin über dreitausend Mark gekostet hatten und von friesischen Gourmetkochhänden liebevoll zubereitet worden waren – düngten nunmehr in einer Art Gastro-Super-GAU den Meeresboden. Manche Köstlichkeiten zierten halb verdaut auch die Wangen meiner Sippschaft, da der Wind doch recht heftig ging und vieles zurückblies, was ein verzweifelter Magen weit von sich geben wollte.

Die Jungs von der Schiffsbesatzung, soweit sie nicht ihren Dienst versahen, kümmerten sich um meinen Vetter Henning, der zwar dreimal die Woche im Fitnessstudio trainierte, aber offensichtlich nicht seine Eingeweidemuskulatur. Es hatte ihn, der sonst immer den Kaltduscher und Sonnencremeverzichter heraushängt, übel erwischt, und er und seine laut wehklagende Mutter Waltraut, die unablässig »du musst jetzt ganz tapfer sein, Mami ist bei dir« tönte, erwarteten minütlich das Ende.

»Liebe Anwesende«, wiederholte Pfarrer Meinecke. »Wir sind heute hier, um Abschied zu nehmen von einer ...« – auch er wollte wohl nicht lügen, schon von Amts wegen – »... von einer Frau, wie es keine zweite gibt!«

Mist, das hatte ich auch sagen wollen.

»Tante Hulda, wie sie von allen nur genannt wurde, war eine ... Institution. Unvergesslich. Ihre Lieblingsnichte wird jetzt ein paar Worte zu uns sprechen.« Pfarrer Meinecke nickte mir auffordernd zu.

Inka schürzte die Lippen. Bis ans Ende ihrer Tage wird sie es für einen Schreibfehler des Notars halten, dass ich – ausgerechnet! – zur Lieblingsnichte von Tante Hulda erkoren worden war.

Ich hielt mich an der Reling fest. Was sehr viel über die Windstärke aussagt, denn ich bin kein Leichtgewicht und fürchte normalerweise selbst bei einer Hammerböe nicht davongetragen zu werden.

»Tante Hulda!«, rief ich, als ob ich sie aus dem Reich der Toten heraufbeschwören wollte. Wenn ich es noch zwei Mal wiederholte, mochte mir das sogar gelingen. »Was soll man über Tante Hulda sagen?«

Ich wusste, was ich eigentlich hätte sagen wollen: Eine Frau, die sich nie darum bemühte, »gemocht« zu werden. Die immer eisern ihren Weg ging. Die sich bis ins hohe Alter hinein keine Freude versagte. Eine tolle Frau – eine Geißel für alle, die sie näher kannten, das schon, aber dennoch eine tolle Frau. Eine Frau, die sich nie das Steuer aus der Hand nehmen ließ. Deren letzte Worte, gemäß einer glaubwürdigen Zeugin mit untadeligem Leumund, der Franziskanernonne Schwester Edelgund, »Ich bin müde, ich will nur noch schlafen« gelautet hatten. Und, das war mir jetzt klar, eine Frau, die die Apparate selbst abgeschaltet hatte!

Der Kommissar hatte bei meiner Befragung angedeutet, dass am betreffenden Abend gegen 23 Uhr zehn Schwerstverletzte von einem Autobahnunfall eingeliefert worden waren. Es herrschte das reinste Tohuwabohu. Hätte man nur einen Augenblick früher festgestellt, dass das Notlicht aus Tante Huldas Zimmer aufleuchtete ... aber so war es zu spät. Letztendlich befand man auf technisches Versagen. Nein, mit technischem Versagen hätte sich Tante Hulda nie abgefunden!

»Was soll man über Tante Hulda sagen?«, wiederholte ich mit kräftiger Stimme – nun willens, das Urweib in ihr zu loben, auch wenn die Tante in ihr das reine Grauen gewesen war. »Tante Hulda!«, rief ich noch einmal richtig fröhlich und sah meine Schwester an und geriet ins Stocken.

»Ja, also, sie sollte schon dabei sein, wenn ich hier meine Rede halte.«

»Wer?«, fragte Inka.

»Na, Tante Hulda«, giftete ich.

»Tante Hulda ist tot«, giftete Inka zurück.

Pfarrer Meinecke räusperte sich verlegen.

»In ihrer Urne, du Depp!« Ich wurde deutlich.

»Ja, dann hol sie halt!«

»*Du* wolltest sie doch verstreuen.«

»Das mach ich dann ja auch, wenn du mir nach der Rede die Urne übergibst.«

»Aber meine Damen«, muckte Pfarrer Meinecke auf.

Die finsteren Blicke aus zwei funkelnden Augenpaaren brachten ihn abrupt zum Verstummen.

Der Rest ist Geschichte ...

Was soll ich sagen: Ich war der Überzeugung, Inka hätte, und Inka dachte, ich hätte – und so hatten wir es beide nicht.

Tante Hulda stand folglich immer noch im Wohnzimmer auf dem Kaminsims.

Noch einmal auf See wollte niemand, da waren sich alle

einig, zumal der Wetterdienst für dieses Wochenende eine weitere Sturmfront ankündigte.

Die Urne mit Tante Hulda wurde folglich auf dem Dorffriedhof beigesetzt.

Sie ruhe in Frieden.

Fabrum esse sua quemque fortunae

(Jede ist ihres Glückes Schmied ...
oder: Wie man ein Auslaufmodell
von Lover loswird)

Samstagabend kam Urs erst spät vom Shooting nach Hause. Sein Fotostudio hatte wieder mal einen mega-dringenden Eilauftrag von einer großen Werbeagentur angenommen. Keine Ahnung, wann wir das letzte Mal was zusammen unternommen hatten. Ich saß immer allein in seinem Kölner Loft, zappte mich durch die Programme des tragbaren Schwarzweißfernsehers und überfütterte vor Frust Ursens geheiligte Tropenfische.

Von meinem Logenplatz vor dem Großbildfernseher mit Dolby Surround Stereo sah ich, wie Urs sich auf den Futon setzte, seine Kleider auszog und sie auf einen Haufen warf. Derart aufgehäuft wirkt selbst ein *Armani* wie billige Ausschussware vom Grabbeltisch.

Splitterfasernackt spazierte er an mir vorüber in Richtung Badezimmer. Auf meiner Höhe blieb er stehen und ließ sein Becken einladend rotieren, um mir zu zeigen, wie stolz er auf sein Teil war. Das tat er immer. Natürlich war sein Teil nicht so mächtig, dass man nicht noch sehen konnte, was auf dem Bildschirm hinter ihm so abging. Sonst hätte ich längst mal protestiert.

In unserem Loft (na ja, eigentlich *sein* Loft, ich verbrachte nur gerade meinen Urlaub bei ihm) konnte man auch das Badezimmer frei einsehen. Erst auf mein insistierendes Drängen hin wurde vorübergehend ein Sichtschutz um das Klo gezogen.

Aus den Augenwinkeln nahm ich wahr, wie Urs seine vermeintlich umwerfende männliche Silhouette im Badezimmerspiegel bewunderte und den Bauch einzog, um zu sehen, ob er Bauchmuskeln hatte (natürlich hatte er keine, wie auch, wenn er nur noch arbeitete und das Abonnement im Nobelfitnessstudio nur aus Prestigegründen weiterlaufen ließ).

Wie üblich himmelte er die Größe seiner Kronjuwelen an, kratzte sie genüsslich und inhalierte den herb-männlichen Duft unter seinen Achselhöhlen.

Dann stieg er in die Dusche.

Urs musste nie lange nach einem Waschlappen suchen; er benutzte nämlich keinen. Er seifte immer erst die spärlichen Reste seines Kopfbewuchses ein, dann sein Gesicht, den Hals und anschließend die Achselhöhlen. Zwischendurch furzte er lautstark und freute sich über die tolle Resonanz in der Duschkabine.

Im nächsten Arbeitsgang erfolgte das Einseifen der Genitalien und des Allerwertesten. Urs besaß ein unvergleichliches Talent, beim Einseifen seines Hinterns immer auch Schamhaare an der Seife zu hinterlassen. Das kann man nicht lernen – das ist eine Gabe.

Ebenso wie das unbekümmerte Pinkeln in die Duschkabine.

Das Abspülen dauerte dann bis fast gegen Ende der *Tagesthemen*. Urs kannte nämlich keine Angst außer der Furcht vor Seifenresten in irgendeiner Ritze seiner sensiblen Männerhaut.

Zu guter Letzt stieg er aus der Dusche. Wie üblich übersah er dabei den See, der sich auf dem Badezimmerboden ausgebreitet hatte, weil er den Duschvorhang nie ganz zuzog. Und natürlich ließ er den nassen Duschvorhang auf den Boden statt in die Dusche abtropfen. Das liebe Frauchen würde den Feudel zu gegebener Zeit schon schwingen. Mami hatte das auch immer getan.

Nach dem flüchtigen Abtrocknen betrachtete er sich neuerlich im Spiegel. Und da heißt es immer, Frauen seien eitel. Er spannte seine Muskeln an, zog den Bauch ein und betrachtete anbetend die vermeintlich enorme Größe seiner Männlichkeit. (Urs war überzeugter Sitzpinkler und hatte nicht oft Gelegenheit, an öffentlichen Pinkelbecken Größenvergleiche mit anderen Männern durchzuführen ...)

Der Anblick seines nackten Körpers bescherte ihm stets aufs Neue prickelnde Wonnegefühle, so dass er auch an diesem Samstagabend wieder einmal nicht daran dachte, die Duschwanne auszuspülen. Oder die Heizung auszudrehen. Oder das Licht.

Nur mit einem Handtuch um die Hüften, spazierte er zurück in Richtung Futon.

Auf meiner Höhe öffnete er mit neckischer Handbewegung das Handtuch und zeigte mir mit einem eleganten Schwung der Hüften, einem lasziven Lächeln und hochgezogenen Augenbrauen seine Mannespracht. Ich hätte zwar lieber Ricky Martin gesehen, der sich hinter ihm auf dem Bildschirm ebenfalls im Lendenschwingen übte, aber na gut.

»Wow«, sagte ich, weil das von mir erwartet wurde.

Urs grinste triumphal und machte sich auf den Weg zu seinem Kleiderhaufen vor dem Futon. Er warf das klitschnasse Handtuch aufs Bett und zog innerhalb von zwei Minuten die getragenen Sachen wieder an.

Auf dem Weg zur Couch blieb er kurz an der Bar stehen

und mixte sich einen Martini – geschüttelt, nicht gerührt. Als er sich anschließend neben mich fallen ließ, fragte er: »Hättest du auch was trinken wollen?«

Ich schüttelte nicht einmal den Kopf.

»Du riechst ziemlich heftig nach *Chanel No. 5*«, sagte ich stattdessen. »Hattest du einen Zusammenstoß mit einem Parfümlaster?«

Urs machte Fingerübungen auf der Fernbedienung.

Ich legte den Kopf schief.

»Wir entwerfen gerade eine Werbekampagne für eine Parfümeriekette. Haben wir was zum Knabbern im Haus?«

»Ich habe etwas für dich, an dem du knabbern kannst.«

Mit Schwung zog ich das große Tranchiermesser unter dem Kissen hervor und rammte es Urs in die Brust. Einmal. Zweimal. Dreimal. Viermal. Ströme aus Blut ergossen sich über den echten Perser und die Designercouch. Fünfmal. Sechsmal. Ich transpirierte leicht. Urs röchelte schwach. Siebenmal. Achtmal. Neunmal.

Neun war meine Glückszahl, da hörte ich auf.

Frei!

»Kannst du mal die Nachos aus der Küche holen? Mit diesem tollen Dip?«

Ich holte die Nachos samt Dip und auch einen Feudel, damit sich das Badezimmer nicht in ein Feuchtbiotop verwandelte.

Wirklich schade, dass ich kein Blut sehen kann. Außer in meinen Tagträumen.

Hatte ich seine rotzige Hemdsärmeligkeit und seinen süßen Schweizer Akzent wirklich mal antörnend gefunden? Hatte ich irgendwann mal ernsthaft geglaubt, fortpflanzungsloser Sex mit hohem Spaßfaktor sei noch nie so schön gewesen wie mit Urs? Ich grub in meiner jüngeren Vergangenheit wie eine Archäologin, aber ich entdeckte keinerlei

Hinweise auf eine echt beglückende innere Bindung, nur einen Scherbenhaufen.

Dabei waren jede Menge Warnzeichen vorhanden gewesen: sein Porsche; sein Aufkleber auf dem Porsche: »So viele Frauen, so wenig Zeit«; sein allabendliches Telefonat mit Mama in Basel; seine heimliche Vorliebe für volkstümliche Musiksendungen, die von Carolin Reiber moderiert wurden; seine Tränen angesichts der Gebrechlichkeit des Papstes bei der *Urbi-et-Orbi*-Übertragung; die Tatsache, dass er im Restaurant grundsätzlich immer das billigste Gericht auswählte und mich für meine Köstlichkeiten stets selbst zahlen ließ; sein Gebrauch von Zahnseide nach dem Essen – am Esstisch!

Liebe macht nicht nur blind, Liebe macht auch dämlich.

Das *Wort zum Sonntag* mit Oda-Gebbine Holze-Stäblein – was macht die Ärmste nur, wenn sie mal Formblätter oder Überweisungsvordrucke ausfüllen musste, dieses Namensungetüm sprengte doch wahrlich jede Kästchenvorgabe? – war noch nicht zu Ende, da schnarchte er schon selig auf der Couch.

So viel zu unserer Rubrik *Wilde Sexspielchen am Wochenende*. Schalten Sie auch nächsten Samstag wieder ein, wenn es heißt: *Aber Schatzi, das passiert doch jedem Mann mal. Ich fand es trotzdem schön! Ehrlich!*

Früher fand ich sein Schnarchen irgendwie beruhigend, tröstlich, grizzlybärig – jetzt nervte es mich nur noch. Das und die Tatsache, dass er nach *Chanel* stank. Hm.

Ich war noch nicht müde, also setzte ich mich an seinen PC. Wenn ich das sonst tat, dann um Tomb Raider zu spielen, an diesem Abend lockte mich jedoch sein Mail-Briefkasten. Seine Eingangsmails waren total unspannend, bis auf eine – Bacularia@aol.com hatte ihm geschrieben: »Kann den kommenden Montag kaum erwarten. XXX, Eleonore«.

Sieh an, ob das was mit dem Umstand zu tun hatte, dass mein Urlaub morgen endete und ich am Sonntagabend nach Stuttgart zurückfahren musste? Und standen die drei X für ihre Kleidergröße oder waren sie das Symbol für drei heiße Küsse? Wetten, das bevorzugte Duftwässerchen dieser Bacularia@aol.com-Eleonore war *Chanel*?

Grrrrrr.

Zu meiner Entschuldigung könnte ich nun anführen, dass ich mich in meinem Zorn nicht wiedererkannte, dass mir der Schmerz die Sinne raubte, dass ich völlig außer mir war und nicht wusste, was ich tat, dass sich meine Zurechnungsfähigkeit ebenso in Urlaub befand wie ich – aber ich will mich gar nicht entschuldigen.

Ganz sicher nicht dafür, dass ich daraufhin ausnahmslos allen Adressen in seinem Online-Adressbuch eine Rundmail zuschickte (und für meine Rundmail-Aktionen war ich ja nun hinlänglich bekannt): Liebe Freunde, ich kann nicht länger ein Leben der Heimlichkeiten führen, darum möchte ich euch heute wissen lassen, dass ich schwul bin. Ich weiß, es wird keine Auswirkungen auf unsere Freundschaft haben, wenn ich mich oute – mir ist gar nicht klar, warum ich damit so lange gewartet habe. Ich umarme euch alle, ihr Lieben, euer Urs.

Es waren nicht nur private Adressen darunter, wie die seiner Kumpels aus dem Fußballverein, sondern auch die E-Mail-Adressen seiner wichtigsten Auftraggeber, aber das kümmerte mich nicht weiter. Und sind nicht sowieso alle Werbefotografen schwul?

Ich werde mich auch nicht dafür entschuldigen, dass mein Blick als Nächstes auf seinen Anrufbeantworter fiel und ich aus einer spontanen Laune heraus den Ansagetext änderte: »Hallihallo, ihr habt die Rufnummer von Urs und Bambi gewählt. Nur noch vier Monate bis zur Geburt unserer Zwillinge. Ihr könnt eure Glückwünsche und auch alle anderen Nachrichten nach dem Piepston auf Band sprechen. Wiaderluage.« Dabei visualisierte ich eine strohdumme Mittzwanzigerin mit Silikonbrüsten, um auch genau den dümmlichen Tonfall hinzubekommen, der *Chanel*-Eleonore – sollte sie nach der Outing-Mail überhaupt noch hier anrufen und diesen Text zu hören bekommen – zum sofortigen Abbruch jedweder Beziehungen zu Urs veranlassen würde.

Wo ich schon am Telefon stand, wollte ich mein Werk nicht unvollendet lassen. Ich zappte mit der Fernbedienung zu einem Privatsender, wartete die nächste Werbepause ab, wurde – da bereits nach 23 Uhr – mit erotischen Werbespots belohnt, wählte nach Gutdünken eine der teuersten 0190-Nummern und bat die Tante, die sich nach nur sieben Minuten Bandansage endlich meldete, um einen flotten Dreier: sie, ich und mein Macker. Sie solle einfach nur stöhnen, stöhnen, stöhnen, bis wir sie baten, damit aufzuhören.

Daraufhin ging es mir leidlich besser.

Sehr viel besser ging es mir eine halbe Stunde später, als ich Essig in sein Nasenspray geträufelt, all seine CDs aus der Hülle genommen und wahllos wieder in falsche Hüllen zurückgesteckt und aus dem spannenden Henning-Mankell-Krimi, den er gerade las, die letzten zehn Seiten herausgerissen hatte.

Als ich am Telefon vorbeikam, hörte ich es immer noch stöhnen. Gut so.

Ich nahm eine Tube Sekundenkleber mit besonderer Haftwirkung aus der Schublade des Telefontischchens und klebte den Hörer auf die Gabel. Die Tube war nur noch zu einem Drittel voll, darum reichte es gerade mal, alle Spirituosenflaschen in den Barschrank zu kleben.

Ich hätte gern noch ein paar der biblischen Plagen über Urs herabbeschworen, aber laut Sommerfahrplan der Bahn ging ein Nachtzug nach Stuttgart gegen ein Uhr, und den wollte ich noch erreichen.

An die Eingangstür – ein speziell für Urs von einem aufstrebenden jungen Designer entworfenes Kunstwerk aus Holz, Stahl und Aluminium – klebte ich mit dem allerletzten Rest Superhaftsofortkleber einen Notizzettel: ES IST AUS! Nur für den Fall, dass Urs das nicht von selbst begreifen sollte.

Als ich mit meiner Reisetasche aus seiner Wohnung trat, lauerte ein riesiger schwarzer Kater in dem schmalen Flur vor dem Lastenaufzug. Der haarige Vierbeiner gehörte dem lesbischen Pärchen in der Etage unter Urs. Sein Name war American Psycho – er hatte ihn sich redlich verdient, denn er stürzte sich mit mörderischen Absichten auf ausnahmslos alles, was sich bewegte, um dem Opfer die Augäpfel auszukratzen. Prompt hechtete er auf mich zu, aber ich trat beherzt zur Seite und ließ Psycho in die Wohnung sausen. Dann schloss ich die Tür hinter ihm.

Es würde nicht lange dauern, bis Urs röchelnd aus dem Tiefschlaf hochschreckte – er hatte nämlich eine schwere Katzenallergie. Hoffentlich hatte Psycho bis dahin sein Werk der Verwüstung vollendet: Kissen zerrupft, Blumentöpfe umgeworfen, auf den Futon gepinkelt und allüberall seine allergieauslösenden Härchen abgeworfen.

Hach, ich kann gar nicht in Worte fassen, wie leicht und beschwingt mir zu Mute war, wie viel Glück und Zufriedenheit in meinem Lächeln und in meinen Schritten lag.

Natürlich bekam ich am nächsten Tag Gewissensbisse und fühlte mich echt mies. Selbstredend nicht wegen Urs, Blödsinn, sondern wegen der Tropenfische!

Ich kann nur hoffen, dass Psycho sie nicht gefressen hat ...

Inquietum est cor nostrum

(Unruhig ist unser Herz ...
und das hat nix mit koffeininduzierten
Herzrhythmusstörungen zu tun)

Drei finster entschlossene Enddreißigerinnen namens Ilka, Gerrit und Gaia auf dem Trip zwischen Entsagung, Sinnsuche und Traumfigur, dazu eine rubeneske Genießerin und Gaias Mutter, eine echte Kommissarin ... und fertig ist das Viersternehorrorszenario.

Ich hatte mir dieses Wiedersehensessen lecker und erbaulich vorgestellt: Ein angesagter sternchengekrönter Fresstempel in Stuttgarts Halbhöhenlage, dessen sympathischer, fernseherprobter Starkoch ökotrophologisch vorbildlich und garantiert chemiefrei nach der Slow-Food-Methode köchelte, dazu drei witzig-spritzige Frauen aus meinem ausgedehnten Freundeskreis, alle mit Hochschulabschluss, die ich schon eine halbe Ewigkeit nicht mehr gesehen hatte.

Aber dann stellte sich heraus, dass Ilka, Gerrit und Gaia nicht nur aufs Dessert verzichteten, das war ich ja von früher noch gewöhnt, sondern auch bei allen anderen Freuden der Tafelrunde abwinkten. Sie bestellten einheitlich nur einen frischen Salat der Saison mit etwas Meerrettich-Dressing und keinen Schampus, sondern ein Selters. Und statt gepflegter Konversation über die neueste Weltraumentstehungstheorie oder die Nacktszene von Bruce Willis in seinem letzten Film erzählten sie endlos Anekdötchen aus ihren jeweiligen Fitnessstudios, diskutierten neue Trainingstechniken für die Problemzonen Bauch-Beine-Po, fachsimpelten über den Body-Mass-Index und tauschten Adressen von Schlankheitsfarmen aus. Ich wäre spätestens beim doppelten Espresso in meinem mehr als bequemen Fauteuil eingenickt, hätte es nicht noch Gaias Mutter gegeben, eine gepflegte Endfünfzigerin. (Bevor Sie jetzt lange nachrechnen: Ja, sie hat ihr einziges Töchterchen erschreckend früh bekommen.)

Während des Essens hatte sich Gaias Mutter, die Einzige, die außer mir noch ein richtiges Menü bestellte und sich mit mir eine Flasche Chardonnay teilte, dezent zurückgehalten, dann jedoch, ich hatte mir gerade ein Praliné in den Mund geschoben und mich halbherzig erkundigt, womit sie sich so beschäftige (ich erwartete »Golfspielen« oder wahlweise »Kaffeefahrten«), blühte sie schlagartig auf. Sie holte einige Fotos aus ihrer Louis-Vuitton-Handtasche, breitete diese auf dem Tisch aus und beugte sich zu mir.

»Mein erster großer Fall«, flüsterte sie mir verschwörerisch zu. Sie hätte ruhig brüllen können, Ilka, Gerrit und Gaia waren anderweitig beschäftigt – soweit ich mitbekam, ging es um die entschlackende Wirkung regelmäßigen Fastens. Mein Espresso musste das auch gehört haben, er schmeckte irgendwie mies drauf.

Ich begutachtete die Fotos, woraufhin mein Karamellparfait mit Mandelsplittern aus der Provence versuchte, sich gegen alle Gesetze der Schwerkraft mit Schmackes seinen Weg wieder nach oben zu bahnen. Man sah viel Blut, noch mehr Blut und eine Frauenleiche.

»Kommissarin bei der Mordkommission war immer mein Traumjob«, erzählte Gaias Mutter fröhlich, während ich dem Karamellparfait mit Hilfe peristaltischer Bewegungen zeigte, wo es hingehörte, nämlich zurück in den Magen.

»Die Tote ist ein junges Mädchen aus Steinbach bei Schwäbisch Hall. Eine grässliche Sache. Mehrere Schüsse aus nächster Nähe. Man fand sie vor zwanzig Jahren im ehemaligen Steinbruch.« Sie starrte die Fotos an. »Ich weiß genau, dass die Antwort hier vor mir liegt, aber ich kann sie einfach nicht sehen!«

»Mutter, das ist ja schon zwanghaft«, meldete sich da plötzlich Gaia zu Wort. »Steck sofort die Fotos wieder ein. Ach Mutter, du hast ja dein Dessert gar nicht aufgegessen.« Gaia schüttelte so besorgt den Kopf, als wäre durch diese schändliche Tat der Weltfrieden ein für alle Mal unmöglich gemacht.

»Man soll aufhören zu essen, sobald sich ein Sättigungsgefühl einstellt«, dozierte Gerrit, die im Gegensatz zur Hardcore-Hungerleiderin Gaia mit den strohigen Haaren und der fahlen Haut (kein Fisch, kein rotes Fleisch, keine gehärteten Fette, keine Nitrate, keine Sulfate, kein Weizen, keine Milchprodukte) niemals unter Essstörungen gelitten, sondern nur auf dem Höhepunkt ihrer Midlife-Crisis beschlossen hatte, den Schafen zu folgen und abzuspecken.

Prompt waren die Damen wieder bei ihrem Lieblingsthema: Diät.

»Haben Sie zufällig einen Stift dabei, Kind«, wendete sich Gaias Mutter an mich, »mir kommt da gerade ein Gedanke zu dem ballistischen Bericht.«

Ich konnte ihr leider nicht mit einem Stift dienen, aber die gut geschulte Kellnerin mit den tausend Augen tauchte prompt an unserer Seite auf und reichte Gaias Mutter freundlich lächelnd einen Montblanc-Füller.

»Was war denn an dem Fall damals so schwierig?«, erkundigte ich mich. Nachdem sich mein Magen wieder beruhigt hatte, regte sich meine Neugier.

»Mehrere Punkte.« Gaias Mutter kritzelte feinsäuberlich einige Notizen auf ihre Stoffserviette. »Zum Beispiel der Umstand, dass die Kugel in einer aufwärts verlaufenden Bahn eingedrungen ist, obwohl das Opfer nur knapp einen Meter fünfundfünfzig maß. War der Täter kleinwüchsig? Oder schoss er im Liegen? Alles Fragen, die ich mir seinerzeit stellte.«

Ich nickte verständig.

»Und dann hier, dieses Bild vom Tatort: Das Opfer konnte mit letzter Kraft noch die Buchstaben P A N I K in den sandigen Boden kratzen. Warum? Wollte sie damit ihrer Angst Ausdruck verleihen? Das ergibt doch keinen Sinn.«

Ich schürzte nachdenklich die Lippen.

»Es gab seinerzeit genügend Verdächtige. Nachdem wir im Morast der Familiengeschichte des Opfers gestochert hatten – höchst unerquicklich, eine endlose Kette aus Missbrauch und Gewalt –, waren wir uns absolut sicher, dass es ein männliches Mitglied ihrer Familie gewesen sein musste. Der Vater Eberhard Müller, der Bruder Nikki Müller, der Vetter Karl-Heinz Sommer, ihr Onkel Herrmann Sommer oder sogar einer ihrer Großväter, Nikolaus Sommer oder Adolf Müller. Grauslig, nicht? Aber wir konnten keinem etwas nachweisen.«

Ich hob die Augenbrauen.

»Damals habe ich der Mutter des Mädchens ein Versprechen gegeben: Ich habe ihr versprochen, den Mörder zu überführen, mag es auch noch so lange dauern. Und gestern hörte ich, dass die Mutter im Krankenhaus liegt. Sie wird wohl nicht mehr lange leben. Ein Krebsleiden.«

Gaias Mutter schlug mit der schmalen Faust auf den

Tisch, dass die Espressotassen nur so wackelten. Ilka, Gerrit und Gaia zuckten zusammen.

Gaias Mutter stand auf. »Wenn ihr mich kurz entschuldigen würdet.« Sie entschwand in Richtung Damentoilette.

»Was war das denn?« Ilka blickte leicht angesäuert; sie ließ sich in der Öffentlichkeit nicht gern unmöglich machen.

»Ach, es geht wieder um Mutters idiotischen Mordfall.« Gaia nippte an ihrem Kräutertee. »Ein Fall, der alles zu bieten hat: Sex, Gier, Hass, Gewalt, zwei Schimpansen.«

»Was?« Wir anderen kicherten.

Gaia nickte. »Offenbar wollte das Opfer mit dem Tierdompteur eines kleinen Wanderzirkus durchbrennen.«

»Und wie kommen die Schimpansen ins Bild?« Für meine pointierten Fragestellungen war ich berüchtigt.

»Na ja, sie hoffte wohl, in die Affennummer aufgenommen zu werden. Das Schimpansenmännchen hat Gummipfeile auf seine Partnerin geschossen, aber die Schimpansendame wurde schwanger, und da musste menschlicher Ersatz für ihren Stunt gefunden werden.« Gaia grinste. »Der Dompteur gehörte kurze Zeit auch zum Kreis der Verdächtigen. Er war nämlich verheiratet und wollte gar nicht, dass die Tote mit ihm durchbrennt. Aber er hatte für die Tatzeit ein Alibi: Er führte gerade seine Ameisenbärnummer vor.«

Irgendwo in meinem Hinterstübchen klingelte eine Glocke. Erst zart und windspielgleich, dann donnernd wie sämtliche Läutwerke des Vatikan auf einmal.

»Natürlich!«, rief ich aus. »Der Affe!«

Ilka, Gerrit und Gaia schauten mich verdutzt an.

»Überlegt doch mal: Der Einschusswinkel deutet auf einen Mörder hin, der kleiner ist als das Opfer, das selbst schon klein war. Und wenn der Schimpanse Gummipfeile abschießen konnte, dann zweifelsohne auch Kugeln!«

Drei weibliche Unterkiefer klappten herunter. »Das ist genial«, hauchte Ilka.

Ich winkte ab. »Aufgrund meiner Sachkenntnis kriminalistischer Zusammenhänge und meiner Liebe zu den großen Tierserien der Fernsehgeschichte, wie *Daktari*, war die Lösung dieses Falles für mich eine reine Zwangsläufigkeit.«

Gaia sprang auf. »Ich muss es gleich Mutter sagen.«

»Warte!« Ich hielt sie am dünnen Ärmchen fest. »Das ist doch grausam. Zwanzig Jahre lang beschäftigt sich deine Mutter mit diesem Fall, und wir knacken ihn lässig im Laufe eines Abendessens.«

»Da hat sie Recht«, pflichtete Gerrit mir bei. »Verdammt hart für deine Mutter.«

Wir grübelten.

»Wartet«, meinte Ilka, »lasst uns die Fotos einfach so arrangieren, dass Gaias Mutter gar nicht anders kann, als auf die Lösung zu kommen.«

Gesagt, getan.

»Was macht ihr denn da?«, brüllte Gaias Mutter schon von der Klotür. Das ganze Restaurant erbebte. Falls zufällig gerade ein Michelin-Tester anwesend gewesen sein sollte, sah es schlecht aus für den nächsten Stern – zu viel Prollatmosphäre.

»Ich hatte eine feste Ordnung für diese Fotos«, erklärte Gaias Mutter nur um Nuancen leiser, als sie an den Tisch trat. »Die Schwarzweißaufnahmen der Verdächtigen müssen unbedingt ...« Sie stockte. »Moment mal.« Sie schluckte. »Mein Gott, natürlich!«

Ein Blitz der Erkenntnis zog pfeilschnell über ihre runzligen Züge. »Das ist es. Mein Gott, das ist es!«

Ich lehnte mich triumphierend in meinen Sessel zurück und schlürfte meinen Espresso leer.

Mein Schlaf war kurz und schlecht. Und das lag nicht an der exquisiten Meeresfrüchteplatte und auch nicht an den drei Digéstifs, die ich mir nach meinem Triumph gegönnt hatte. Es lag einfach daran, dass mir im Dämmer der Nacht klar wurde, was für einen ausgemachten Blödsinn ich verzapft hatte. Meine Güte, wir reden hier von einem Schimpansen, der einen Auftragsmord begangen haben soll!

Da könnte man ja gleich behaupten, ein Frosch habe die tödliche Kugel ausgespuckt, als das Opfer versuchte, ihn zu einem Prinzen zu küssen!

Herrje, die zwanzigjährige Karriere von Gaias Mutter würde sich in einer einzigen Sekunde in Rauch und Hohngelächter auflösen. Mit Schimpf und Schande würde sie in ein frühes Rentnertum zwangsausgesetzt. Das musste ich verhindern!

In aller Herrgottsfrühe warf ich mich in Baggypants und Kapuzenshirt und hastete ungewaschen und ungekämmt zu Gaias Eigentumswohnung im Stuttgarter Westen.

Wenn ich erwartet hatte, zwei schlaftrunkene Frauen in den Zustand der Erleuchtung versetzen zu können, so sah ich mich getäuscht. Gaia öffnete mir mit bereits verschwitztem Yoga-Dress die Tür. Ihre Mutter war nicht da. »Der frühe Wurm fängt den Vogel«, hatte sie bei Sonnenaufgang gezirpt und war entschwunden. Gaia vermutete, dass ihre Mutter schon auf dem Morddezernat war.

»O meine Göttin«, ich ließ mich auf die oberste Treppenstufe vor Gaias Wohnung fallen. »Ich bin zu spät gekommen.«

»Aber nein, Kind, Sie sind gerade richtig gekommen. Hier, ich habe frische Brötchen mitgebracht.« Gaias Mutter tänzelte leichtfüßig die Treppe hinauf.

Mir fiel ein Stein vom Herzen: Sie hatte nur Frühstücksbrötchen geholt. Vielleicht war noch nicht alles verloren.

Schwerfällig folgte ich Gaia und ihrer Mutter in die Küche. Mit einer Tasse Malzkaffee trank ich mir Mut zu, während die beiden das Frühstück bereiteten.

»Ich ... äh ... muss Ihnen etwas sagen«, fing ich stotternd an. Eingeständnisse der eigenen Blödheit sind mir noch nie leicht über die Lippen gekommen, obwohl sie schon des Öfteren fällig gewesen wären. »Der Affe ist es nicht gewesen.«

Gaias Mutter ließ die beiden Gsälz-Gläser auf den Tresen sinken und drehte sich in Zeitlupentempo zu mir um. »Wie bitte?«

»Es ist alles meine Schuld«, gab ich zu.

Gaia rückte ein Stück von mir ab.

»Ich habe die Fotos so angeordnet, dass Sie zu diesem Schluss kommen mussten. Aber es ist der pure Wahnsinn: Der Schimpanse kann es unmöglich getan haben.«

»*Doppelmord in der Rue Morgue*?« Gaias Mutter schmunzelte. »Kindchen, Sie lesen zu viel Edgar Allan Poe. Wie konnten Sie auch nur eine Sekunde lang das arme Tier in Verdacht haben?«

Ich äugte verblüfft. »Dann wollen Sie auf dem Dezernat nicht erzählen, dass es der Affe war?«

Gaias Mutter lachte perlend. Gaia fiel schmetternd mit ein – elende Überläuferin!

»Aber nein!« Gaias Mutter – wie hieß sie eigentlich? – wischte sich mit dem zierlichen Handrücken eine Träne aus dem Augenwinkel. »Es war der Großvater! Ich habe doch immer gerätselt, warum die Ermordete vor ihrem Tod noch P A N I K in den Sand schrieb. Ganz einfach: Es hieß Opa Nikolaus. Die fehlenden Buchstaben wurden offenbar beim Fund der Leiche verwischt.« Sie holte den Käse aus dem Kühlschrank. »Gleich heute früh war ich im Büro und habe veranlasst, dass Beamte aus Schwäbisch Hall in den

Altenhort fahren, wo der Mann heute lebt. Er hat dann auch anstandslos alles gestanden. Es hat wohl doch sein Gewissen bedrückt, die eigene Enkelin ermordet zu haben. Oder er wollte mit über neunzig einfach reinen Tisch machen; er kommt ja eh nicht mehr in den Knast. Leider, muss ich sagen.«

Gaias Mutter stellte zweierlei Gsälz und Käse auf den Tisch. »Kind, überlassen Sie das Ermitteln ruhig uns Profis, und kümmern Sie sich um einfachere Dinge. Sie sollten zum Beispiel dringend mal zum Friseur.«

Tja, damit wäre wohl klar, an wen heuer der Messingpokal für den Idioten des Jahrtausends gehen wird ...
Seufz!

Credo quia absurdum

*(Ich glaube, gerade weil es widersinnig ist ...
oder: Der Blick in die Zukunft für nur
dreineunundneunzig pro Minute ...)*

Das Telefon hatte noch gar nicht ausgeklingelt, da hielt ich schon gegen alle Regeln den Hörer in der Hand. »Danke, dass Sie sich an *Blick in die Zukunft* wenden«, hauchte ich mit einer Stimme, die ich für überirdisch-ätherisch hielt. »Mein Name ist Samsara. Würden Sie mir bitte Ihren Namen und Ihr Geburtsdatum nennen?«

»Ich heiße Karin, und ich bin Jungfrau, also, ich meine, 28. August.« Mit zittriger Kleinmädchenstimme nannte sie auch noch das Geburtsjahr. Da ich in Kopfrechnen eine Null war, addierte und subtrahierte ich rasch auf meinem Notizblock. Yep, die Kleine war volljährig. Sogar mehr als das. Viel mehr. Wie sehr Stimmen manchmal täuschen. Ich fragte noch ihre Kreditkartennummer und das Gültigkeitsdatum ab, dann konnte es losgehen.

»Karin«, hauchte ich, schon weniger ätherisch – auf Dauer konnte ich das einfach nicht durchhalten. »Ich lese die Zukunft aus den Tarot-Karten. Im Moment mische ich die Karten, sie erhalten dabei bereits Ihre Schwingungen. Wann immer Sie das Gefühl haben, der richtige Zeitpunkt sei gekommen, sagen Sie es – dann höre ich auf zu mischen und lege die Karten aus. Als Erstes werde ich eine allgemeine Deutung vornehmen. Überlegen Sie sich unterdessen, welche konkrete Frage Sie anschließend an die Karten haben.«

Ich musste meinen Telefonhörer noch altertümlich in der Hand halten, und da es jedem, außer der achtarmigen Kali, unmöglich war, dabei auch noch die Karten zu mischen, hielt ich also in der Linken den Hörer und drückte mit der Rechten auf die Taste meines Kassettenrekorders, der daraufhin ein Band mit Kartenmischgeräuschen abspielte.

»Bitte, ich will keine allgemeine Deutung«, flehte Karin. »Mein Mann wurde ermordet. Fragen Sie die Karten, wer es war!«

Ich hatte die Wahl gehabt – entweder zu *Aldi* an die Kasse oder als Wahrsagerin zu *Blick in die Zukunft*. Beide suchten im *Stuttgarter Wochenblatt* zuverlässige MitarbeiterInnen. Nicht nur mein Liebesleben, auch mein Freiberuflertum machte mal wieder eine üble Flaute durch, und ich brauchte dringend Geld.

Meine neue Karriere begann mit einer eintägigen Schulung durch Herrn Siebenzahl, einen untersetzten Toupetträger mit Goldkronen und geflochtenen italienischen Schuhen. Nun ja, die Schulung kostete mich und die anderen fünf Teilnehmerinnen satte 750 Schleifen, aber dafür würde ich fürderhin bei jedem Anruf unter der 0190-Nummer dreißig Prozent der Einnahmen erhalten. Das waren bei 3 Mark 99 die Minute immerhin fast ... ahem ... rechnen Sie es sich selber aus. Jedenfalls dachte ich, die Investition würde sich lohnen.

Siebenzahl hatte mal ganz klein angefangen und auf New-Age-Messen selbst die Zukunft gedeutet. Mittlerweile war er auf Telefon-Vorhersagen im großen Stil umgestiegen, und sein Unternehmen boomte prächtig – er war schon in allen gängigen Talkshows aufgetreten, und der *Fokus* hatte eine satte siebenseitige Reportage über *Blick in die Zukunft* gebracht.

Siebenzahls Interpretation der Tarot-Karten war allerdings ein Witz. »Wenn Sie den Schwert-König, die Liebenden und den Schwert-Pagen ziehen, dann ist Ihr Klient ein Pädophiler!«, tönte er und zeigte dabei auf die entsprechenden Vergrößerungen der Karten, die er kreisförmig und mit *Tesa* an die Wände des Schulungsraumes geklebt hatte.

»Wirklich jeder ist narzisstisch veranlagt, darum werden auch alle über Ihre erstaunlichen ›Einsichten‹ verblüfft sein, weil sich keiner vorstellen kann, dass er so viel mit dem Rest der Menschheit gemeinsam hat«, dozierte er hinter seinem Oberlehrerpult.

»Bei jeder Lesung wird es die Schwerter geben, also Konflikte. Und natürlich auch die Kelche, Emotionen. Sie können Geldprobleme, charakterliche Schwächen, Unsicherheiten, Krankheit und die Liebe ansprechen – und liegen damit immer irgendwie richtig. Ein Beispiel.«

Bei den Beispielen beugte er sich stets dermaßen weit über sein Pult, dass ich dachte, ihm würde die Luftzufuhr abgedrückt.

»Fragen Sie die Anruferin: ›Sie sind gerade mit jemand zusammen, richtig?‹ Wenn das bejaht wird, und meistens wird es bejaht, fahren Sie fort: ›Ich spüre ein Ungleichgewicht zwischen dem körperlichen Aspekt Ihrer Beziehung und den anderen Aspekten.‹ Damit liegen Sie nie verkehrt!« Triumphierend nahm er wieder die Hab-Acht-Aufrechtstellung ein.

Schauder, da hielt ich mich doch lieber an Luisa Francias »Hexentarot«. Aber egal, die Feinheiten blieben mir überlassen. Im Seminar ging es ohnehin eher um das professionelle Auftreten der Telefonwahrsagerin im Allgemeinen und bei *Blick in die Zukunft* im Speziellen.

Nach der Mittagspause (Speisen und Getränke waren in den Schulungskosten nicht enthalten, jedoch gegen einen nicht geringen Aufpreis bei der Schulungsleitung erhältlich) kam Siebenzahl auf das Wesentliche zu sprechen.

Die Liste mit Anweisungen war nicht lang, strotzte aber nur so vor nachdrücklichen Ausrufungszeichen: Immer beim zweiten Klingeln abheben! Niemals gleich konkrete Fragen beantworten, immer erst eine allgemeine Deutung abhalten – das dauerte und dauerte, und was dauerte, brachte Geld! Aus Eigeninteresse und im Interesse der Firma galt es, die Gespräche so lange wie möglich hinauszuziehen: Fünfzehn Minuten waren das absolute Minimum. Wenn ich das auf Dauer nicht bringen sollte, konnte ich schon mal zur Anprobe für den *Aldi*-Personalkittel gehen.

Deutsche Gründlichkeit liegt mir im Blut, also stürzte ich mich nicht gleich auf zahlende Kundinnen, sondern belästigte meine Freundinnen und Freunde, darunter auch einen Dr. med. und eine Dipl.-Psych. Anfangs lachten sie durch die Bank weg, aber dann wurden sie immer ruhiger, und am Ende waren sie über meine »Genauigkeit« total verblüfft. Ich war eben ein Naturtalent. Oder die Menschheit hatte doch mehr mit Schafen gemein, als sie zugeben wollte … Zumindest darin hatte Siebenzahl sich nicht getäuscht.

Nur Sophie, das Urgestein, weigerte sich beharrlich, sich von mir die Zukunft aus den Karten legen zu lassen. »Erstens ist das Quatsch, zweitens ist das Quatsch und drittens, schämst du dich nicht, unschuldige Mitmenschen auszubeuten?«

Hm. Kein ganz dummes Argument. Aber schon die Tante meiner Großmutter hatte aus den Karten gelesen, ich war also genetisch vorbelastet. Außerdem wollte ich den Leuten ja keine Angst machen, im Gegenteil – ich plante, großzügig nützliche Lebenshilfen unters Volk zu bringen. Wenn sich eine nicht sicher war, ob der nette Kollege ihre amourösen Gefühle teilte, dann wollte ich ihr raten, den Herrn einfach mal anzuquatschen; wenn einer glaubte, nur ein Lottogewinn könne ihn aus seiner Unzufriedenheit reißen, dann wollte ich ihm vorschlagen, sich einen Job zu suchen, der ihn glücklich machte, sowie ein erfüllendes Hobby – und weiter Lotto zu spielen. Ja, so hatte ich es mir gedacht. Und überhaupt: Die Welt will betrogen sein! Folglich suchte ich mir ein wohlklingendes Pseudonym aus und setzte mich in Wartestellung vor den Telefonapparat.

Tja, und dann war es so weit, meine erste Anruferin:
Karin – und ihr ermordeter Ehemann.

Ich stöhnte. In meinen Hirnsynapsen ging die Post ab. War das ein Testanruf von Siebenzahl? Wollte mich Sophie auf den Arm nehmen? Aber nein, so dachte es in mir (ich selbst war zu keinem klaren Gedanken mehr fähig), wenn eine Klientin die 0190-Nummer wählte, wurde sie vom Computer automatisch an eine freie Nummer weitergeleitet. Nach dem Zufallsprinzip. Es konnte kein Komplott sein. Oder doch?

»Karin«, sagte ich – mein Hauchen hatte sich inzwischen definitiv von diesem Planeten verabschiedet, »dazu brauche ich noch ein paar Einzelheiten. Wie lange ist Ihr Mann schon tot? Und wie kam er ums Leben?«

Leises Schniefen drang durch die Leitung. Gute Güte, das konnte doch unmöglich wahr sein. Gleich bei meiner ersten Anruferin – warum passiert so was immer mir?

»Hasso war im Laden, wir verkaufen Schmuck, nichts

Abgehobenes, hauptsächlich Eheringe. Und Modeschmuck an Teenys. Hasso hat die Tagesabrechnung gemacht. Letzte Woche. Sonst helfe ich ihm immer, aber an dem Abend hatten wir uns gestritten. Und da wurde er erschossen! Ich hätte ihn nicht allein lassen sollen!« Die letzten Worte gingen in ein lang gezogenes Wimmern über.

Na, das lag doch auf der Hand. »Das war sicher ein Raubmord«, entfuhr es mir.

»Sagen das die Karten?«, fragte sie und schnäuzte sich.

Peinlich, peinlich. »Äh, nein, das war nur so mein erster Gedanke. Ich bin auch … äh … telepathisch veranlagt.« Ich stöhnte wieder – diesmal innerlich.

»Dann lesen Sie gerade die Gedanken der Polizisten, die haben das nämlich auch gesagt. Aber es wurde doch nichts gestohlen! Gar nichts. Die Polizei meint, der Einbrecher habe nicht mit Hassos Anwesenheit gerechnet und ihn in Panik erschossen. Dann sei er geflohen. Aber es gibt kein Anzeichen für ein gewaltsames Eindringen, und Hasso hat immer alle Türen abgeschlossen, bevor er den Tagesabschluss machte. Immer! Er muss seinen Mörder gekannt haben.« Sie zog noch einmal kräftig die Nase hoch. »Nun legen Sie schon endlich die Karten aus!«, bäffte sie dann plötzlich. Mir wäre beinahe der Hörer aus der Hand gefallen. Vor lauter Schreck tat ich wie geheißen.

»Also«, sagte ich und zitierte meine auswendig gelernte Rede, »ich lege die Karten in der kleinen Pyramidenform. Kennen Sie sich ein wenig mit Tarot aus?«

»Nein.« Sie klang ein wenig freundlicher, aber nur ein wenig. »Eigentlich glaube ich auch nicht an diesen Humbug. Aber … wenn es doch irgendwie … falls höhere Mächte es wissen, dann …«

Ihre Stimme verlor sich.

Ich redete weiter. »Die erste Karte ist der Signifikator.

Ich ziehe sie jetzt – ja, da hätten wir *Die Zerstörung*.« Das passte. Auf dem Bild war ein Turm zu sehen, von dem entsetzt blickende Menschen in den Tod stürzen. Als die Karten vor Jahrhunderten ersonnen wurden, gab es noch keine Schusswaffen, aber die allgemeine Tendenz stimmte.

»Die zweite Karte ist die Wurzel des Problems – da sehe ich die *Königin der Stäbe*, also eine fröhliche, lustvolle Frau. Sind Sie das?«

Am anderen Ende der Leitung war nur Stille zu hören.

»Die dritte Karte symbolisiert das Unbewusste – da habe ich jetzt die *Vier der Münzen*. Normalerweise ein Zeichen dafür, dass man zu sehr an seinem Besitz klebt, materiellen Dingen zu sehr verhaftet ist. Komisch, passt irgendwie gar nicht zu der vorigen Karte, der *Königin der Stäbe*. Vielleicht waren Sie das doch nicht.« Ich räusperte mich. Es war an der Zeit, dass ich mein vorlautes Plappermaul in den Griff bekam.

»Die vierte Karte ist die treibende Kraft – vor mir liegt da der *Ritter der Schwerter*.«

»Was bedeutet das?«, rief Karin. Langsam klang sie hysterisch.

»Je, nun …«

Wie sag ich's meinem Kinde? Bei Tarot-Expertin Luisa – und ohne Luisa kann ich nicht, weil es in meinem Alter einfach nicht mehr drin ist, von jetzt auf gleich die Mehrfachbedeutungen von 78 Karten auswendig zu lernen – also bei Luisa stand da: *Das Herz ist gepanzert mit Eis. Aggression. Egozentrisches Verhalten.*

Ein neuerlicher Stöhner entrang sich meiner Brust.

»Moment noch«, lenkte ich ab, »ich ziehe noch schnell die letzte Karte, die für die Zukunft stehen soll – es ist die *Fünf der Schwerter*.«

Ich hörte das Ticken meiner Penduluhr aus dem Flur,

das Zwitschern der Sittiche aus dem Nebenzimmer und das Hupen der Stuttgarter Rush-Hour-Genervten auf der Hegelstraße.

»Jetzt sagen Sie schon!«, bellte Karin.

»Alles, was Sie getan haben, wird auf Sie zurückfallen!« Ich klang wie Kassandra höchstpersönlich und machte mir prompt selbst Angst.

Karin schluckte. »Woher wissen Sie es?«, fragte sie flüsternd.

Ich hörte noch ein Klicken, dann war die Leitung tot. Dauer des Gesprächs: Siebzehn Minuten, 31 Sekunden – ich hatte mein Mindestsoll erfüllt.

Und stöhnte.

Mein strahlendes Dasein als Telefonwahrsagerin war damit beendet. Mein Nervenkostüm war für diesen Job einfach nicht maßgeschneidert.

Göttinseidank hielten sich die Anschaffungskosten in Grenzen: Telefon und Karten sowie Luisas Deutungshilfebuch hatten sich schon in meinem Besitz befunden. Was jedoch an meinem schwäbischen Herzen nagte, waren die siebenhundertundfünfzig Mark für den Kurs. Aber vielleicht ließ sich die Investition ja noch retten: Telefonsex soll ja enorm gefragt sein, und wenn eine stöhnen kann, dann ich ...

Horror vacui

(Grauen vor der Leere ...
ob im Magen oder im Hirn)

Mein Trinitron-Großbildfernseher und die DVD-Video-Hi-Fi-Kompaktanlage haben ungefähr so viel gekostet wie ein Lear Jet, die gesamte Innenausstattung meiner Küche habe ich dagegen für unter 50 Mark (oder wahlweise 25 Euro) erstanden. Das zeigt, wo meine Begabung liegt: Nicht im Zaubern von kulinarischen Köstlichkeiten, sondern im Fläzen auf meiner Schlafcouch, während ich mir den Bestand meiner hauseigenen Videothek reinziehe.

Als ich folglich an jenem düster-verhangenen Sonntagnachmittag in die gähnende Leere meines Kühlschranks blickte, versuchte ich nicht, aus den Resten meiner Milleniumswechselnotvorräte, die mich locker noch bis zum nächsten Jahrtausendwechsel ernähren würden, etwas Feines zu brutzeln, sondern griff zum Telefon, um meinen Lieblings-Bringdienst anzurufen.

Mist, erst kurz vor halb fünf. Vor 17 Uhr warf Rabindranath sonntags nie den Pizza-Ofen an. Bis die *Quattro Jahreszeiten* endlich bei mir wären, würde es dann noch mal eine halbe Stunde dauern. Hm, da blieb nur ein Ausweg: Auf zu Gerd, meinem Stammkneipier, und seinen deliziösen Hackbällchen aus der Dose.

In sonniger Vorfreude tuckerten mein Magen und ich in

meinem alten Mini über den Berliner Platz in Richtung Paulinenbrücke. In Höhe des Bollwerk-Kinos winkte ein grünes Männchen den vor mir fahrenden BMW mit Karlsruher Kennzeichen an den Straßenrand. Ich schenkte dem weiter keine Beachtung.

Mächtig großer Fehler.

Polizeiobermeister Thomas Rodenbrück war grauwettergenervt. Außerdem kotzte es ihn an, dass er als Single zur Ferienzeit immer die Sonntagsschicht schieben musste. Und darüber hinaus kniff die kugelsichere Weste unter den Armen. Kurz gesagt, es war ein Sch…tag, und er hätte am liebsten einige Szenen aus *Rambo* nachgespielt.

»Polizeikontrolle. Ihren Führerschein bitte.«

In dem schlammbraunen BMW saßen zwei ziemlich nervöse junge Männer.

»Gibt's ein Problem?«, nuschelte der pickelige Fahrer mit dem fettigen Pferdeschwanz und schwarzen Rändern unter den Fingernägeln der linken Hand, mit der er ihm einen Lappen reichte, der auf Hartmut-Rüdiger Ferdinand Leopold Graf von Falkentreu ausgestellt war.

Polizeiobermeister Rodenbrück ließ seine Hüften unmerklich im grobmotorischen Arnie-Schwarzenegger-Stil kreisen. Er war ein Jagdhund und roch die Äktschn.

»Würden Sie bitte aus dem Wagen aussteigen.« Rodenbrück trat einen Schritt zurück.

Das war auch gut so, denn der Pferdeschwanz klotzte sein Bein mit Schmackes aufs Gaspedal und wäre dem Beamten sonst mit Sicherheit und quietschenden Reifen über die Polizistenfüße Größe 49 gebrettert.

Von der Hauptstätterstraße bog ich auf die Römerstraße und freute mich diebisch angesichts der viel versprechenden Parkplatzsituation. So viel Glück hat man nur in der Ferienzeit. Doch gerade, wie ich einparken wollte, donnerte haarscharf ein schlammbrauner BMW an mir vorbei, schnitt mir den Weg ab und hielt mitten auf der Fahrbahn an. Zwei junge Männer sprangen heraus, liefen auf meinen Mini zu, rissen die Beifahrertür auf und schwenkten böse funkelnde Halbautomatikwaffen vor meinen entsetzt aufgerissenen Augen.

»Bitte nicht schießen«, piepste ich, »Sie können alles haben.«

Alles? Was bitteschön könnten zwei Jungkriminelle von einer schwergewichtigen Enddreißigerin mit Thirdhand-Klamotten und höchstselbst verschnittenem Zottelschopf in einem mehr oder weniger völlig durchgerosteten Mini schon haben wollen?

Die beiden quetschten sich gegen alle Gesetze der Raumausdehnung in meinen Kleinstwagen, wobei sie mit ihren Waffen und angeekelt verzogenen Gesichtern diverse geschmolzene *Mars*-Riegel, ein Netz mit angeschimmelten Orangen und eine Million durchgerotzte *Tempo*-Taschentücher zur Seite schoben. Ich schämte mich ein wenig. Das muss man sich vorstellen: Ich schämte mich vor Kriminellen wegen meiner mangelnden hausfraulichen Fertigkeiten. Meine Mutter hatte gute Arbeit geleistet ...

Dann bohrte mir der Pferdeschwanzträger seine Waffe ins Doppelkinn und bellte: »Sie werden uns fahren, Lady. Auf geht's!«

Die Bibliotheksangestellte Heiderose Köster, 31, allein stehend, zwei Katzen, bog von der Immenhoferstraße auf die Römerstraße auf dem Weg zu ihrem verwitweten Vater, als sie in Höhe des Theaters *Die Rampe* ein merkwürdiges Schauspiel miterlebte. Zwei junge Männer sprangen aus einem schlammbraunen BMW und hüpften in einen rostfleckenübersäten Mini, der daraufhin ruckartig anfuhr. Misstrauisch sah sie ins Wageninnere, als der Mini an ihr vorbeizockelte. Eine dunkelhaarige Frau saß am Steuer, neben ihr ein hühnerbrüstiger Mann mit Pferdeschwanz und irgendwie quer mittig über beziehungsweise hinter ihnen ein etwas stämmigerer Glatzkopf.

Heiderose Köster merkte sich das Nummernschild. Als der Mini in die Immenhoferstraße bog und aus ihrem Blickfeld verschwand, fragte sie sich, ob da alles mit rechten Dingen zugegangen war. Dann ermahnte sie sich, dass ihr Vater auf sie wartete. Und Vater konnte sehr ungehalten werden, wenn der Kaffee kalt wurde.

Als sie an der roten Ampel vor dem Heslachtunnel das Kennzeichen auf einem gelben Klebezettel notierte, dachte sie mit den für diese Aufgabe nicht nötigen Gehirnzellen an die einseitige Konversation, die ihr in den nächsten drei Stunden bevorstand – über hühnereigroße Gallensteine, eingewachsene Zehennägel und Harninkontinenz.

In einem gewagten Wendemanöver bog Heiderose Köster auf die andere Spur und preschte dem Mini hinterher.

Atze Ziekowsky und sein Halbbruder Wolle stritten sich lautstark. Das heißt, in dem Moment wusste ich nicht, dass der nuschelnde Größenwahnsinnige mit dem fettigen Pferdeschwanz Atze hieß und der glatzköpfige Finsterling, der sehr an Röchelhelm Darth Vader erinnerte, nur ohne die kleidsame Rüstung, auf den Namen Wolle hörte. Mangels Radio war mir auch nicht bewusst, dass die beiden wegen Bankraubs und Geiselnahme in Bruchsal einsitzenden Schwerverbrecher heute Morgen ihre Wärter überwältigt und sich auf der Suche nach einer etwas angenehmeren Sommerfrische in Richtung Stuttgart abgesetzt hatten.

»Die Tussi bringt uns jetzt auf die Autobahn und Schluss«, nuschelte Atze.

»In der Karre dauert das ewig«, nölte Wolle.

»Ja, aber die suchen uns in einem schnellen Wagen. Und mit einer Frau am Steuer wollen die uns schon gleich gar nichts.«

Wolle sagte darauf nichts, atmete mir aber heftig in den Nacken.

Und ob Sie es glauben oder nicht, das Einzige, was mir in diesem Moment durch den Kopf schoss, war das Bedauern über die Hackbällchen, die mir nun wohl entgehen würden.

Heiderose Köster fuhr in der erlaubten Höchstgeschwindigkeit die Römerstraße hoch, an dem BMW vorbei und auf die Immenhoferstraße zu. In diesem Augenblick rasten aus allen Ecken Streifenwagen auf den BMW zu und kamen mit quietschenden Bremsen zum Stehen.

Heiderose musste nicht lange überlegen. Mit jeder Wiederholung wird ein Gesetzesverstoß einfacher. Sie wendete neuerlich unerlaubt und fuhr zurück zu den Streifenwagen und dem BMW.

Dort angekommen, kurbelte sie ihre Scheibe herunter. »Herr Wachtmeister«, rief sie einem schnuckeligen Beamten mit großen Füßen zu, »die Kerle, die Sie suchen, die sitzen jetzt in einem Mini. Hier, ich habe das Kennzeichen notiert.« Sie wedelte mit dem Klebezettel und lächelte kokett.

Polizeiobermeister Thomas Rodenbrück verständigte die Zentrale.

Atze paffte eine Zigarette nach der anderen. So schnell es meine alte Kiste mit zwei Schwergewichten und einer Hühnerbrust schaffte, tuckerten wir die Neue Weinsteige hoch.

»Lass uns mal das Radio anmachen«, röchelte Wolle.

»Nein!«, bellte Atze, verschluckte sich am Rauch und hustete.

»Willst du denn nicht hören, ob ...«

»NEIN!«, schnitt Atze seinem Halbbruder das Wort ab und das so heftig, dass ihm ein Eiterpickel an der Schläfe platzte und seinen gelblich grünen Inhalt geschossartig freigab. Offensichtlich wollte Atze nicht, dass ich zu viel erfuhr und dann vor lauter Angst nicht mehr sicher fahren konnte. Und sicher fahren musste ich schon, waren sie doch alle beide nicht angeschnallt.

»Also, wir beide wurden einer Tat beschuldigt, die wir nicht begangen haben«, führte Atze aus und warf die Kippe auf den Rücksitz. Wolle mit seiner ruckenden Motorik war nicht in der Lage, ihr auszuweichen, und grunzte.

»Und unser Anwalt war 'ne Doppelniete«, winselte Atze weiter.

Ich versuchte, so viel gründliche Schwermut in meinen Blick zu legen, als hätte ich schon alles Leid dieser Welt gesehen oder zumindest alle Folgen von *Gute Zeiten, schlechte Zeiten*. »Der Mann meiner Cousine ist Anwalt, ein echt guter«, sagte ich.

Woraufhin mir Atze eine ellenlange Geschichte von der Ausweglosigkeit ihres vom Schicksal gebeutelten Lebensweges kundtat. Die Erzählung dauerte bis zum Flughafen in Echterdingen. Vom Rücksitz drangen mittlerweile Schnarchlaute an mein Ohr.

Als altem Film- und Fernsehfan war mir klar, dass mich die beiden umbringen mussten; schließlich konnte ich sie identifizieren. Meine einzige Rettung bestand darin, mich scheinbar auf ihre Seite zu schlagen.

Thomas Rodenbrück kräuselte die wulstigen Lippen in bester Sly-Stallone-Manier. Mit einem Affenzahn, Blaulicht und Sirene donnerte sein Streifenwagen die Weinsteige hoch. Endlich mal ein Einsatz nach seinem Geschmack.

Die Zentrale hatte soeben bestätigt, dass der auf Hartmut-Rüdiger Ferdinand Leopold Graf von Falkentreu ausgestellte Führerschein als gestohlen gemeldet worden war. Bei dem Blaublut handelte es sich mitnichten um einen pickeligen Proll, sondern um einen stadtbekannten Karlsruher Immobilienmakler aus feinstem Zuchtstall.

Und jetzt war er fällig, gelobte Rodenbrück – nicht der Graf, sondern der Pickel mit dem fettigen Pferdeschwanz. Zweifelsohne handelte es sich bei ihm um den flüchtigen Ausbrecher aus Bruchsal, und er, Thomas Rodenbrück, würde ihn dingfest machen. Kein Zweifel möglich.

Mann, das würde seine Freundin vielleicht antörnen …

Ich schaltete den Knopf für mein betörendes Charisma ein und plauderte nonchalant mit meinen Entführern.

»Also«, flötete ich mit einer Lockerheit, die ehrlich gesagt nicht ganz echt war, »mal angenommen, die würden unser Abenteuer hier verfilmen, wer sollte euch dann darstellen?«

Wolle schnarchte rhythmisch, aber Atze sprang auf den Köder an. Er wollte natürlich von Til Schweiger verkörpert werden, und falls der wegen Terminschwierigkeiten nicht konnte, von Moritz Bleibtreu. Dirk Bach sollte Wolle spielen. Und für mich kam seiner Meinung nach nur Hella von Sinnen mit dunkler Perücke in Frage. Obwohl, vielleicht müsse der Streifen ja nicht ganz so lebensnah sein, dann käme auch Claudia Schiffer in Frage. Er lächelte beseelt.

Meine Strategie schien anzuschlagen. Atze ließ die Waffe sinken; sollte sein Finger jetzt einen Zuckkrampf bekommen, würde mir nicht das Doppelkinn weggeblasen werden, sondern nur mein innig geliebter, frisch gepiercter Bauchnabel.

Wir waren mittlerweile von der Autobahn runter und gondelten über irgendeine der vielen Filderstraßen in Richtung Tübingen. Außer uns und dem Milchlaster vor uns war niemand unterwegs. Na ja, ich hätte mich eh nicht getraut, anderen Autofahrern Blinkzeichen zu geben oder auf ähnliche Weise auf mich aufmerksam zu machen. Mein Leben mochte manchen als der Inbegriff von Ödnis und Langeweile scheinen, aber ich hing nun mal daran.

Plötzlich kam uns ein Streifenwagen entgegen. Wolle schien das im Halbschlaf registriert zu haben, denn er setzte sich plötzlich auf und schrie mir »BULLEN!« ins rechte, gute Ohr.

Na toll – hungrig, entführt und jetzt auch noch taub.

Kommissar Jens Müller war spät dran. Hoffentlich hatte die Werkstatt noch auf, er konnte nicht das ganze Wochenende mit dem Streifenwagen fahren. Seine Schwiegermutter würde sicher wieder lästern, man hätte ihn wohl zurückgestuft. Wenn es nach ihm ginge, gehörte das alte Waschweib in ein Heim. Aber nach ihm ging es nicht. Er schaltete das Blaulicht ein und drückte auf die Tube.

»Folgen Sie dem Milchlaster!«, herrschte Atze mich schon zum dritten Mal an.

Der Milchlaster bog auf den Zufahrtsweg zu einem Einödhof. Ich bog hinterher.

»Sind Sie völlig meschugge?« Atze hob die Halbautomatik wieder an und bohrte sie mir in den Hals.

»Ich sollte doch dem Milchlaster folgen!«, quengelte ich beleidigt.

»Aber doch nicht auf einen Bauernhof. Zurücksetzen!«

Unsere traute Gemeinsamkeit gehörte offensichtlich der Vergangenheit an. Außerdem roch es im Auto empfindlich nach Angstschweiß. Nichts entfremdet Menschen so schnell voneinander wie Stress und Gestank.

»Bei der roten Ampel nicht halten – einfach weiterfahren«, befahl Atze.

»Aber ...«, fing ich an.

»Ich kann Abersager nicht ausstehen! Weiterfahren, sage ich!«

Gesagt, getan, gesehen – und zwar von einem Streifenwagen. Schwupps heftete sich dieser an unsere hintere Stoßstange.

»Mensch, Atze, was sollen wir denn jetzt tun?«, röchelte Wolle.

»Knall sie ab!«

Oi, oi, oi, dachte ich. *Große Göttin, bitte mach, dass alles nur ein Traum ist und ich jetzt aufwache.*

Wolle hob seine Halbautomatik und feuerte durch die Heckscheibe. Der Streifenwagen wich auf den Grünstreifen aus, schlitterte über ein Spitzkohlfeld und kam wieder auf die Straße. Die Beamten erwiderten das Feuer.

Hallo da oben! hakte ich bei der göttlichen Instanz nach.

Atze kurbelte das Seitenfenster herunter und feuerte seinerseits. Das wäre ein guter Zeitpunkt gewesen, um mich einfach aus dem Wagen fallen zu lassen. Aber das hätte womöglich Dellen in meinen göttlichen Körper geschlagen. Stattdessen krallte ich mich ins Lenkrad und trat mit der Macht meiner 100 Kilo auf die Bremse.

Knirsch, Zong, Aus.

Atze Ziekowsky wurde aus der Beifahrertür geschleudert. Er zog sich nur leichte Verletzungen zu. Seinen Bruder Wolle dagegen katapultierte es durch die Frontscheibe; er kam mit schweren Schnittverletzungen und Brüchen ins Krankenhaus.

Was lernen wir daraus? Erst angurten, dann fahren!

Heiderose Köster erhielt für ihre Mithilfe bei der Ergreifung zweier flüchtiger Schwerverbrecher ein Dankesschreiben von Oberbürgermeister Schuster; ihr Vater schmollte allerdings einen ganzen Monat, weil sein einziges Kind ihn schnöde versetzt hatte.

Thomas Rodenbrück fuhr mit 180 Sachen auf der Suche nach den Flüchtigen bis kurz vor Tübingen, wo ihm dummerweise auf freier Strecke das Benzin ausging. Bei seinen Kollegen ist er bis zum heutigen Tag als »Tommy Spritlos« bekannt. Kein Antörner für seine Freundin.

Kommissar Müller ließ sich nach einem gemeinsamen Mallorca-Urlaub mit Frau und Schwiegermutter scheiden und lebt heute mit seinem Kanarienvogel in einer möblierten Zweizimmerwohnung in Metzingen.

Mir wurde wegen Überfahrens einer roten Ampel der Führerschein für drei Monate entzogen.

Fama crescit eundo

(Das Gerücht wächst, indem es sich verbreitet
oder: von Klatschtanten und Lästermäulern
und ihrer gerechten Strafe)

Stuttgart, Schlossplatz, 36 Grad im Schatten, windstill. Die Frisur hält.

Sophie und ich hatten uns ohne Rücksicht auf Verluste einen heiß umkämpften Logenplatz erstritten, nämlich die Caféhausstühle in der ersten Reihe, quasi mittig auf der Königstraße, unter einem riesigen Sonnenschirm und mit 1A-Blick auf die lässig flanierenden schwäbischen Schickis (handverlesen und alle aus der Möchtegern-Fraktion), auf die gehetzt vorübereilenden Yuppis (ein nicht unerklecklicher Restbestand aus den achtziger Jahren), auf die angesichts des neuen und des alten Schlosses »Aaaah« und »Ooooh« hauchenden Touris (viele) und auf die völlig durchschnittlichen Eingeborenen der Metropole (ganz, ganz viele – es war nämlich der erste Montag des Sommerschlussverkaufs).

»Ich fasse es nicht, sieh dir die an«, gluckste Sophie.

Ich sah auf.

»Nein, guck jetzt nicht hin!«

»Was jetzt?«, begehrte ich auf.

Ein Hungerhaken von Blondine, dürr bis auf die künstlich aufgespritzten Brüste, stakelte direkt vor uns in einem grünen *Versace*-Kleid vorbei. Das Dekolletee reichte bis zum

Bauchnabel. Der grüne Stoff war transparent. Angesichts der Hitze trug sie nichts darunter außer einem String-Tanga.

»Näää«, ereiferte sich Sophie in einer Lautstärke, die auch die mageren Öhrchen des aufgetakelten Hungerhakens noch erreichen musste, »so was trug man letztes Jahr als Popmäuschen zur Preisverleihung des Grammy, aber jetzt doch nicht mehr. Und auch noch am helllichten Nachmittag in einer süddeutschen Großstadt! Das ist doch megapeinlich.«

Die beiden Matronen links neben uns (zwei Kännchen dekoffeinierter Kaffee, zwei Stück Schwarzwälder Kirsch) nickten zustimmend.

Die vier knackigen Südländer rechts neben uns (drei Latte Macchiato, ein Ramazotti mit Eis) waren zu sehr mit ihrem anerkennenden Pfeifkonzert beschäftigt, um uns zu hören.

»Schnulli, man lästert nicht über das Aussehen einer Frau. Das ist unschwesterlich.« Ich hänge gern die politisch korrekte Oberlehrerin heraus. Das ist Teil meines unwiderstehlichen Charmes – und wohl Grund dafür, warum ich außer Sophie kaum noch Freunde habe.

»Ich lästere nicht über ihr Aussehen, sondern über ihre Aufmachung«, korrigierte Sophie und sog lautstark Bananenmilch durch ihren Strohhalm.

Sophie ist meine beste Freundin. Wenn ich niedergedrückt und deprimiert bin, wenn ich Trost, Unterstützung und etwas Freundlichkeit brauche, wenn ich in gute, ja gütige Augen blicken will, dann gehe ich in die Eberhardskirche und knie vor Maria, der gebenedeiten Mutter Gottes, nieder. Aber wenn mir nach einer spitzen Lästerzunge ist, dann bin ich bei Sophie genau richtig. Diesbezüglich sind wir seelenverwandt, und das macht per definitionem eine beste Freundin aus. Lästern schweißt fürs Leben zusammen.

»Stell dir den mal nackt vor.«

Sophie lenkte meine Aufmerksamkeit mit unauffälligen Blicken auf einen Passanten, Typ Kampfhundstreichler, der angesichts seiner ausufernden Ganzkörperbehaarung auf das Netzhemd und die hautengen Radlerhosen hätte verzichten sollen. Der Pudel der Matronen neben uns suchte beim Anblick dieses Neandertalers ängstlich kläffend zwischen den kräftigen Waden seines Frauchens Schutz. Diese Krönung der menschlichen Schöpfung würde jedem Tier auf Erden Angst einjagen, selbst einem, das schon tot in einer Konservendose lag.

»Igitt – willst du, dass ich mich übergebe?«

»Was sind das bloß für Frauen, die mit so einem ins Bett gehen?« Sophie wurde hin und wieder gern philosophisch.

»Ich wette, es gibt unzählige Frauen, die das für besonders männlich und testosteronig halten und ohnehin eine starke, behaarte Hand brauchen, die sie durchs Leben führt – oder prügelt.«

»Glaubst du, der hat öfter Sex als wir?«

Angesichts der Tatsache, dass Sophies Gatte für drei Monate beruflich in den Vereinigten Arabischen Emiraten weilte (weswegen sie ein paar schöne Tage bei mir verbrachte) und ich eine frisch getrennte Single-Frau war, deren Höhepunkt am letzten Wochenende im christlichen Bürgerzentrum das Verspeisen eines Würstchens vom Grill und der Alleinunterhalter Hubsi an der Hammondorgel war, ließ sich diese Frage nur mit einem kräftigen und irgendwie deprimierenden JA beantworten. Ich wollte dieses traurige Thema nicht vertiefen, folglich suchte und fand ich eine Ablenkung.

»Siehst du den da drüben, den Langhaarigen mit dem

Lippenpiercing und dem Knackpo? Das ist der derzeitige Lover unserer Primaballerina vom Stuttgarter Ballett.«

»Nei-iiin!« Sophie tat empört. »Ist der überhaupt volljährig? Will sagen, hat der denn schon gelernt, wie man sich als Erwachsener das Fieber misst?«

»Soll sie sich einen senilen Tattergreis suchen, der keine dichte Stelle mehr hat, bloß weil sie auf die Vierzig zugeht?«

»Quark, aber was will der von einer Enddreißigerin mit zermatschten Zehen?«

Wir verfolgten die sich rhythmisch wiegenden Pobacken des Jünglings, bis sie – schon kaum mehr auszumachen – zwischen Künstlerhaus und Schloss in Richtung Oper verschwanden.

»Hach, von so einem Schnuckel hätte ich gern ein Kind«, seufzte ich.

Sophie erbleichte. »Über so was macht man keine Witze!«

»Komm schon, unsere biologische Uhr tickt. Wir sind sogar schon zu alt, um als Aupairmädchen mit einem Interrailticket nach Madrid zu fahren. Bald ist der Ofen ganz aus. Hast du ehrlich nie daran gedacht, deine Gene weiterzugeben?«

Sophie schüttelte sich. »Allenfalls als Eier-Spende. Nää, watt soll ich mit einem Kind? Die sind nur ganz zu Anfang eine Stunde lang süß, später musst du dann lernen, wie man Murmeln aus Nasen popelt, und noch später ackerst du dir den Hintern ab, nur damit sich die Früchtchen Designerklamotten kaufen können, während du die Ramsch-Angebote vom Schlussverkauf trägst. Und wenn sie nach all der Mühe endlich groß sind, werden sie Mathematiklehrerin oder kriegen den Spitznamen Drogen-Dennis. Vielen Dank auch, ich verzichte.«

»Tja, also, ich denke da schon hin und wieder dran.«

Sophie sah mich an, als hätte ich mich eben zum islamischen Fundamentalismus bekannt.

»Ja, dann nur zu, lass dich begatten!«

»Jetzt? Hier?«

Bevor sich unser verbaler Schlagabtausch zu einem ausgewachsenen Streitgespräch mauserte – eine Entwicklung, für die wir beide Spezialistinnen waren –, suchte ich lieber nach einer Ablenkung. Man soll schließlich nicht seine ganze schmutzige Intimwäsche in der Öffentlichkeit waschen – und die Ohren der Matronen am Nebentisch glichen schon Satellitenschüsseln.

»Hör dir lieber das hier an.« Ich zog die *Amica*, die aufgeschlagen auf meinem Schoß lag, näher vor meine altersschwachen Augen. »*Der Frauenhintern muss einen Umfang haben, es muss ›ein Weiberarsch‹ sein, das hat vor mir schon der englische Dichter D. H. Lawrence in seinem Roman* Lady Chatterley *gefordert. Frauen mit einem Knabenhintern müssen angeben und mit ihm rumwackeln, weil er sonst nicht auffällt, aber ein Weiberarsch hat es nicht nötig, die Pobacken tanzen zu lassen. Der Weiberarsch ist einfach da und erzielt Wirkung!*«

Ich ließ die Zeitung sinken. »Das hat ein Uwe Kopf geschrieben! Derb, aber punktgenau. Der wär was für mich.«

Sophie schüttelte den Kopf. Und das nicht, weil ich schon wieder den Fat Activist raushängen ließ. »Der meinte nicht deinen Bombasto-Hintern im Dino-Format, sondern was kleines Dralles in Maximalgröße 42. Das kommt ihm deshalb üppig vor, weil er es als Frauenzeitungsmensch sonst nur mit Models in Größe 32 zu tun hat.«

Ich streckte ihr die Zunge raus.

»Und überhaupt!« Sophie tat jetzt betont unauffällig, immer ein Zeichen dafür, dass sie vor Neugier platzte. »Wie kannst du für einen Uwe schmachten, wo du doch einen Urs hast?«

»Urs ist Geschichte!«

Ich senkte meinen Lockenkopf in eine andere Frauenzeitschrift von der Sorte, die typischerweise nur drei Themen kannte: Diät, Sexskandale bei irgendwelchen Promis, und Diät. In dieser Reihenfolge. Ach ja, Thema vier: Drastische Gewichtsreduzierung ohne sportliche Betätigung.

»Zwischen dir und Urs ist es aus?«

»Ja, es ist aus. Kein Wunder, ich bin eine narzisstisch gestörte Neurotikerin und habe die Beziehungsunfähigkeit als Erbkrankheit von meiner Großmutter mütterlicherseits in die Wiege gelegt bekommen. Und nachdem ich einen Uli und einen Urs zum Freund hatte, fehlt mir jetzt noch ein Uwe, um meine Liste mit dreibuchstabigen Männernamen, die mit U beginnen, zu komplettieren.«

Sophie trommelte mit den Fingerspitzen Händels Wassermusik auf den Caféhaustisch. »Du könntest dir auch einen Utz krallen.«

Ich brummte Unverständliches.

»Oder einen Udo.« Sophie kicherte.

Ich wollte gerade zu einem angenervten Gegenschlag anheben, als eine angenehme Männerstimme mit leichtem Akzent von hinten links vorschlug: »Wie wäre es mit einem Uri?«

Mir klappt nicht oft der Unterkiefer herunter, schon gar nicht in der Öffentlichkeit, aber bei seinem Anblick versagte meine sonst so disziplinierte Muskelkontrolle: groß, dunkler Turbobräunerteint, üppiger schwarzer Haarschopf, glühende braune Augen, T-Shirt und Shorts, die wohlmodulierte Muskelberge enthüllten, und ein Lächeln, für das man – voll das Klischee – eigentlich einen Waffenschein bräuchte.

Ich glaube, ich wurde rot.

»Hallo«, meinte Sophie, »wir haben Sie mit unserem

Frauengespräch doch hoffentlich nicht gestört?« Sie grinste.

Der dunkle Liebesgott hatte jedoch nur Augen für mich. Ich weiß auch nicht, irgendwie nahm mich das sehr für ihn ein.

»Nein, gar nicht. Und ich stimme diesem Journalisten in jedem Punkt zu.«

Jetzt war es amtlich: Ich war rot. Röter. Am rötesten.

Unser gut gebauter Hintermann ließ seinen Blick über meine in einen knallgelben Kaftan gehüllte, wohlgerundete Gestalt gleiten.

»Darf ich Sie wiedersehen?«, fragte er.

Sophie nickte.

Ich selbst brachte keinen Ton heraus, denn ich war mit Beten beschäftigt: *Große Göttin, lass mich jetzt nicht aufwachen ...*

Wilde Zukunftsfantasien in Technicolor und in der Horizontalen – wie er grünen Wackelpudding aus meinem Bauchnabel schleckte, während ich mich auf einem Seidenlaken räkelte – spielten sich vor meinem inneren Auge ab. Das Problem als üppig-reife Singlefrau ist nicht, einen Mann zu finden, der mit einem Sex haben will. Das Problem ist, einen Mann zu finden, mit dem man selbst Sex haben will. Und in diesem Moment flackerte zweifelsohne »Ja, ich will« in Leuchtbuchstaben auf meiner Stirn.

Er nahm einen Stift aus seiner Hosentasche und schrieb auf meinen Handrücken seinen Namen – Uri – und eine Handynummer.

»Ich komme aus Tel Aviv und bin noch den ganzen Sommer in Stuttgart.« Sprach's, stand auf und verschwand winkend in der Menge.

»Dass du mir jetzt bloß nicht kollabierst«, meinte Sophie rüde.

»Boar, sag mir, dass ich nicht träume.«
»Du träumst.«
Ich wühlte mein Handy aus meiner Tasche.
»Was machst du da?«, verlangte Sophie streng zu wissen.
»Ich ruf ihn an.«
»JETZT SCHON?«
Ihr markiger Aufschrei brachte die Völkerwanderung vor uns zum Stehen. Alles sah uns an. Ich beugte mich nach links, in Richtung Matronen, und tat so, als gehörte dieses röhrende Einfrauorchester nicht zu mir.

Doch auch dieser Zeitlupenmoment ging vorüber.

»Du spinnst ja«, meinte Sophie schon etwas gesitteter. »Soll es so aussehen, als ob du es nötig hättest? Warte gefälligst ein, zwei Tage. Und wenn du ihn dann anrufst, sprich seinen Namen falsch aus. Damit signalisierst du, dass du eigentlich kein Interesse hast, ihm aber einen Gefallen tun willst.«

Ich schnaubte patzig. »Ja prima, wie wäre es, wenn ich einfach ein Jahr warte und ihm dann ins Gesicht spucke?«

Ich hielt ihr meine Hand vor die Nase. »Ist das eine 4 oder eine 7?«

»Sieht eher aus wie eine 2 oder eine 5«, warf eine der Matronen am Nebentisch hilfreich ein. Ich beugte mich wieder mehr in Richtung Sophie und wählte eine 5.

Wie sich herausstellte, arbeitete kein Uri bei dem McDonald's-Geschäftsführer, der sich kurz darauf meldete. Tröstlich.

Ich wählte die 7.

Triumph!

»Seine Mailbox«, flüsterte ich.

Sophie entriss mir das Handy. »Du bist echt nicht zu retten. Warte gefälligst eine Anstandsstunde ab. Noch nie was von Knigge gehört?«

»Gehört? Ich saß neben ihm, als er mit dem Federkiel die ersten Worte seines Benimmführers aufs Papier kritzelte.«

Ich rang mit Sophie um mein Handy. Groß und kräftig gegen klein und durchtrainiert. Der Ausgang war vorprogrammiert: Mein handliches Handy plumpste in Sophies noch dreiviertelvolles Bananenmilchglas.

Ein weiterer Mosaikstein in dem Gesamtkunstwerk, das da heißt: Ich mag nix Kleines, Handliches – für mich bitte immer nur groß, groß, groß! In jeder Hinsicht ...

Ich fischte mein Handy heraus und legte es zum Trocknen auf den Tisch. Da man gelbe Bananenmilchflecke erstaunlicherweise durchaus auf einem gelben Kaftan ausmachen kann, enteilte ich auf die Damentoilette. Sophie ließ ich zurück. Ihr Gesicht drückte Bedauern aus, aber ihre Augen lachten schallend. Hmpf!

Erst als ich zurückkam, fiel mir wieder ein, dass Uri mir seine Nummer auf den Handrücken gemalt hatte. Tja, Pech das, ich hatte sie mit der nach Chemie riechenden Toilettenseife weggespült. Man sah nur noch die Umrisse des Buchstabens U und einen dunklen Schatten.

Und als ich auf die Wahlwiederholung meines Handys drückte, konnte ich nur noch feststellen, dass das Teil im Koma lag. Die Wiederbelebung mit Hilfe des PIN-Codes verlief zwar erfolgreich, aber die Kurzzeitgedächtnisspeicherung, und mit ihr Uris Handynummer, waren verloren.

Für immer.

Uri, wenn du diese Zeilen liest: Ich bin dein. Komm und nimm mich!

Displicuit nasus suus

*(Es missfiel seine Nase ...
oder: Mich deucht, ich stehe
einem Killer gegenüber!)*

In den frühen Morgenstunden des 11. April fand die Polizei die Leiche von Sascha H. in einem Feld nahe der Gemeinde Groß-Pottenstein. Der Mörder hatte den seit Tagen vermissten Achtzehnjährigen nach einundzwanzig Messerstichen in Brust und Unterleib qualvoll verbluten lassen. Der Verdacht richtete sich bald schon gegen den 23-jährigen Bruder des Ermordeten, der sich seiner Verhaftung allerdings durch Flucht entzog. Mehr als drei Jahre wurde vergeblich nach ihm gefahndet, dann nahm sich eine Verbrechensaufklärungsserie im Fernsehen seiner an.

Ich laborierte mal wieder an Schlaflosigkeit. Vielleicht mutierte ich aber auch ganz allmählich zur Nachteule. Jedenfalls hatte ich es bereits vergeblich mit Spinnwebenzählen, der Lektüre von *Krieg und Frieden* und schierem Ignorieren versucht. Aber an Einschlafen war nicht zu denken.

Das lag an meiner finanziellen Lage. Bei meinem Kontostand wäre jede noch so fröhliche Optimistin in Betrübnis treibsandversackt. Dabei war es nicht so, dass diese neuerliche Ebbe einer Dummheit zu verdanken wäre, beispielsweise einem spontanen Ausflug in eine Viersterne-Luxusherberge mit meinem derzeitigen Lover, den es im

Übrigen auch nicht gab, oder einem beseligenden Kaufrausch bei *Trulla Pöpken Classics*, nein, weit gefehlt. Die Zeit der Dummheiten, die wenigstens Spaß machten, war für mich vorbei: Ich hatte mein Geld in einen neuen Arbeitscomputer angelegt. Und die derzeitige Auftragslage war mau, um es mal gelinde auszudrücken. Bis ich mir auch nur einen eintägigen Aufenthalt in einer Jugendherberge oder einen Billigfummel im Schlussverkauf bei C & A gönnen könnte, würden Jahre ins Land ziehen.

Aber das Leben ging weiter. Ich schlüpfte in meinen Flauschmorgenmantel, braute mir eine Tasse Tee und machte es mir vor dem Fernseher gemütlich. Irgendwo zwischen einem völlig unnötigen Dokumentarfilm über eine neue amerikanische Abspeckpille und der abtörnenden Hechel-Hechel-Stöhn-Telefonnummernwerbung auf den Privaten ging meiner Fernbedienung der Saft aus. Ich drückte noch ein letztes Mal und landete bei einer Wiederholung von *Aktenzeichen XY* oder *Fahndungsakte* oder irgendwas in der Art. Kurz spielte ich mit dem Gedanken, aufzustehen und manuell ... aber nein, absolut abwegig.

Also schlürfte ich faul meinen Tee und sah mir das Fahndungsfoto eines Gewichthebers an, der bei einem Überfall auf eine Arztpraxis genug Steroide erbeutet hatte, um sämtlichen großdeutschen Bodybuildern Schrumpfhoden zu bescheren. Darüber sackte ich in einen Minutenschlaf.

Als ich wieder hochschreckte, lächelte mir vom Bildschirm das Foto eines löwenmähnigen Bartträgers mit der Tätowierung einer Meerjungfrau auf der Schulter entgegen.

DEN KENNE ICH!, schrie es in mir. Oder vielleicht schrie es auch aus mir heraus, alldieweil meine Sittiche aus dem Schlaf auffuhren und panisch durch den Käfig stoben.

Eine sonore Männerstimme teilte den ZuschauerInnen

mit, dass es sich bei dem Gesuchten um Ralf H. handelte, einen »auf den ersten Blick sympathischen Mittzwanziger«, der für seine »Belesenheit« bekannt sei.

Und schlagartig war mir klar, woher ich ihn kannte: aus der Esoterikbuchhandlung *Kundalini*!

Bevor jetzt hier falsche Verdächtigungen aufkommen – ich bin keine heimliche New-Age-Anhängerin, die sich verstohlen schweineteure tibetische Gebetsglöckchen mit einem Segensspruch des Dalai Lama kauft oder nicht minder teure Selbsthilfe-CDs von einem selbst ernannten Guru, hinter dem sich dann doch nichts weiter als ein Winzschwänzchenträger verbirgt, dem es im Grunde nur um die Knete geht. Es ist nur so, dass ich vorübergehend jeden Samstag in dieser Eso-Buchhandlung jobbe und all dieses Zeugs den Ahnungslosen andrehe. Für fuffzehn Mark die Stunde. Das sichert mir immerhin die Miete. Schon seit drei Monaten.

Und seit ebendieser Zeit kam immer kurz vor Toresschluss am Samstagnachmittag ein glatzköpfiger, bartloser Mittzwanziger, bei dem es sich jedoch um niemand anderen handeln konnte als um den Pottensteiner Bruderkiller. So viel stand fest!

»Quatsch!«

Axel, zu 33 Prozent Besitzer von *Kundalini*, staubte ungerührt die Quarzkristalle und Wahrsagekugeln ab. In fünf Minuten würde der Laden öffnen, und dann musste alles blitzblank sein. Da kannte Axel nichts.

»Wenn ich es dir doch sage: Der Mann ist ein Killer!« Wann immer ich auf Unglauben stoße, erklimmt mein Sprechorgan nie gekannte Höhen. Ich wette, mit etwas Übung könnte ich ein Glas zerplatzen lassen. Oder das Erbsenhirn von Axel.

»Der Mann hat eine absolut positive Aura. Außerdem kauft er alles über den Buddhismus. Er strahlt förmlich Frieden und Wohlwollen aus«, hielt Axel mir entgegen.

Ich hätte mir am liebsten die Haare gerauft, aber dann wären die 45 Minuten vor dem Badezimmerspiegel umsonst gewesen.

»Du irrst dich«, erklärte Axel abschließend. »Deine Fantasie macht Bocksprünge. PMS?«

So ähnlich reagierte auch der minderjährige Beamte, der auf dem Revier – keine hundert Meter von der Esoterikbuchhandlung entfernt – meine Meldung entgegennahm. Und dafür opferte ich meine Mittagspause.

»Hören Sie«, bettelte ich mit Piepsestimme – wenn sonst nix hilft, dann zieht die Kleinmädchenmasche immer, auch bei Kerlen, die gut und gern meine Söhne sein könnten. »Ich will doch nur, dass Sie jemand vorbeischicken, sobald dieser Typ wieder im Laden auftaucht. Sehen Sie ihn sich nur mal an.«

Der Knabe in Uniform – wurden die immer jünger oder wurde ich langsam alt? – besah sich meditativ seine kurzgeknabberten Fingernägel. Dann blickte er zu mir auf. Treudeutsches Pflichtbewusstsein hatte über seinen Verdacht gesiegt, bei mir könne es sich um eine schizophrene hysterische Kuh handeln. Das heißt, sein Blick ließ keinen Zweifel daran, dass ich für ihn eine unnötig auf Panik machende Wiederkäuerin mit gespaltener Persönlichkeit war, aber dennoch würde er seiner Pflicht nachkommen und selbstlos für meine Sicherheit sorgen.

»Rufen Sie unter dieser Nummer an, wenn der Verdächtige vorbeikommt«, sagte er und reichte mir einen Zettel. »Wir schicken dann sofort einen Streifenwagen.«

Der Tag zog sich endlos. Vor allem, weil nur eine Hand voll Leute den Laden beehrten. Zwei wollten das neueste, vom *Spiegel* lorbeerbekränzte Bestsellerwerk erstehen und zeigten sich nölig, als ich ihnen versicherte, dass wir es zwar jederzeit bestellen konnten, es aber leider nicht vorrätig hatten – schließlich waren wir eine Esoterikbuchhandlung, und bei besagtem Buch handelte es sich um den Versuch einer lyrischen Verarbeitung der letzten beiden Weltkriege. Obwohl, jetzt, wo ich es ausspreche, klingt das schon ein wenig esoterisch.

Einer wollte nur Geld für den Zigarettenautomaten wechseln, und zwei sahen sich stundenlang um, nahmen aber letztlich doch nur je ein kostenloses Prospekt vom Broschürenhalter mit.

Doch dann, kurz vor sechzehn Uhr, meine Nerven gespannt wie eine Hängebrücke in einem *Indiana-Jones*-Film und Alex gerade unterwegs, um seinen Wochenendvorrat an Blattsalaten aus biologisch-dynamischem Anbau zu besorgen, betrat *er* den Laden.

Der Mörder!

Mein Herz pochte. Er winkte mir fröhlich zu, nahm sich eine Auswahl Neuerscheinungen aus dem Buddhismus-Regal und setzte sich zwischen den Räucherkelch – heute mit Sandelholz – und dem Zimmerbrunnen mit eingebauten Wasserfallplätschergeräuschen auf unsere Lesecouch.

Ich ging nach hinten in das Personalkabuff. Meine Finger zitterten beim Wählen. Prompt vertippte ich mich und landete beim Anrufbeantworter der Zahnärztlichen Gemeinschaftspraxis Kiesling & Schwan. Nächster Versuch.

Innerhalb von Minuten fuhr ein Streifenwagen bei uns vor. Die Wagentüren wurden geöffnet. Ich sah, wie die Polizisten ausstiegen.

»Entschuldigung!«

Beinahe hätte mich meine Blase in eine peinliche Situation gebracht. *Er* stand urplötzlich vor mir, der kahlköpfige Killer.

»Tut mir Leid, wenn ich Sie erschreckt habe, aber ich vernehme den Ruf der Natur. Ob ich wohl Ihre Toilette benützen dürfte?«

Ich nickte wie ein Roboter, hob ruckartig den rechten Arm und zeigte ungelenk in die Richtung, wo sich unser Klo befand.

»Sehr freundlich. Die beiden Bücher hier nehme ich übrigens mit. Ich lege sie solange an der Kasse ab.«

»Soll ich sie als Geschenk einpacken?«, rutschte es mir heraus. Ich war eben gut gedrillt.

»Nein, nicht nötig«, flötete er ebenso höflich zurück und verschwand im Klo.

Ich führte die beiden Polizisten schnurstracks zur und in die Toilette. Drinnen gingen wir zu beiden Seiten des Kahlkopfs in Stellung, der gerade in das Pinkelbecken strullerte und daher mehr oder minder wehrlos war.

Er ratschte seinen Hosenschlitz zu.

»Na, hören Sie mal ...«, fing er an.

»Guten Tag. Dürften wir bitte Ihren Ausweis sehen?«, bat einer der beiden Polizisten. Der andere versuchte derweil, mich aus dem Klo zu befördern. Später würde er angeben, er habe nur versucht, eine unschuldige Zivilistin zu schützen, aber ich wusste es besser: Mir gönnte wieder mal niemand den Spaß!

Na ja, eigentlich ging es dann doch nicht spaßig-heiß her. Der britische Ausweis, den der Verdächtige aus seiner Hosentasche zog und der auf den Namen Lesley Wilson ausgestellt war, erwies sich durch einen einzigen Anruf als gefälscht. Von wegen, moderne Strafverfolgungsmethoden seien nicht effizient. Außerdem war Lesley Wilson eine Frau. »Vielleicht hätte ich im Fummel kommen sollen?«, scherzte darob der Verdächtige.

»Die Tätowierung, die Tätowierung«, kreischte ich und wollte dem Schurken das Hemd vom Leib reißen. Doch einer der Beamten kam mir zuvor und entblößte die vollbusige Meerjungfrau. Woraufhin dem Brudermörder Handschellen angelegt wurden und man ihn hinfortführte. Meine Aussage wollte erst mal keiner, man würde später auf mich zukommen, hieß es.

Später kam dann allerdings niemand, nur der Alex, der genervt war, weil er weder im Bauernmarkt noch im Ökoladen seinen heiß geliebten Blattsalat bekommen hatte. Alle Bestände bereits ausverkauft. Auch zu Hause meldete sich niemand bei mir, außer meiner Mutter, die wissen wollte, wann ich mal wieder nach Hause zu kommen gedächte, sie und mein Vater seien schon alt und wer weiß, wie oft ich diese Gelegenheit noch haben würde.

Ich wimmelte sie schnöde ab. Jeden Moment mochte schließlich der Oberbürgermeister bei mir durchläuten, um mir die Verleihung des Bundesverdienstkreuzes anzukünden …

Die Stuttgarter Zeitung *vermeldete einen weiteren Fahndungserfolg. Auf Grund eines anonymen Hinweises aus der Bevölkerung konnte der mutmaßliche Mörder Ralf H. am späten Samstagnachmittag dingfest gemacht werden. Polizeichef Walter Schmittkens, erst seit einer Woche auf seinem Posten, wertet dies als gutes Omen für seine Amtszeit.*

Turbantibus aequora ventis

(Bei Wogen aufwühlenden Winden …
oder: Wenn eine eine Kreuzfahrt wagt,
dann kann sie was erleben)

Ich will ja nichts gegen meinen eigenen Vater sagen, aber diese Bruch-Operation hat er doch mit voller Absicht in die Kreuzfahrtwoche gelegt!

Die Idee mit der Kreuzfahrt entlang der norwegischen Fjorde anlässlich des vierzigsten Hochzeitstages stammte natürlich von meiner Mutter, die von ihren Mitstreitern in der Marinekameradschaft e.V. mehr oder weniger liebevoll, aber immerhin treffend »Die Admiralin« getauft worden war.

Wer nun denkt, dass vierzig Ehejahre zwei Menschen in inniger Verbundenheit zusammenschweißen und Mutter liebend gern die Stornogebühr des Reiseveranstalters in Kauf genommen hätte, um bei ihrem Mann zu sitzen und ihm am Krankenlager mit liebend verklärtem Blick die zitternde Hand zu halten, der irrt. »Du schaffst das schon«, bellte sie, küsste Paps auf die Stirn und zog los.

Mit mir im Schlepptau.

»Da lernen wir uns endlich besser kennen, wird auch Zeit!«, war ihre Antwort auf meine verzweifelte Suche nach einer guten Ausrede.

Grundsätzlich habe ich nichts gegen Kreuzfahrten, ich habe immer gern *Love Boat* und sogar hin und wieder *Das*

Traumschiff gesehen und danach von schneidigen Offizieren und muskulösen Matrosen geträumt, aber meine eigene Mutter war irgendwie nie mit im Bild.

Tja, das würde sich nun ändern.

»Nein, ich habe keinen festen Freund.«

Es war der erste Abend an Bord. Mutter und ich saßen an einem runden Sechser-Tisch im Speisesaal. Weit und breit kein Mensch zu sehen. Auch keine Stewards. Das Buffet war noch nicht einmal eingedeckt. Aber Mutter schwor nun mal auf Pünktlichkeit, was bei ihr grundsätzlich immer dreißig Minuten vor dem festgelegten Termin bedeutete. Da es nichts zu essen gab, blieb uns nichts weiter übrig, als Konversation zu treiben. Etwas, das wir seit 1978 nicht mehr getan hatten, und damals endete es ungut, um es mal vorsichtig auszudrücken.

»So, kein fester Freund«, wiederholte Mutter mit einem Gesichtsausdruck, in dem eine einzige Frage geschrieben stand: Was habe ich nur falsch gemacht?

»Hast du wenigstens regelmäßig Verabredungen?«

»Nein, Mutter.«

Schweigen.

»Kind? Bist du lesbisch?«

»NEIN, Mutter.«

Eisiges Schweigen.

»Ich habe da einen Aushang vor dem Büro des Zahlmeisters gesehen. Es gibt eine Selbsthilfegruppe für Eltern von Lesben und Schwulen auf dem Schiff.«

Ich rollte mit den Augen.

Der Steward sah meine Qual und eilte herbei. »Ein Drink, die Damen?«

»Ja bitte, einen Cocktail für mich. Sehr süß, mit viel Alkohol. Und mixen Sie gleich einen Doppelten!« Innerlich notierte ich mir, diesem Engel in Menschengestalt am Ende der Reise ein fürstliches Trinkgeld in die wohlgeformten Hände zu drücken.

Mutter bestellte einen Sherry, und während sie in ihrer gewohnt subtilen Art über die Berufung der Frau zu Mutterschaft und Partnerliebe räsonierte, überlegte ich mir, wem ich wann wie viel Trinkgeld geben musste. Ich wollte da nichts falsch machen, war aber einen weltgewandten mondänen Lebensstil nicht gewohnt. Und sollte diese Frage in *Love Boat* oder *Traumschiff* je angeschnitten worden sein, dann hatte ich diese Folge verpennt.

Ewigkeiten später lief dann endlich der erste Mitesser ein. Meine Gebete wurden erhört: Es war ein französischer Comte! Jean-Marie Louis de Lanier-Chevrette-Tonsac. Leider Gottes war der Mann mindestens hundert, so gebrechlich, dass der Steward ihm ein Kinderbesteck bringen musste (die normalen Gabeln konnte er nicht anheben) und stocktaub. Meinen höflichen Konversationsversuch in Form der Frage *Est-ce que vous aimez les voyages de mer?*, mühsam aus meinem alten Schulfranzösisch zusammengebastelt, musste ich so oft so laut wiederholen, dass der Steward herüberkam und mich um etwas Zurückhaltung bat, der Steuermann könne sich nicht auf seine Aufgabe konzentrieren und befürchte, einen Eisberg zu rammen. Witzbold.

Auch die nächsten beiden Herren, die an unseren Tisch traten, waren nicht das geeignete Material, um meinen Flirt-Schalter umzulegen: Ein kleiner Unschöner, der Unverständliches nuschelte, und ein groß gewachsener Anfangfünfziger mit Freizeitbart, dem man den *Rolling-Stones*-Fan sofort ansah. Bäh. Aber als Mutter hörte, dass der Bärtige Professor für Kriminalpsychologie war, stieß sie mir ihren Ellbogen in die Rippen.

»Ein Professor«, flötete sie, was mit ihrer Nebelhornstimme keinen wirklich schönen Klang ergab, »wie interessant!«

»Professor Dr. Dr. Hans-Harald Ahldorf.« Er reichte mir seine schlappe, wenn auch manikürte Fischhand. »Mein Assistent, Pius Schrader.« Der Unschöne nickte in die Runde, ohne dabei jemand in die Augen zu sehen, und ließ sich auf den Stuhl neben den Comte plumpsen.

»Eigentlich wollte ich diese Kreuzfahrt mit meinem Sohn machen, als Geschenk für seine Promotion in Meeresbiologie, aber meine geschiedene Frau wurde in letzter Sekunde indisponiert, und da wollte Hans-Harald junior lieber bei seiner Mutter bleiben«, sülzte der Professor.

»Genau wie bei uns«, triumphierte meine Mutter. »Ich wollte meinen Mann mitnehmen, aber nun ist es doch meine unverheiratete Tochter, der ich ein paar unvergessliche Momente ermöglichen will.« Sie legte mir stolz ihre Hand auf die Schulter wie einem mehrfach preisgekrönten Mastschwein. »Sag was«, zischelte sie und kniff mir in den Witwenhügel.

Weitere Peinlichkeiten blieben mir erspart, weil in diesem Moment ein weiterer Mann an unseren Tisch trat. In mir keimte langsam der Verdacht, dass Mutter den Chefsteward bestochen hatte, nur ledige Männer an unserem Tisch zu platzieren.

»Harry Sander, Reporter und Kolumnist«, stellte sich der untersetzte Rotschopf mit den unzähligen Sommersprossen vor.

Mit ihm war unsere Runde komplett.

Der Abend gestaltete sich erwartungsgemäß katastrophal. Mutter pries mit jedem zweiten Satz meine angeblichen Vorzüge, der Comte lächelte zu allem dümmlich (zweifelsohne, weil er kein einziges Wort verstand), der Professor sah mich ununterbrochen mit einem seltsam bohrenden Blick an, und sein Assistent stierte unablässig auf seinen Teller, selbst wenn er um das Salz bat und dabei einfach seinen Arm in die Tischmitte streckte. Der Reporter ließ seine Blicke schweifen, bis er irgendwann plötzlich eine magersüchtige Schauspielerin aus der beliebten ARD-Serie *Lindenhof* zu erkennen glaubte und daraufhin so heftig den Schöpflöffel in die Saucière klatschen ließ, dass ein brauner Soßenregen auf uns alle herabnieselte, was uns wie Pockenkranke aussehen ließ.

Wir blickten dem fluchtartig durch den Raum eilenden Schreiberling nach.

»Unerzogenes Früchtchen!«, meinte Mutter.

»Unerhört!«, bäffte der Professor.

Der Unschöne schaufelte ungerührt weiter Fleischbrocken in seinen überbreiten Mund, und der Comte lächelte dümmlich.

»Noch einen *Cuba libre*, bitte.«

Dafür, dass es bereits mein dritter war, konnte ich noch recht deutlich artikulieren. Dachte ich. Der schnuckelige schwarze Barkeeper dachte das entweder auch, oder er war im jahrelangen Umgang mit angesäuselten Passagieren so geübt, dass er Lippenlesen konnte.

Es war drei Uhr früh. Ich wollte nicht in die Kabine von Mutter und mir. *Spare, wo du kannst* – lautete das Motto meiner Mutter, weswegen wir nur eine Standardkabine mit Stockbett hatten. Da Mutter unter Höhenangst litt, musste ich nach oben. Und dieses Bett wirkte alles andere als stabil. Ich sah die Schlagzeile schon vor mir: Rentnerin von 100-Kilo-Tochter im Schlaf zermalmt.

Ich hätte auch mal aufs Klo gemusst, aber unser Kabinenklo war noch enger als die Dusche, und schon da kam ich nur mit angehaltenem Atem hinein. Ich sah mich die kommenden neun Tage ungeduscht und mit bis zum Platzen gefüllter Blase. Am Ende der Kreuzfahrt würde mich Mutter meistbietend an einen der gar nicht muskulösen Filippino-Matrosen verschachern.

»Trinken, um zu vergessen?«

Unser Steward vom Speisesaal gesellte sich zu mir und bestellte ein Bier.

Ich lächelte zu ihm auf. Nicht schief und angeheitert, wie ich hoffte, sondern unwiderstehlich und sirenenhaft lockend.

»Meine Mutter will mir näher kommen – warum?«, verlangte ich von ihm zu wissen. In angetrunkenem Zustand neige ich gelegentlich zum Stellen der Sinnfrage.

Er hatte offenbar auch eine Mutter und wusste kompetent zu antworten. »Sie haben uns unter Schmerzen zur Welt gebracht, sie betrachten ihre Schwangerschaftsstreifen und wollen in all dem einen Sinn sehen.«

Ich nickte. Sehr profund. Ein kluger Mann.

»Dürfen Sie hier überhaupt mit einer Passagierin sitzen und etwas trinken?«

»Ja, seit kurzem ist das nach Dienstschluss erlaubt. Und wir werden nachts auch nicht mehr an die Kojen gekettet. Selbst das Auspeitschen bei Befehlsverweigerung wurde durch eine schlichte Abmahnung ersetzt.«

Hm. Gletscherblaue Augen, Intelligenz und Humor. Eine unwiderstehliche Kombination. Schon spürte ich meinen Flirt-Schalter umgelegt und sprühte Charme.

Die nächsten Tage gestalteten sich wider Erwarten höchst angenehm. Auf Grund des schlechten Wetters und der rauen See litt – ausgerechnet – meine Mutter, die Admiralin, am berüchtigten *Mal de Mer*. Ihr war ständig dermaßen übel, dass wir uns kein einziges Mal stritten und sie nicht einmal dann eine Bemerkung von sich gab, als ich die Kabine mit Leggings und rückenfreiem Top verließ. Eine absolute Weltneuheit.

Paul, so hieß der schmucke Steward, schien immer irgendwie in meiner Nähe zu sein, schob mir bei den Mahlzeiten stets den Teller mit der größten Portion zu, half mir bei der Rettungsübung mit kundigen Fingern in die Schwimmweste und verabredete sich zu guter Letzt mit mir für den vierten Abend an Bord.

Es war der Abend des Kostümballs. Sobald Pauls Schicht zu Ende war, wollte er mich auf dem oberen Achterdeck treffen, ein abgelegenes, lauschiges Fleckchen für romantische Zweisamkeit.

Der Ball selbst war natürlich ein Reinfall. Was kann man von einem »LUSTIGEN ABEND MIT KOSTÜMIERUNG – DAS ERSTE GETRÄNK IST FREI« auch schon anderes erwarten. Die allermeisten Passagiere waren im fortgeschrittenen Alter meiner Mutter, verkleideten sich jedoch als Heidi mit blonden Plastikzöpfen oder als Mata Hari im Bettlaken-Sari. Und die Männer sind da schon mitgemeint.

Ich selbst ging als Hawaiianerin, da musste ich mich wenigstens nicht groß umziehen, sondern konnte einen meiner kreischebunten Kaftane tragen und mir einfach eine Orchidee in die Wallelocken stecken.

Einen Großteil des Abends verbrachte ich an der Bar, eingekeilt zwischen dem Professor, der als »Kuhjunge« in Lederhosen, Karohemd und Cowboyhut ging, und dem rasenden Reporter, der als Reporter ging und sich zur Aufbretzelung nur eine Nikkon um den Hals gehängt hatte und hin und wieder die *Lindenhof*-Mimin fotografierte, die abwechselnd in den Armen eines Napoleon und eines Kardinals lag. Dementsprechend hoch war mein *Cuba libre*-Konsum.

Irgendwann machte ich es mir in einem der Lederfauteuils hinter der Bar bequem, doch als die beiden überreifen Schweizermädels auf der Couch neben mir in eine nicht enden wollende Diskussion über die Frage gerieten, ob Zahnpasta mit Geschmack als Lebensmittel zu deklarieren wäre, muss ich wohl weggeratzt sein, zumindest weckte mich Paul aus dem Tiefschlaf und flüsterte mir zu: »In einer halben Stunde auf dem oberen Achterdeck.«

Ich torkelte im Halbschlaf auf eine der öffentlichen Toiletten am Promenadendeck (die einzigen, die für eine Frau meines Formats so richtig schön bequem waren) und spritzte mir kaltes Wasser ins Gesicht. Ein Blick auf die Uhr. Potzblitz: Es war sechs Uhr morgens. Einige der alten Leutchen hatten immer noch unermüdlich Slowfox getanzt, als ich den Ballsaal verließ. Ich hoffe, mir auch so viel Ausdauer antrainiert zu haben, wenn ich dereinst alt und grau wurde.

Auf dem Weg zum Achterdeck fiel mir auf, dass nicht *ich* torkelte, sondern das Schiff. Der Seegang war beeindruckend. Die Rettungsboote knarzten in ihren Aufhängungen. Das Schiff stöhnte. Es regnete zwar nicht, aber am morgendämmrigen Himmel gab es statt einer romantischen Sternendecke nur mächtige dunkle Wolkengebirge. Egal, das Glück kommt von innen, sagte ich mir, und bei dem Wetter werden wir wenigstens ungestört sein. Woraufhin ich mich zu der schmalen geweißelten Treppe begab, dem einzigen Zugang zum Achterdeck.

Natürlich hatte ich mich geirrt. Von wegen ungestört.

Der Reporter und die *Lindenhof*-Schnalle knutschten schmatzend auf einem der Liegestühle in der rechten Ecke, der eigentlich nur für eine Person gedacht war. Direkt neben dem Treppenaufgang lehnten der Professor und sein Unschönling an der Reling und rauchten.

Und als ich zu den Liegestühlen mit Blick auf den Schaumschweif der *MS Skandia* kam, entdeckte ich auch den Comte. Für den Bruchteil einer Sekunde erinnerte mich das Profil an meinen neuen Verehrer, doch dann erkannte ich in der als Ludwig der Vierzehnte verkleideten Gestalt den französischen Blaublütler. Er sah richtig elegant aus, wie er so dalag.

Mit einem ziselierten Dolch in der Brust.

»Der Hubschrauber mit den Vertretern der norwegischen Kriminalpolizei landet in einer knappen Stunde. Ich muss Sie leider bitten, unsere Bordkapelle solange nicht zu verlassen.«

Der Kapitän musterte jeden Einzelnen von uns mit grimmigem Blick. Einem von uns hatte er es zu verdanken, zum ersten Mal in seiner langen Laufbahn einen Passagier verloren zu haben. Das stimmte ihn nicht gerade väterlich-freundlich. Er ließ uns »für unsere etwaigen Wünsche«, wie er es fomulierte, einen Steward da, aber angesichts des vierschrötigen Muskelpakets in der weißblauen Uniform neben der Buntglastür zur Kapelle musste ich eher an einen wadenbeißenden Wachmann denken.

»Eine bodenlose Unverschämtheit!«, quengelte der Professor und knüllte dabei seinen Cowboyhut. Es war nicht ersichtlich, ob er den Mord am Comte meinte oder die Tatsache, wie ein Kleinkrimineller weggesperrt worden zu sein. Dabei gab es an der Kapelle echt nix zu mäkeln: eine gut ausgeleuchtete Location. Die Deko beschränkte sich zwar auf den Stage-Bereich, wo eine dezente Kreuzigungsszene für einen Hauch von Sadomaso-Flair sorgte, aber die Holzstühle waren bequem, und die darauf abgelegten Notenblätter für die täglichen Sing-a-longs zierten lustige Bibelbildchen. Es fehlten nur ein paar Blockflötenkids oder ein Geistlicher mit Wandergitarre, und der Spaßfaktor wäre nicht mehr zu toppen gewesen.

Der Unschönling, im Kostüm eines Unschönlings, erhob sich schweigend und ging zu der kleinen Orgel zwischen den beiden Bullaugen, wo er eine Bach-Kantate anstimmte.

»Sie wissen doch, warum wir hier sind«, konstatierte ich, was mir böse Blicke von allen Seiten einbrachte. Der Kapitän hatte deutlich gemacht, dass der Treppenaufgang zum oberen Achterdeck aus Sicherheitsgründen videoüberwacht war. Und laut Videoüberwachung hatten seit Eintreffen des Comte nur fünf Menschen den einzigen Zugang zum oberen Achterdeck benützt: der Professor, sein Unschönling, der Reporter, die Schauspielerin und ich.

Besagte Schauspielerin lag hingestreckt auf der Samtcouch und schluchzte. »Wie furchtbar, wie schrecklich, wie entsetzlich.« Ihr kleines Körperchen wurde von den Schluchzern kräftig durchgeschüttelt, was nicht ganz so appetitlich aussah, wie sie wohl glaubte. Ihre Zuckungen erinnerten stark an einen veitstanzenden Zahnstocher. Selbst der Reporter, der noch ihre Lippenstiftspuren im Gesicht trug, rückte etwas von ihr ab.

»Ich kann beim besten Willen nicht einsehen, warum wir hier festgehalten werden, wo doch sonnenklar ist, wer diese ruchlose Tat vollbracht hat«, schnarrte der Professor.

»Ach ja? Das ist klar?« Alle bis auf den Unschönling wandten sich jetzt dem Professor zu.

Er nickte.

»Es war natürlich Pius. Ich habe das Achterdeck erst fünf Minuten nach ihm betreten.«

»Pius? Ihr Assistent?« Harry Sander, durch und durch investigativer Reporter, warf sich in einem Hechtsprung auf den Stuhl neben dem Professor und zog ein Diktiergerät aus seiner Jacke. »Wenn Sie es mir exklusiv erzählen, könnte ich bei meinem Chefredakteur sicher ein erkleckliches Sümmchen lockermachen«, versprach er vollmundig. »Und? Haben Sie ihn bei der Tat beobachtet?«

»Das nicht«, räumte der Professor ein, »aber seine Physiognomik spricht doch Bände. Aus diesem Grund habe ich ihn ja auch eingestellt.«

»Wie bitte?« Ich meinte, mich verhört zu haben.

»Ich lehre seit über zwei Jahrzehnten Kriminalpsychologie, meine Liebe«, dozierte er, »und mein Spezialgebiet ist die Physiognomik. Natürlich wurde sie unseligerweise vom Laienverstand okkupiert und verzerrt, aber das ändert nichts an der Tatsache, dass es sich um eine fundierte Wissenschaft handelt.«

»Ich verstehe nur Bahnhof«, erklärte der Reporter.

»Professor Ahldorf will damit sagen, dass Schädelform und Gesichtszüge Aufschluss darüber geben, ob einer ein Verbrecher ist oder nicht«, erhellte ich mit Eisesstimme. Ich fühlte mich plötzlich um Jahrzehnte zurückversetzt, ach was, um Jahrhunderte, mitten in einen Diskurs von Lavater über Moral und Aussehen. Also, für meinen Geschmack war das entschieden zu konservativ.

»Sie übersimplifizieren, meine Liebe.«

Wenn er noch einmal »meine Liebe« zu mir sagte, würde ich ihn ungespitzt in den graublauen Kunstfaserteppichboden rammen.

»Die Typik ist nicht so einfach von der Hand zu weisen. Als ich einen Assistenten suchte und Pius bei mir vorstellig wurde, war mir sofort klar, es mit einem unvergleichlichen Paradebeispiel zu tun zu haben: das fliehende Kinn, die angewachsenen Ohrläppchen, die wulstige Brauen-Partie. Ein Verbrecher, wie er im Buche steht, die katastrophische Pervertierung förmlich vorgezeichnet!«

Der Reporter sabberte vor Erregung. »Ungemein spannend. Erzählen Sie mehr – hat er sich noch anderer Vergehen schuldig gemacht?«

»Noch hat er sich keines einzigen Verbrechens nachweislich schuldig gemacht!«, empörte ich mich.

»Ich bin ein Experte auf meinem Gebiet«, röhrte der Professor. »Fulbright-Stipendiat!«

»Hören Sie mal, mein Bester, Sie können diesen Pius nicht so behandeln wie die Kuh, aus der man Ihre Hose gemacht hat!« Ich kochte.

»Aber bitte, meine Damen, meine Herren, wir wollen uns doch nicht aufregen.« Der Bord-Geistliche, noch mit Kissenknautschfalten im Gesicht und Sandmannkörnern in den Augenwinkeln, kam mit beschwichtigenden Gesten in die Kapelle. »Vielleicht wollen wir alle zusammen für den Verblichenen beten?«

»Nein, wollen wir nicht, wir wollen hier raus«, kreischte der Zahnstocher in Tragödinnen-Manier und wischte sich mit dem Ärmel die Mascara-Schlieren von den eingefallenen Wangen.

»Mein armes Kind.« Der Geistliche schlug das Kreuzzeichen.

»Das ist doch albern«, meldete ich mich zu Wort. »Wir haben den Comte doch alle erst an Bord kennen gelernt. Keiner von uns kann ein Motiv gehabt haben.«

»Sehr richtig«, pflichtete mir ausgerechnet der Professor bei. »Dieser Mensch war mir völlig unbekannt.«

»Nicht völlig, Herr Professor«, erklang es da plötzlich erstaunlich verständlich und melodisch aus Richtung Orgel. Der kleine Wolpertinger konnte also doch sprechen. »Die Stiftung des Comte war einer der Hauptgeldgeber Ihrer neuesten Untersuchung zur anthropologischen Relevanz der Gesichtsextrema des Mitteleuropäers gegenüber der

Mittellage des Ausdrucks. Und so viel ich weiß, wollte die Stiftung die Förderzuwendungen drastisch reduzieren.«

Der Professor lief rot an.

Ich auch. Irgendwie war ich davon ausgegangen, der Unschönling sei taub und würde nicht merken, wenn ich in seinem Beisein in der dritten Person über ihn redete.

»Tja, ehrlich gesagt, mir ist der Comte auch nicht ganz unbekannt«, warf der Reporter ein. »Das ist jetzt etwas peinlich, aber auf Grund eines Artikels von mir hat er seinen Job im Kuratorium des Musée d'Antique in Sansserrat verloren.« Er geriet ins Stottern. »Ich habe damals für eine große deutsche Monatszeitschrift geschrieben, es gebe eine Besetzungscouch für die Praktikaplätze in seinem Museum, sowohl für die weiblichen wie für die männlichen, und besagte Couch stehe in seinem Büro. Stellte sich später als falsch heraus, aber da war es schon zu spät.«

»Du warst das, du Schuft!«

Die Zahnstocher-Aktrice hatte ihren Beruf wirklich nicht verfehlt – die Tragödin lag ihr im Blut.

»Aber Zuckerschnute, das hat doch nichts mit dir zu tun«, wiegelte Harry Sander ab.

»Hat es wohl, Jean-Marie Louis war mein Adoptivvater!«

Sie entzog sich der Umarmung des Reporters. »Rühr mich nicht an, du ... du ... du Perversling!«

Sie klatschte ihm ihr Händchen ins Gesicht.

In diesem Augenblick wurde unser gemütliches Plauderstündchen durch die Ankunft der Wikinger-Polizei jäh unterbrochen.

Mein Verhör war kurz und schmerzlos. Nach Überprüfung der Identität und einer kurzen Schilderung der Ereignisse meinerseits, erklärte der Kommissar, dass ich a) das Opfer im Gegensatz zu den anderen offenbar nicht gekannt hatte und ich b) laut Überwachungskamera gerade mal drei Sekunden auf dem Deck war, bevor ich laut schreiend meinen Fund kundtat. Da war der Comte laut Schiffsarzt aber schon so gut wie kalt. Außerdem hatte man ihn mit Schmackes erstochen, und ein kurzer Blick auf meine untrainierten Schwabbelarme bestätigte den Kommissar in seiner Meinung, dass ich es unmöglich getan haben konnte. Er schickte mich weg.

Ich eilte in unsere Kabine und erzählte meiner Mutter von dem Verbrechen. Doch die war leidend und grün im Gesicht und beneidete den Comte um seinen jetzigen Zustand.

Ich musste aber mit jemandem reden. Also bestach ich unseren Kabinensteward; volle drei Scheine wechselten den Besitzer, bevor er mir offenbarte, wo ich Paul finden konnte. Da sage noch einer, es gäbe keine Piraten mehr. Ha!

»Mein armes kleines Kohlköpfchen!«

Wir saßen auf der schmalen Koje von Paul, mein Kopf in seiner Schulterbeuge. Dem koreanischen Koch, mit dem Paul seine Kabine teilte, hatte ich dummerweise schon den Rest meines Barvermögens ausgehändigt, damit er sich verzog, bevor Paul mir mitteilte, dass sein Zimmergenosse ohnehin für die Frühstücksschicht eingeteilt war und gehen musste.

Arm, aber glücklich lehnte ich mich an meinen Helden.

»Ich wollte zu dir, aber man hat mich nicht gelassen«, flüsterte er mir ins Ohr. »Ein furchtbares Verbrechen!«

Ich nickte, wobei meine Wange an seinen Bartstoppeln rieb. Kurzzeitig kam ich auf unbrave Gedanken, aber dann fiel mir doch der enorm abtörnende Anblick des toten Comte wieder ein.

»Wahrscheinlich war es die Kleine«, sinnierte ich. »Sie wird sein Vermögen erben. Der Professor ist zwar ein Depp, aber wegen ein paar Fördermärker wird der doch nicht sein Lebenswerk der angewandten Physiognomik aufs Spiel setzen.«

Paul strich mir übers Haar.

In diesem Moment ging die Tür auf.

Der Koch kam breit grinsend herein. Er hatte seine weiße Mütze vergessen. »Tut mir Leid, Paul, bin schon weg«, rief er, zwinkerte uns zu und verschwand.

»Jetzt sind wir ganz allein«, flüsterte Paul und küsste mich auf die Stirn.

Mir gingen merkwürdige Gedanken durch den Kopf. Keiner davon hätte mich vor meiner Mutter zum Erröten gebracht.

»Der Koch spricht ja Deutsch«, sagte ich zwischen zwei Küssen hindurch.

»Der Koch heißt Robert Wang und kommt in zweiter Generation aus Lübeck. Den exotischen Koreaner lässt er nur vor Passagieren raushängen, das verleiht der Kreuzfahrt mehr Flair. Ich glaube sogar, der spricht kein Wort Koreanisch.«

»Wieso hat er dann deinen Namen so komisch ausgesprochen?«

»Wie komisch?«

»Na, dass es sich auf *hohl* reimt und nicht auf *faul*?«

Ein Blick in die gletscherblauen Augen, und ich bewies in rekordreifer olympischer Vollendung, wie schnell eine 100-Kilo-Frau einen Abgang machen kann.

Ich stürzte in dem Moment in das zum Verhörzimmer umfunktionierte Büro des ersten Offiziers, als der Professor dem Kommissar auf Knien versicherte, dass er nichts mit dem Mord zu tun habe, absolut und rein gar nichts. Und das mit den Knien meine ich nicht als Metapher.

Die Feinarbeit überließ ich wie immer den Profis, aber mal ehrlich: Dasselbe Profil wie der Comte, er nennt mich Kohlkopf und sein Name wird Französisch ausgesprochen? Und wer, außer einem Besatzungsmitglied, konnte wissen, dass der Aufgang zum oberen Achterdeck videoüberwacht war? Was weiß ich, vielleicht lässt sich eines der Panoramafenster öffnen, und er gelangte auf diese Weise vom Lesezimmer auf das Achterdeck, jedenfalls war Paul der Mörder. Mich hatte er nur dorthin bestellt, damit es eine Verdächtige gab. Dass daraus gleich fünf Verdächtige wurden, konnte er ja nicht wissen.

Ich werde es dem norwegischen Volke auf ewig zugute halten, dass der Kommissar und seine beiden Mitstreiter mich zwar ansahen, als ob ich in eine Zwangsjacke gehörte, und sie mich auf die Krankenstation brachten, wo man mir eine Beruhigungsspritze verpasste, sie aber dennoch meinen Verdacht überprüften.

Und natürlich hatte ich Recht. Paul war der Neffe des Comte und hätte trotz Adoptivtochter noch an die zwei Millionen Francs geerbt.

Gott, bin ich gut!

Epilog

Ich musste meiner Mutter versprechen, weder Paps noch ihren Marinekameraden jemals von ihrer Seekrankheit zu erzählen, dafür finanzierte sie mir im Anschluss an die Horrorkreuzfahrt einen zweiwöchigen Urlaub im schönen Irland.

Epilog II

Man möchte nicht glauben, wie viele Pierce-Brosnan-Doppelgänger man mit wachem, aufgewecktem Blick und ein paar *Guinness* im Blut allein in Dublin aufreißen kann. Wäre durchaus möglich, dass ich meinen Aufenthalt auf der grünen Insel verlängere …

Nescis, quid vesper serus vehat

(Du weißt nicht, was der späte Abend bringt ...
oder: Der Schröcken von Graiffenstein)

Fordre niemand, sein Schicksal zu hören!
frei nach Karl von Holtei (1826)

Schon irgendwie merkwürdig, so scheint es mir zumindest in der Rückschau, dass sich mir angesichts des drohenden Verhängnisses nicht wenigstens die Nackenhaare hochstellten, als ich an jenem Freitagabend zum Telefon eilte.

»Kind, hör zu!«

Niemand nennt mich noch »Kind« außer meiner Tante. Jene Tante, die ein Burghotel ihr eigen nannte. Immer dann, wenn ich mal wieder keine Knete, aber total Lust auf Urlaub habe, mache ich auf »Lieblingsnichte« und darf dann umsonst im Mädchenzimmer im Turm wohnen, in dem es spukt. Richtig und echt spukt, weswegen es für Gäste tabu ist. Denen erzählt man, ein Untoter würde in Zimmer 39 sein Unwesen treiben, was nichts weiter ist als eine fromme Lüge, aber massenhaft Touris anzieht.

»Kind, kennst du den Verleger Baltus Winter?«

»Groß, grau meliert, distinguiert, reich?«

»Ja, genau!« Tantchen schien beeindruckt, dabei hatte ich nur den von ihr bevorzugten Männertyp skizziert.

»Nö, kenne ich nicht.«

Strenges Schweigen.

»Also, Baltus Winter gibt demnächst einen Burghotelführer heraus. Nur die besten Häuser werden aufgenommen. Ich hege berechtigte Hoffnungen aus Gründen ... ahem, aus Gründen, die dich nichts angehen. Aber ich will nicht nur aufgenommen werden, ich will, dass er die Fünf-Zinnen-Empfehlung ausspricht!«

Ich schloss messerscharf, dass das etwas Positives sein sollte.

»Und *du* wirst mir helfen!«

»Wie? Helfen?« Ich stutzte. Alle hunderttausend Messingbeschläge der Burg polieren? Sämtliche Toiletten mit einer Zahnbürste reinigen? Den Hofhund entlausen?

»Das erfährst du morgen, wenn du hier bist. Pack deine Sachen und komm!«

Und bist du nicht willig, so brauch' ich Gewalt!
Goethe (1782)

Meine Tante ist ein Zwitterwesen aus dem Koloss von Rhodos und einer wuchtigen deutschen Eiche – ihr widerspricht man nicht, auch nicht am Telefon. Außerdem ist sie die Herrin über meine Gratisurlaube. Folglich schlich ich mich am nächsten Morgen in der Holzklasse eines Bummelzugs in Richtung Burghotel.

Hausdiener Bernie holte mich am Bahnhof in der obligatorischen Pferdekutsche ab, so viel Service muss sein.

In der Hotellobby wuselten an diesem Oktobermorgen unzählige Menschen, hauptsächlich gutbetuchte JapanerInnen und AmerikanerInnen, aber auch andere Binnen-I-Wesen, die sich auf dem zum Hotel gehörenden Golfplatz beweisen oder in der zum Hotel gehörenden Schönheitsfarm rundumerneuern wollten. Das Einzige, was in diesem

Wuselhaufen die Ruhe des Himalaya ausstrahlte, war Chefportier Moser. Ich wollte ihm gerade zuwinken, da packte mich eine Eisenklaue an der linken Schulter.

»Endlich bist du da. Komm, ich will dir etwas zeigen.«

Tantchen schleppte mich zu den Erdgeschosszimmern im Westflügel. Die »Erdgeschosszimmer im Westflügel« waren im Hotel das Synonym für Moderne. Überall sonst quollen die Gästezimmer von echten Antiquitäten jener Familie über, in die meine Tante so glückreich eingeheiratet hatte. Ahnenbilder schmückten die Flure, und man badete noch in gusseisernen Wannen. Doch in den Erdgeschosszimmern im Westflügel hatte sich bei der Totalsanierung vor ein paar Jahren ein umstrittener moderner Designer aus Paris austoben dürfen: alles peppig, alles protzig, alles »Kunscht«. Dieses Stockwerk war bei den inländischen Gästen mit dicken Geldbörsen besonders beliebt. Da in allen Zimmern, sogar auf dem Klo, Internet- und Faxanschluss vorhanden war, nächtigten hier am liebsten golfspielende Manager. An den Wänden hingen keine Ahnenbilder, sondern teure moderne Abstrakta.

Tantchen führte mich durch den Flur zum Andy-Warhol-Zimmer, öffnete die Tür und schaltete die Strahler ein.

»Sieh dir das an«, seufzte sie.

Mein Blick fiel auf ein monströses Ölgemälde, das über dem Futon hing. Kein Warhol, so viel stand schon mal fest. Sowohl das Sujet – eine Zigeunerin beim Flamencotanz inmitten von brünftigen Stieren – als auch Farbwahl und Ausgestaltung erinnerten mich stark an »Malen nach Zahlen«.

Ich schluckte. Hörbar.

»Baltus Winter hat es gemalt«, klärte mich Tantchen auf. »Er hat es mir geschenkt. Natürlich ist er ein inkompetenter Amateur untersten Niveaus.«

Ein tiefer Seufzer entrang sich ihrer Brust. In ihrer Jugend hatte sie Malerei in Wien studiert, sie hatte Ausstellungen in aller Welt gehabt und mehrere Preise gewonnen – Dilettantismus brach ihr das Herz. Neben dem unsäglichen Geschmiere hingen noch andere Bilder in dem Zimmer, eins davon von meiner Tante, ein Porträt ihres verstorbenen Mannes im Stil von Warhol. Meisterhaft.

»Ich kann sein Machwerk nicht einfach umweltgerecht entsorgen. Nicht, wenn ich in seinem Hotelführer fünf Zinnen bekommen will. Jetzt begreifst du also.«

Ich legte die Stirn in Falten. »Öhm ... nö.«

Tantchen musterte mich mit ihrem berüchtigten Eisenfresserblick. »Du wirst das Bild stehlen.«

Ich schnappte nach Luft. »Es *stehlen*?«

»Genau. Und zwar heute Nacht.«

»Kommt ja gar nicht in Frage!«

Man kennt mich als gestandene Frau, als Fels in der Brandung, unerschütterlich, fest verankert und unbeirrbar. Aber im Beisein meiner älteren weiblichen Verwandten, wie meiner Tante oder meiner Oma, werde ich zu einem schlaffen Würstchen mit null Selbstbehauptung. Wäre auch zwecklos. In deren Übergrößenpumps muss ich erst noch hineinwachsen.

»Öhm, ich habe mal im zarten Alter von sieben Jahren einen Kaugummi im Supermarkt geklaut, aber diese Aufgabe scheint mir doch ein klitzekleines bisschen komplexer.«

»Unsinn!« Tantchen winkte ab. »Du schneidest das Bild mit einem scharfen Messer aus dem Rahmen. Fertig. Im Übrigen gab es hier in der Gegend in letzter Zeit ein paar Kunstdiebstähle in diversen Privathaushalten. Niemand wird dich verdächtigen. Und Baltus Winter wird sich sagen, dass die Kunstdiebe offensichtlich Szenekenner sind und nur das Beste gut genug für sie war.«

Mich überkam das intensive Gefühl, dass mein Schicksal besiegelt war. Ein Fluch lag über meinem jungen Leben, und in dieser Nacht würde er sich vollenden.

»Ach, noch eins«, meinte Tantchen. »Schlag die Scheibe ein, dann wirkt es echter.«

Wem die Stunde schlägt
Ernest Hemingway (1940)

Den Samstag verbrachte ich damit, mir im Restaurant, das immer knapp am zweiten Stern vorbeischrammte, den Magen voll zu schlagen, meine üppigen Rubensformen in einen mehr als hautengen rosa Badeanzug gequetscht im Schwimmbad zur Schau zu stellen, von meiner Tante dem berühmten Verleger Baltus Winter vorgestellt zu werden, mich auf meinem Turmzimmer bis zur Erschöpfung durch alle dreißig Programme zu zappen und ein ausgedehntes Nickerchen zu halten. Dies alles nicht unbedingt in dieser Reihenfolge, und manches davon mehrmals. Doch mit schnellen Schritten eilte meine Schicksalsnacht näher.

In meiner ratlosen Not rief ich meine Freundin Sophie an.

»Einbruch? Geil!«

Manche Menschen kennen einfach keine Moral.

»Du hast gut reden. Wenn ich die Scheibe einschlage, läuft doch das ganze Hotel zusammen. Womöglich schneide ich mich auch noch an den Scherben. Und eins weiß ich sicher: Tantchen wird jedwede Beteiligung leugnen!«

Sophie lachte sprudelnd. »Du hast echt von nix eine Ahnung. Das ist doch ganz einfach: Du nimmst etwas Ahornsirup und Packpapier, streichst das Fenster ein, klebst das Papier darauf und schlägst mit einem Stein die Scheibe ein. Fast geräuschlos und splitterfrei.«

Ich staunte nicht schlecht. »Sprichst du aus praktischer Erfahrung? Oder hast du das aus der x-ten Wiederholung irgendeiner *Derrick*-Folge?«

»Lass dir einfach an meinem Rat genügen.« Sophie kicherte. »Nää, das muss man sich mal bildlich vorstellen – du als John Robie in *Über den Dächern von Nizza*. Ha!« Mit diesen Worten legte sie auf. Wahrscheinlich um einen deutschlandweiten Telefonrundruf zu starten und auch andere an ihrer Belustigung teilhaben zu lassen. Grummel – und so was nennt sich Freundin.

Ich wollte noch etwas schmollen und sauer sein oder doch wenigstens Einbruchspläne schmieden, aber ich nickte einfach ein und wachte erst wieder auf, als um zwei Uhr in der Nacht mein Wecker klingelte.

Nichts halb zu tun ist edler Geister Art.
Christoph Martin Wieland (1780)

Wenn sich eine 100-Kilo-Frau in einer mittelalterlichen Burg lautlos vom Turmzimmer die Holztreppe hinunter zum Erdgeschoss schleichen will, so ist das ein Witz. Es knarrte und schnarrte und knarzte, und zweifelsohne waren alle wach, als ich unten ankam: von den japanischen Gästen im Hotel über das Personal, das im Gesindehaus nächtigte, bis hin zum Hofhund, der drüben bei den Stallungen Wache hielt und dort normalerweise sein Letztes gab, um mit lautem Schnarchen etwaigen Eindringlingen Angst einzujagen.

Aber schließlich stand ich, bereits in Schweiß gebadet, vor dem Fenster zum Warhol-Zimmer. Keiner hatte sich mir in den Weg gestellt und sich ungnädig nach meinem Begehr erkundigt. In der Linken hielt ich das Buttermesser, das ich aus dem Restaurant hatte mitgehen lassen, in der Rechten eine Papierserviette und eine Minipackung Honig.

Entgegen meinen Erwartungen lief es wie geschmiert. Ich schlug das Fenster fachmännisch leise ein und schnippelte das Bild aus dem Rahmen.

Allerdings erhob sich dann die Frage, wohin mit dem gestohlenen Kunstwerk? In meinem Gepäck hatte es nichts verloren, falls die Polizei eine Generaldurchsuchung anordnete. Ein Weiterverkauf kam natürlich auch nicht in Frage. Blieb nur noch die Endlösung, und ich wusste auch schon, wo.

Im Rittersaal brannte das ganze Jahr über ununterbrochen, tags wie nachts, ein Kaminfeuer. Das ist heimelig und trotz der modernen Gasheizung notwendig.

Ich schlich mich in die Lobby. Als Nachtportier hatte meine Tante heute Hausdiener Bernie eingeteilt. Eine gute Wahl. Er war ein Endsiebziger, der schon Dreitagebart trug, als es das Wort noch gar nicht gab, und seiner Arbeit gewissenhaft, aber auch mit einer gewissen Lässigkeit nachkam. Er schlummerte tief und fest im Bereitschaftszimmer. Das Glück war mir hold.

Das Feuer im Rittersaalkamin war nur noch ein kümmerliches Glühen, aber mit Hilfe der ersten Portion Ölgemälde leckten sich die Flammen wieder zu beachtlicher Größe heran. Ich zerschnippselte das Bild mit dem Buttermesser, was – ehrlich gesagt – nicht ganz leicht war, aber wo ein Wille ist, ist auch ein Durchhaltevermögen.

Doch plötzlich, ohne dass ich es gemerkt hatte, stand jemand hinter mir.

»Alles im grünen Bereich?«

Es war meine Tante. Sie musste mich mühsam von der Decke klauben, an die ich – dem Infarkt nahe – hochgegangen war.

»Tantchen! Kannst du nicht Laut geben?«

»Hab ich doch.«

»Aber zu spät, Tantchen, zu spät!«

»Ist ja gut, Kind. Du solltest mehr Nervennahrung zu dir nehmen, bist viel zu nervös.« Sie kniete sich neben mich.

»Vernichtest du die Beweise?«

Ich nickte. »Genau. Du kannst mir ruhig helfen, ich hab schon Muskelkater in den Armen.«

Tantchen schüttelte den Kopf. »Wieso hast du auch kein scharfes Messer genommen?« Sie sezierte kräftig. Viel war ja nicht mehr übrig. Plötzlich stockte sie.

»Was ist das?« Sie hielt das vorletzte Fragment des einst stattlichen Bildes hoch und betrachtete es im Feuerschein.

»Was ist was?« Ich beugte mich vor. Vielleicht sollte ich doch mal meine Sehstärke überprüfen lassen.

»Kind«, donnerte meine Tante mit einer Stimme, mit der zuletzt Gottvater die Sintflut verkündet hatte. »Was hast du getan!«

»Was habe ich denn getan?« Ich war perplex. Und mehr oder weniger taub.

»Das ist doch Blau. In dem Bild von Baltus Winter wurde kein Blau verwendet. Es war ganz in Erdtönen gehalten. Kind, wenn du das falsche Bild vernichtet hast ...«

Eine üble Drohung hing unausgesprochen in der Luft.

Ich blickte empört. »Lächerlich. Selbstredend habe ich das richtige Bild entwendet. Wenn es dich beruhigt, dann sehe ich mal nach.«

Ich erhob mich und stapfte indigniert von dannen.

Die Welt will betrogen sein.
Sebastian Brant (1494)

Der Weg zum Warhol-Zimmer zog sich endlos hin.

Es soll schon vorgekommen sein, dass ich in meinem jugendlichen Sturm und Drang trotz bester Absicht in einen Fettnapf sprang, will sagen, Mist gebaut habe. Was, wenn ich in meinem Tran das falsche Bild vernichtet hatte? Womöglich das aus dem Pinsel meiner Tante höchstselbst? Kostenlose Urlaube konnte ich mir fürderhin abschminken. Falls ich überhaupt mit dem Leben davonkam …

Benommen bog ich um die Ecke und – zong! – prallte ich gegen Baltus Winter.

»Mein Gott, *Sie* sind es!« seufzte er mit starkem Tremolo in der Stimme auf. »Ich dachte schon, es wäre Ihre Tante.«

Na ja, stimmt schon, rein äußerlich herrscht auf den ersten Blick eine verblüffende Familienähnlichkeit. Auch wenn ich gut dreißig Jahre jünger bin. Aber uns umgab düsterste Dunkelheit, da wollte ich mal nicht so sein. Ich bedachte ihn nur mit einem finsteren Blick.

»Sie wundern sich sicher, was ich hier mache«, flüsterte er, immer noch tremolierend. »Ich, äh, kann alles erklären.«

Ich hob eine Augenbraue. Nicht, dass er es bei der Finsternis hätte sehen können, aber er merkte es wohl meiner ganzen Ausstrahlung an. Ich hatte das Gefühl, dass er ein wenig schrumpfte.

»Sie sind keine Künstlerin?«, erkundigte er sich.

Ich verneinte. Obwohl ich natürlich seinerzeit im Zeichenunterricht für meine Buntstiftkreationen immer Bestnoten erzielt hatte.

»Wissen Sie«, fuhr er fort, »für einen echten Künstler ist jedes Bild wie ein Kind. Manche müssen natürlich ihre

Kinder weggeben, um leben zu können, aber ich hatte das noch nie nötig. Eine ganze Großfamilie habe ich zu Hause in meinem Atelier schon um mich geschart. Und an diesem Baby hier« – erst jetzt sah ich, dass er neben seiner Taschenlampe auch ein Bild in der Hand hielt, nicht nur irgendein Bild, nein, seine Flamencotänzerin – »habe ich annähernd drei Jahre gemalt. Ich sah, wie es heranwuchs. Wie es Pinselstrich um Pinselstrich zu einem Ausdruck meiner innersten Seele wurde.«

Ich beschränkte mich auf ein verständnissinniges »Aha«.

»Ich hege«, er räusperte sich, »tiefe Gefühle für Ihre werteste Frau Tante, und in einem Moment der innigen Verbundenheit habe ich ihr mein Bild geschenkt. Aber jetzt leide ich Qualen. Sie können sich gar nicht vorstellen, was ich durchmache.«

Ein Welle des Mitgefühls hätte jetzt eigentlich über mich hinwegschwappen müssen, aber mein Verständnis hielt sich in Grenzen. Was sollte ich auch von einem greisen Mann halten, der eine dralle Spanierin, die Objekt der Begierde einer lüsternen Stierherde ist, als »Ausdruck seiner Seele« bezeichnet? Da taten sich doch Abgründe auf.

»Bitte, Sie dürfen mich nicht verraten.« Einem Erfolgsmensch wie ihm fiel dieses jämmerliche Flehen sicher nicht leicht. Ich wurde weich.

Außerdem dämmerte mir langsam eine doch eher unangenehme Tatsache: Wenn das Bild, das Baltus Winter hier in der Hand hielt, sein unsägliches Ölgemälde war, welches unbezahlbare Kunstwerk hatte ich dann soeben im Rittersaalkamin den Flammen übereignet? Hm.

»Kind? Kind, wo bist du?«, hörte ich da meine Tante aus der Ferne rufen.

Winter erbleichte. Das heißt, sehen konnte ich es nicht, aber ich schloss einfach von mir auf ihn.

»O mein Gott«, stöhnte er verzweifelt. »Was sollen wir jetzt tun?«

In ausweglosen Notlagen wachsen die Frauen meiner Familie über sich hinaus. Und das will bei unseren Ausmaßen schon was heißen.

Ein Blitz der Erkenntnis durchzuckte mich.

»Braten Sie mir mit Ihrer Taschenlampe eins über«, befahl ich Winter.

»Äh ... was?«

»Sie sollen mir eins überbraten. Dann sieht es so aus, als hätte ich die Einbrecher überrascht und sei niedergeschlagen worden.«

»Ich habe noch nie eine Frau geschlagen!«, empörte sich Winter.

»Sehr löblich, aber jetzt geht es um Ihr Baby.«

Möglicherweise hatte ich das etwas zu emotional ausgedrückt, denn spontan erwachten in Winter die Muttergefühle, und er versetzte mir einen Schlag, der mich schnurstracks ins schädelbrummende Schlummerland schickte.

Gott schütze mich vor meinen Freunden,
vor meinen Feinden will ich mich selbst schützen.

Manlius (1594)

Den Sonntag verbrachte ich in der Horizontalen, umsorgt und verwöhnt von meiner Tante, die mir all meine Lieblingsgerichte mit dem Speiseaufzug ins Turmzimmer auffahren ließ und alle Stunde selbst nach mir sah und mir ein kaltes Tuch auf die beachtliche Beule legte.

Sie hatte die Mär – wie alle anderen auch – geschluckt: Die Mär von den bösen Kunstdieben, die just in dem Moment einstiegen, als ich mich im Warhol-Zimmer von der ordnungsgemäßen Ausführung meiner schnöden Tat vergewissern wollte. Für alle anderen lief die Erzählung natürlich auf einer leicht abgeänderten Schiene: Die Diebe knüppelten mich ruchlos nieder, als mich mein nächtlicher Ausflug zum Küchenkühlschrank zufällig am Warhol-Zimmer vorbeiführte.

Die Polizei glaubte, dass zwei Bilder entwendet worden waren, meine Tante ging nur von einem aus. Aber von allen Seiten wurde mir höchstes Mitgefühl entgegengebracht. Tantchen versprach mir auf Lebenszeit freie Kost und Logis in der Königinnensuite, Verleger Winter drückte mir in einem unbeobachteten Moment die Hand und verkündete, dass er ob meines selbstlosen Einsatzes das Hotel in seinem neuen Reiseführer für sage und schreibe sechs Zinnen vorschlagen werde, und eine Reporterin des Lokalblattes interviewte mich für die Rubrik »Helden des Alltags«.

Hach, das Leben kann so schön sein.

Aber in nächster Zeit werde ich freitagabends nicht mehr ans Telefon gehen.

Curricula Vitae

(Lebensläufe ...
oder: Wie einer jeden von uns das
Karma im Nacken sitzt)

»Du musst mitkommen! Du musst einfach! Du musst! Du musst! Du musst!«

Svenja und ich saßen in *Shiva's Garden*, meinem Lieblingsinder in der Calwer Straße, und tranken Gewürztee. Durch meine Gehörgänge schlängelten sich indische Volksweisen in dezenter Lautstärke. Räucherstäbchen in der Duftnote *Natrag*, festgebohrt in einen Lotusblütenhalter, umnebelten meine Sinne. Vor mir eine Schale mit *Punjab Puri*-Knabbergebäck, nur wenig appetitanregender im Geschmack als Hamsterfutter.

»Bitte, lass mich nicht hängen. Ich habe außer dir niemand, den ich darum bitten könnte.«

Svenja hielt meine Schulter im Polizeigriff fest umklammert – schmerzhaft, aber nicht zu Spätschäden führend. Ihre großen braunen Dackelaugen blickten mich flehentlich an. Man mochte nicht glauben, dass dieses verzweifelte Häuflein Mensch im richtigen Leben Führungskräfte aus der Wirtschaft in der Kunst des Stress-Managements unterrichtete.

»Hilf mir!«, heulte sie wölfisch. »Allein trau ich mich nicht!«

Die Gäste am Nebentisch blickten mich schon pikiert

an, als ob ich mich weigerte, ein winselndes kleines Hündchen zu retten, das im Gartenteich zu ertrinken drohte.

Sollte ich es wirklich als Kompliment auffassen, dass ich die einzige Person in Svenjas enorm umfangreichem Bekanntenkreis war, mit der sie zu einer Inkarnationsregression gehen wollte?

> **Inkarnationsregression** *w 10*
> Hypnotisch induzierte Rückführung in
> ein früheres Leben.

Aber fangen wir doch von vorn an. Öhm ... buchstäblich.

Svenja und ich sehen uns einmal im Monat anlässlich des Stuttgarter Krimistammtisches. Sieben bis zehn Frauen besten Alters plaudern über literarische Morde, bechern fröhlich Alkoholika und amüsieren sich ganz generell prächtig. Bislang dachte ich immer, wir wären allesamt gestandene Weibsbilder, mit beiden Beinen fest auf dem Boden der Tatsachen.

Das war ein Irrtum.

Als Svenja mich außerplanmäßig zu Curry-Huhn (hot!) beim Inder einlud, glaubte ich noch, sie wolle sich nur auf den neuesten Stand bringen lassen. Sie hatte den letzten Stammtisch verpasst und somit auch die bereits legendäre Auseinandersetzung um die literarischen Qualitäten von Philipp Kerr, die zu einem Hausverbot in unserem Stammlokal *Mainhardter Hof* geführt hatte.

Doch weit gefehlt. Wer wem die Weinschorle über das Businesskostüm geschüttet oder an den blonden Zöpfen gezogen oder lauthals »Schrumpfhirn mit dem literarischen Rezensionsvermögen eines Einzellers« gebrüllt hatte, interessierte Svenja null. Sie schob mir stattdessen eine Zeitungsanzeige vor die Teetasse:

> **INSEL DER ERLEUCHTUNG**
> ZENTRUM FÜR SPIRITUELLES
> WACHSTUM
> Reiki, Meditation in der Theravada-
> Tradition, Ayurveda Massage,
> Rückführungen, Rolfing, Tantra-
> Seminare für Paare, Iyengar-Yoga-
> Wochenendkurse, Energie- und
> Lichtarbeit, Holotropes Atmen,
> Horoskop-Analyse.
> Viram Heinz Schmitz und Gundi
> Blotterbeck-Pfannensieder
> Um telefonische Anmeldung wird
> gebeten

Ich persönlich konnte nur hoffen, dass Gundi und Heinz das nicht alles selbst aus dem Ärmel schüttelten, sondern Leute mit Ahnung um sich geschart hatten. Andererseits bin ich eine Ungläubige: So oder so machte es für mich keinen Unterschied.

»Svenja, glaubst du wirklich an frühere Leben?« Aus Peinlichkeitsgründen flüsterte ich, wie wir damals am Mädchenlyzeum beim Thema Petting geflüstert hatten.

Sie zuckte mit den Schultern.

Ich nahm noch mal die Anzeige zur Hand. »Diese Typen nutzen doch nur die Sehnsucht der Menschen nach dem ewigen Leben aus. Stehe ich denn allein da im Kampf gegen die Verdummung der Menschheit?«

»Du stehst in allem allein da!« Svenja bockte.

»Svenja, komm schon«, tastete ich mich vorsichtig vor, »ich weiß nicht, ob du mit so einer Rückführung bei Leuten, von denen du rein gar nichts weißt, nicht riskierst, einen … traumatischen … Dachschaden zu bekommen.«

»Deswegen gehe ich ja auch nicht in dieses Rundumschlag-Zentrum, sondern zum Zahnarzt meiner Schwester!«, triumphierte Svenja.

Mitten in mein dümmliches Geglotze platzte der fesche Jungkellner. »Noch etwas Tee?«

> Seit 1955 erkennt die British Medical Association die Hypnose als seriöses Heilmittel an. Seit 1958 wird sie von der American Medical Association akzeptiert. Hier zu Lande tat sich die Ärzteschaft etwas schwerer, aber mittlerweile können sich junge Mediziner im Zuge ihres Studiums auch zum Hypnotherapeuten ausbilden lassen. Vor allem Zahnärzte und Psychologen entscheiden sich bei Angstpatienten für diese Form der Therapieunterstützung.

Ich hatte die Broschüre, die der Zahnarzt Svenja in die Hand gedrückt hatte, bestimmt eine halbe Stunde lang auf dem schmalen Klo im Keller gewälzt. Anschließend wusch ich mir mit *Chandrika Ayurvedic Soap* die schwitzigen Hände. Ich musste zu einer Entscheidung gelangen. Sollte ich Svenja zu diesem Rückführungs-Happening begleiten oder nicht?

Es klopfte an die Toilettentür.

»Schlägst du da drin Wurzeln?« Svenja klang ungeduldig. Ich ging hinaus.

»Du hast mir deine Bitte zwar zwingend vorgetragen, aber dennoch – irgendwie rührt sie mich nicht.«

»Wahrscheinlich weil du innerlich tot bist.« Svenja verschränkte die Arme. »Also, entweder begleitest du mich, oder ich sage allen vom Stammtisch, dass deine Wallelocken schon lange nicht mehr im Originalfarbton glänzen, sondern ein Wunder der modernen französischen Chemie sind! Weil du es dir wert bist ...«

»Woher weißt du das?«

Sie grinste mich nur diabolisch an.

Wenn ich das nächste Mal Gäste zu mir einlade, schließe ich vorher den Müll weg ...

Dr. med. dent. Sigurd Hammerer
Zahnärztliche und hypnosetherapeutische Praxis
Mo – Fr 9–12, Di und Mi 14–18

»Das ist eigentlich nicht üblich!«

Dr. Hammerer sperrte sich.

»Bitte, Herr Dr. Hammerer, ich möchte meine Freundin unbedingt an meiner Seite wissen!«

Wenn ich, der gnadenlose Granitklotz, diesem flehentlichen Kleinmädchenblick schon nicht standhalten konnte, dann war die Verweigerung dieses schmächtigen Männleins von vornherein zum Scheitern verurteilt.

»Ich werde auch mucksmäuschenstill sein«, versprach ich treuherzig.

Hammerer blieb hart.

»Tief in meinem Inneren spüre ich, dass Svenja und ich schon einmal einen gemeinsamen Lebensweg teilten. Bitte lassen Sie mich dabei sein, wenn sie für uns beide die Reise in unsere gemeinsame Vergangenheit antritt.«

Dr. Hammerer räusperte sich. Er gehörte zu jenen Herren fortgeschrittenen Alters, die sich die Resthaare in der Ohren- und Nackenregion so lang wachsen lassen, dass man sie über den kahlen Oberschädel kämmen kann. Je nun, deshalb mochte er trotzdem ein einfühlsamer Arzt sein.

»Es ist in höchstem Maße unüblich!«, muckte er noch ein wenig, aber letztendlich war sein Schicksal besiegelt.

An diesem altweibersommerlichen Freitagnachmittag schien die Sonne, doch nicht in das fensterlose kleine Zimmer, das er neben seiner eigentlichen Praxis zum Hypnosebereich erklärt hatte. Eine schmale Ledercouch im Farbton Bordeaux, ein farblich dazu passender Ledersessel, eine Stehlampe im Sechziger-Jahre-Design, ein kleines Holztischchen mit einem altertümlichen Kassettenrekorder, einer Sprudelflasche und einem Glas – mehr befand sich nicht in diesem schmucklosen Raum. Ich musste mir den Stuhl der Sprechstundenhilfe ausborgen und auf Anweisung des Doktors in die hinterste Ecke tragen.

Während Svenja es sich auf der Couch bequem machte, versuchte ich mich in Small Talk.

»Zahlt das die Krankenkasse?«

Ich erntete nur einen ungnädigen Blick.

»Ich muss Sie bitten, so zu tun, als seien Sie nicht da!«, nölte Dr. Hammerer. »Sie stören meine Konzentration und die der Patientin. Was glauben Sie, warum ich die Hypnosesitzungen außerhalb der Sprechstunden ansetze?«

»Sie haben doch noch gar nicht angefangen, Herr Hypnotiseur«, nölte ich zurück.

Das war zu viel. Hammerer sprang vom Ledersessel auf. »Ich muss doch sehr bitten: Ich bin ausgebildeter Hypnotherapeut, kein Jahrmarktshypnotiseur!«

Hammerer besaß einen Adamsapfel von gewaltigen Ausmaßen. Wenn er im Zorn sprach, hüpfte dieses Merkmal des männlichen Geschlechts wie entfesselt rauf und runter und hin und her. Was hatte der Mann da nur drin, einen Medizinball?

»Ich wäre jetzt so weit.« Svenjas heldenhafter Versuch, uns Kampfhähne zu beruhigen.

Hammerer schmollte. »Die Inkarnationsregression mittels Hypnotherapie hat nichts mit Magie zu tun«, dozierte er. »Sie ist vielmehr eine Möglichkeit, die Zukunft zu formen. Wenn wir wissen, wie wir zu dem Menschen wurden, der wir heute sind, dann können wir da auch ansetzen und uns verändern.«

Hammerer gestikulierte mit weit ausholenden Gesten. Jedes Mal, wenn er die Arme hob, roch es nach Achselhöhlenschweiß. Das konnte ja ein heiterer Nachmittag werden.

»Sie dürfen vollkommen beruhigt sein: Selbst in der somnambulistischen Trance kann ich Sie nicht dazu bringen, etwas zu tun oder zu sagen, was Ihren moralischen oder ethischen Grundsätzen widerspricht.«

Svenja lächelte beruhigt.

Er dimmte das Licht und schaltete den Kassettenrekorder ein. Allerdings wollte er die Sitzung nicht auf Band aufnehmen, wovon ich in meiner Naivität ausgegangen war, vielmehr tönte plötzlich Meeresrauschen durch das kleine Zimmer. Es klang ein bisschen nach einer Klospülung, aber Svenja seufzte wohlig auf.

»Entspannen Sie sich«, teilte ihr Hammerer mit und rückte den Ledersessel etwas näher zur Couch.

»Kann ich einen Schluck Wasser haben?« Svenja griff schon zur Sprudelflasche.

»Nein!«, röhrte Hammerer und packte ihren Arm.

Wir rissen erstaunt die Augen auf.

Hammerer fasste sich wieder, drückte ihren Arm sanft zurück auf ihren Bauch und flötete: »Nein. Besser nicht. Die Flüssigkeitsaufnahme stört den Konzentrationsprozess.«

Ich rollte mit den Augen. »Wird sie in fremden Zungen reden? Sie wissen schon, Aramäisch oder Suaheli?«

»Teilen Sie Ihrer Freundin bitte mit, dass ich sie beim nächsten Zwischenruf des Raumes verweise. Es geht hier um eine ernst zu nehmende medizinische Behandlung, nicht um lächerliche Experimente in Xenoglossie. Sobald die Induktion begonnen hat, sind skeptische Zwischenfragen völlig fehl am Platze!«

Svenja warf mir einen flehentlichen Blick zu.

Bitte, ich habe verstanden, ich kann auch den Mund halten. Ich habe das schon mal 1982 für mehr als eine Stunde geschafft, und ich werde es wieder schaffen. Ich lehnte mich zurück und schlug die Beine übereinander.

Dr. Hammerer zog eine kleine Taschenlampe aus dem Kittel und leuchtete Svenja an.

»Ich führe Sie jetzt in einen Alpha-Zustand. Entspannen Sie sich.«

Er dimmte das Licht noch weiter. Mit der Taschenlampe vollführte er leicht kreisende Bewegungen, wobei ihr Kopf praktisch unter seiner Achselhöhle ruhte. Entweder war Svenjas Geruchssinn tot, oder sie war eine weitaus willensstärkere Frau, als ich ihr je zugetraut hätte.

»Konzentrieren Sie sich auf das Licht. Sie werden ruhig, ganz ruhig. Sie stehen in einem wunderschönen Wald. Ich zähle jetzt bis fünf. Wenn ich bei fünf ankomme, sind Sie völlig entspannt. Eins, zwei, drei, vier, fünf. Sie sind jetzt völlig entspannt. Nun fahren Sie mit einer Rolltreppe in die tiefsten Tiefen Ihres Unterbewusstseins.«

Eine Rolltreppe mitten im Wald?

Svenja war das offensichtlich egal. Ihre Muskeln erschlafften.

Dr. Hammerer löschte die Taschenlampe.

»Was sehen Sie?«

Stille. Schweigen. Kein Laut.

Dr. Hammerer schluckte nervös. »Ich frage noch einmal: Was sehen Sie?«

Svenjas Stirn schlug Falten.

Svenja:	Ich bin blond. Onduliert. Mit Mittelscheitel. Ich trage ein weißes Unterhemd, nein, Nachthemd mit schmalen Trägern. Tiefes Rückendekolletee. Mein Name ist Margot.
Dr. Hammerer:	Wo befinden Sie sich?
Svenja:	Ich gehe gerade ins Wohnzimmer. Das Telefon klingelt. Ich habe geschlafen. Das Telefon hat mich geweckt. Es ist dunkel im Wohnzimmer. Nur aus der offenen Schlafzimmertür fällt etwas Licht. Ich gehe zum Schreibtisch. Ein eleganter Schreibtisch. Eine vornehme Wohnung.

Klar, dachte es leise in mir, wer will sich schon in einem heruntergekommenen Kabuff sehen.

Dr. Hammerer musste meine aufkeimende Verdrossenheit gespürt haben – sein Rücken versteifte sich sichtlich.

Dr. Hammerer:	Was tun Sie?
Svenja:	Ich weiß nicht genau …
Dr. Hammerer:	Lassen Sie sich Zeit. Materialisieren Sie die Situation in aller Ruhe.
Svenja:	Ja, jetzt sehe ich es. Ich stehe vor dem Telefon. Ich nehme den Hörer von der Gabel. Ich rufe »Hallo, hallo, hallo«, aber es meldet sich niemand. Ich rufe noch mal »Hallo, hallo, hallo«. Nichts. Das verwirrt mich. Doch plötzlich …

Svenjas Stimme wird schrill. Sie greift sich mit beiden Händen an den Hals.

Svenja:	Jemand hat mir ein Tuch um den Hals geworfen. Er will mich ... erwürgen!
Dr. Hammerer:	Es ist alles gut. Ihnen geschieht kein Leid. Was passiert weiter?
Svenja:	Ich wehre mich, trete, taste mit den Händen, da, die Schere, ich ... o mein Gott ... ich ramme sie ihm in den Rücken!

Svenja strampelte mit den Beinen, fuchtelte mit den Händen und klatschte Dr. Hammerer den Handrücken gegen die Nase.

So eine Rückführung war doch sehr viel unterhaltsamer, als ich geglaubt hatte. Fehlte nur noch das Popcorn und eine kalte Cola.

Dr. Hammerer:	Ganz ruhig, alles ist gut. Sie sind in Sicherheit.
Svenja:	Er lässt von mir ab, will sich die Schere aus dem Rücken ziehen, dreht sich, fällt, stürzt auf den Rücken, direkt in die Schere, Blut, ein Schrei ...
Dr. Hammerer:	Wie geht es Ihnen jetzt?
Svenja:	Ich bin wie benommen. Der Mann ist tot. Ich ... ich kenne ihn nicht. Ich sehe den Hörer, er baumelt an der Seite des Schreibtisches, ich nehme ihn in die Hand und rufe »Polizei, schnell, Polizei«.
Dr. Hammerer:	Wer ist am anderen Ende des Hörers?
Svenja:	Es ist mein Geliebter, Mark, nein, nein, es ist mein Ehemann, Tony. Er sagt, dass ich nichts anrühren soll, er

ist sofort bei mir. Und ich sage »Bitte, komm schnell«.

Dr. Hammerer tätschelte Svenjas Hand, was ihn sicher keine Überwindung kostete, alldieweil Svenja früher mal Model war und besagte Hand zu einem – aus typischer Männersicht – optisch umwerfenden Körper gehörte.

Svenja wimmerte und hustete und griff sich an den Hals.

Dr. Hammerer:	Und nun? Was tun Sie nun?
Svenja:	Ich brauche Luft. Ich mache die Glastür auf und trete auf die Terrasse. Mein Hals … Ich huste und huste und weine …

Svenja hustete und hustete und weinte. Ihr Gesicht nahm einen leicht bläulichen Farbton an. Es war irre intensiv und schien überaus real. Wohl auch für Dr. Hammerer, der daraufhin beschloss, die Sitzung abzubrechen.

»Wenn ich bis fünf zähle, sind Sie wieder hellwach. Eins, zwei, drei, vier, fünf … Sie sind hellwach.«

Svenja schlug die Augen auf.

»Meine Fingerspitzen kribbeln, als ob jemand Nadeln hineinsticht«, flüsterte sie.

Dr. Hammerer tätschelte immer noch ihre Hand. »Das ist vollkommen normal. Sie werden sich noch einen Moment benommen fühlen, aber ansonsten geht es Ihnen gut.«

Svenja lächelte dankbar zu ihm auf.

Bitte, große Göttin, nimm mich auf der Stelle zu dir.

Ich stand auf. »Na, das war ja sehr beeindruckend.«

Dr. Hammerer lächelte stolz und erhob sich ebenfalls. »Da haben wir doch gleich in der ersten Sitzung Erstaunliches geleistet«, schmeichelte er sich selbst. »Ich bin sicher, in den folgenden Sitzungen werden wir weitere Durchbrüche erzielen.«

»Was für Durchbrüche?«, erkundigte ich mich. »Sie hat sich soeben als Ehebrecherin geoutet und einen ihr völlig fremden Menschen erstochen. Was denn noch?«

Svenja runzelte die Stirn. Langsam ging ihr wohl auf, dass sie jetzt offiziell eine untreue Ehefrau und Mörderin war.

Dr. Hammerer guckte verkniffen. »Der Kreislauf von Geburt und Tod endet erst, wenn man sein Karma erfüllt hat. Dazu müssen wir aber wissen, welches Karma wir angehäuft haben und wie wir es gegebenenfalls wieder gutmachen können.« Er drehte sich zu Svenja um. »Karmische Kreisläufe und Unterkreisläufe offenbaren sich nicht nach nur einer Sitzung. Ich kann Ihnen natürlich meine Kassette ›Hypnotisiere dich selbst und werde frei‹ für 34 Mark 95 empfehlen, aber besser wäre es doch, wir würden den Zyklus von zwölf Sitzungen vollenden.«

Svenja spitzte die Lippen. Eine Sitzung kostete 150 Mark. Sie rechnete wohl gerade nach, was das mal zwölf machte und wie sie ihrem Ehemann die absolute Notwendigkeit dieser Ausgaben verklickern sollte.

»Das Karma mit seinem Mechanismus der Reinkarnation wird Ihr Leben verbessern. Ihre Seele sehnt sich nach Erlösung, aber nur, wenn Sie Ihre früheren Inkarnationen kennen und die karmischen Implikationen verstehen, können Sie den Kreislauf beenden und Glückseligkeit finden.«

Laber, laber, laber. Er klang wie Moses mit den Gesetzestafeln im Arm – Gott hatte ihm die richtigen Antworten auf alle Fragen der Menschheit durchgefaxt.

»Im Übrigen bin ich der Ansicht, dass eine Sitzung ohne Begleitperson weitaus offener vonstatten gehen kann«, fügte Dr. Hammerer noch hinzu, ohne mich dabei anzusehen.

Svenja stand auf. »Vielen Dank, Herr Doktor. Ich bin noch ganz benommen vom eben Erlebten. Ich werde über weitere Sitzungen nachdenken und Sie dann anrufen.«

»Tun Sie das«, er legte ihr seine Rechte auf die schmale Schulter, »aber tun Sie es bald. Wir haben den Damm gebrochen, Ihre Erinnerungen werden jetzt umso leichter strömen. Angesichts der emotional mitreißenden Erlebnisse, die Sie geschildert haben, sollten Sie bei weiteren rückführenden Erinnerungsschüben einen kompetenten Experten an Ihrer Seite haben.«

Mit dem kompetenten Experten meinte er zweifelsohne sich selbst.

»Ansonsten brauchen Sie jetzt viel Ruhe und viel Schlaf. Essen Sie ausgewogen, und achten Sie penibelst auf Ihren Stuhlgang.«

Svenja nickte.

Ich packte sie am Ellbogen und zog sie schleunigst hinaus auf die Straße und in die Welt der geistig Gesunden.

Ich schleppte Svenja ins nächstbeste Café und bestellte für uns beide zwei doppelte Espresso.

»Svenja, Liebes, geht es dir gut? Brauchst du Zuspruch?«

Sie senkte den Kopf.

»Kannst du dich erinnern, was du da eben von dir gegeben hast?«

Svenja schaute mich verschmitzt lächelnd von schräg unten an. »Ja. Die allerbeste Szene aus meinem Lieblingsfilm, *Bei Anruf Mord*. Gib's zu, ich war um Längen besser als Grace Kelly!«

Ich prustete den Espresso auf den Holztisch. Die Bedienung kam mit einem nassen Lappen und einem bösen Blick.

Svenja strich sich eine dunkle Locke aus dem Gesicht.

»Ich habe es einfach nicht geschafft, in Trance zu fallen. Dabei habe ich es versucht, ehrlich. Und dann wollte ich den guten Doktor nicht enttäuschen. Meine Schwester ist von ihm total begeistert, als Zahnarzt muss der Mann einfach begnadet sein.« Sie hob ihre Espressotasse.

»Auf Hitchcock!«

> ZAHNARZT ALS TRIEBTÄTER ENTLARVT
> (dpa) Der Stuttgarter Zahnarzt Sigurd H. wurde von verdeckten Ermittlerinnen des BKA als Triebtäter entlarvt. Offenbar hat der Mediziner, der auch eine Hypnosepraxis betrieb, ausgewählten Patientinnen mit Beruhigungsmitteln versetztes Mineralwasser verabreicht und sie anschließend sexuell belästigt. Der Mann wurde dem Haftrichter vorgeführt.
> *Fildernachrichten vom 12. Oktober*

Lux lucet in tenebris

(Das Licht leuchtet in der Dunkelheit ...
oder: Ich seh mal wieder schwarz!)

Ich hatte das alles – oder zumindest etwas Ähnliches – schon durchgemacht und stellte mich quer. Aber gegen die geballte Frauenpower von Silke, Svenja, Maren, Iris, Sharon und Grit war ich machtlos: Mein Krimistammtisch wollte nun mal unbedingt zu dem Mörder-Dinner im *Inter-Conti* und damit basta. Es hat seinen guten Grund, warum ich immer schon gegen die Basisdemokratie war ...

Wie auch immer, so kam es, dass ich mich an diesem klimakatastrophenheißen Abend kurz vor zwanzig Uhr in meinem neuen, viel zu warmen Fummel aus dem Taxi quetschte.

Sprach man früher in Stuttgart von einem »Taxi«, dann meinte man einen geräumigen *Mercedes Benz* mit einem Hauch von Diesel; heutzutage muss man damit rechnen, dass plötzlich ein mikroskopisch kleiner *Smart* vor der Tür steht, wenn man der Zentrale meldet, dass man »nur« eine Stadtfahrt machen will. Hmpf. Was kommt als Nächstes? Rikschas? Tandemräder?

Angenervt stolzierte ich, so damenhaft es mir möglich war, in die luxuriöse Lobby dieses Viersternepalastes.

Ich war absichtlich etwas früher da. Meiner Einschätzung nach musste mir in dieser Lobby alle fünf Minuten ein VIP vor die Augen laufen, und ich finde nichts anregender als Promigucken. Offenbar war ich aber nicht die Einzige, die so dachte: Entgegen allen Gepflogenheiten war ich diesmal die Letzte. Silke und Iris starrten hechelnd einem minderjährigen schwarzhäutigen Knackpo hinterher, in dem ich einen MTV-Moderator erkannte, und Maren, Sharon und Grit gingen gerade einen überreifen deutschen Literaturpapst um ein Autogramm an. Nur Svenja klopfte sich nervös auf die Uhr und verlangte, dass wir uns sofort nach oben begaben, zu dem eigens für einen Mord umfunktionierten Konferenzsaal III, auch »Königin-Katharina-Salon« genannt. Wozu diese Eile?

Wir Mädels ließen uns widerwillig von ihr in den rundum verspiegelten Aufzug ziehen. Die sechs anderen hatten sich schwer in Schale geworfen, sämtlich in dunkelgrauen oder schwarzen Cocktailkleidern mit Perlenkette – nur ich trug wieder mein obligatorisches Wallegewand in Knallfarben und Gigantoohrklunker aus funkelndem Strass, was mir einen Blick borniertner Verachtung von einer offensichtlich mehrfach gelifteten Schnepfe in einem *Chanel*-Kostüm einbrachte, als wir den Salon betraten. Man muss meinen Stammtischschwestern wirklich zugute halten, dass sie sich meiner niemals schämten.

Hatte ich bis zu diesem Abend wenigstens gedacht. Aber als sich herausstellte, dass es nur Sechsertische gab, wir jedoch sieben waren, sah ich mich plötzlich schnöde an einen Tisch mit lauter fremden Leuten verbannt. Sollte mir das zu denken geben?

Dieses Mörder-Dinner, das der *Südwestrundfunk* in höchsten Tönen gelobt und von dem unser Lokalsender *Btv* eigens eine Reportage erstellt hatte, zog in erster Linie Singles zwischen dreißig und vierzig an. Der Einzige, der deutlich älter war, nämlich so um die achtzig, saß an meinem Tisch und tätschelte der blonden Schönheit im Mini-Dirndl neben sich das Knie. Links und rechts von den beiden blickten ein Talmikavalier und eine Margret-Thatcher-Imitation, beide Anfang fünfzig, genervt aus der Designerwäsche. Die einzige halbwegs normal und freundlich wirkende Person an diesem Tisch war – von mir mal abgesehen – der Typ rechts neben mir, ein hagerer Brillenträger mit Ziegenbärtchen.

Nicht uninteressant, lautete mein Urteil vor dem Apéritif.

Zu »höchst interessant« revidierte ich mein Urteil nach dem zweiten Sherry. Ich flirtete drauflos. Er zeigte sich willig. Der Abend könnte doch noch schön werden, dachte ich so bei mir.

Mächtig große Fehleinschätzung.

Friedhelm, so hieß mein Nebenmann, breitete ungefragt sein Leben vor mir aus: Ich erfuhr alles – dass sein Vater seine Geliebte angebrütet hatte, dass seine Mutter mit ihrem Buchhalter durchgebrannt war, dass sein Großvater wegen Unterschlagung sieben Jahre Knast bekommen hatte. Ich nickte zu allem begeistert. Meine Verführungstaktik besteht im Allgemeinen eben darin, so zu tun, als befände ich jedes Wort aus des Mannes Mund für literaturnobelpreisverdächtig, und auch wenn ich an einen Blindgänger gerate, kann ich meine über Jahrzehnte eingeübte Flirttaktik nicht einfach so ausknipsen. Göttinseidank war wenigstens das Essen gut.

Ich hatte gerade mein Dessert ausgelöffelt – Mousse an Früchten der Saison –, als der Oberkellner sich glastrommelnd Gehör verschaffte.

»Liebe Gäste«, rief er in den vollen Saal, »wir haben heute ein Geburtstagskind unter uns. Freiherr von der Uhlandshöhe, ein lieber Stammgast unseres Hauses, wird achtzig.« Applaus erhob sich. Von irgendwoher leuchtete ein Flutlicht auf und bestrahlte den Opa an meinem Tisch. Er lachte keckernd und hob sein Glas.

Dann erloschen auf einmal sämtliche Lichtquellen, bis auf die acht brennenden Kerzen auf einer Torte, die von einem südländischen Kellner durch die Tür geschoben wurde. Doch als er sich eben in Bewegung gesetzt hatte, krachte ein Schuss durch die Dunkelheit!

Na endlich. Wurde auch Zeit.

Frauen kreischten, Männer stöhnten, der Oberkellner rief: »Licht, um Gottes willen, Licht!«

Die einsetzende Helligkeit zeigte den Jubilar, in dessen truthennenfaltigem Hals eine dicke Lücke klaffte, aus der rote Farbe quoll. Der Blondschopf neben ihm lag ebenfalls ketchupüberströmt mit dem Gesicht im Dessertteller, ein Loch in der Stirn. Grandiose Inszenierung.

Ich saß also an dem Tisch mit den Schauspielern. Plötzlich und inmitten all des einsetzenden Trubels wuchs mein Interesse an dem Kerl neben mir. Dann war das ganze Gelabere also gar nicht echt gewesen? Ich fasste wieder Hoffnung.

Ich wollte immer schon mal was mit einem Schauspieler haben. Er könnte mir in horizontalen Privataufführungen *Hamlet*-Monologe zitieren oder mir wenigstens seine diversen Filmpreise zeigen. Das machte mich an. Ich ergriff seine nur leicht behaarte Hand und presste sie an meinen üppigen Busen. »Wie furchtbar!«, hauchte ich oscarreif.

Friedhelm lächelte männlich. »Keine Sorge, Ihnen wird nichts geschehen.«

Triumphierend, seine Hand immer noch auf meine bebende Brust gedrückt, lächelte ich über meine Schulter zu dem Frauentisch mit meinen Freundinnen. Sie blickten neidisch. Ziel erreicht. Ätsch.

Aus der Gruppe der etwa hundert Gäste erhob sich ein Mann. Es war Friedhelm. Er nestelte seine Hand frei und hub an zu rezitieren. »Meine Damen und Herren, bitte bewahren Sie Ruhe. Ich bin Privatdetektiv und wurde von Hugo Freiherr von der Uhlandshöhe« – er zeigte mit dem Finger auf den bejahrten Toten – »vor kurzem engagiert, um seine junge Frau Bambi zu observieren. Wenn eine Zwanzigjährige einen Achtzigjährigen ehelicht, dann müssen Zweifel erlaubt sein.«

Friedhelm warf seine Serviette auf den Dessertteller – eine Stoffserviette, wie unkultiviert – und stellte sich hinter den beiden Toten auf.

»Wie immer hat Freiherr von der Uhlandshöhe seinen Ehrentag in diesem Hotel gefeiert, im Beisein seines Sohnes Baldur« – er zeigte auf den Glatzkopf zu meiner Linken – »einem weit gereisten Sammler altägyptischer Artefakte, und seiner noch unverheirateten Tochter Gundula.«

Die Zementtolle in dem altbackenen Festtagsdirndl, die neben der blutüberströmten Bambi saß, blickte säuerlich bei den Worten »noch unverheiratet«.

Friedhelm holte tief Luft. »Als Leibwächter meines Klienten habe ich leider schmählich versagt, aber ich schwöre, ich werde seinen Mord aufklären.« Er nahm die Serviette der Toten, bückte sich und hob einen merkwürdig aussehenden Dolch auf.

»Ich kenne diese Art Dolch«, rief eine hochtoupierte Rothaarige vom Tisch hinter mir. »Damit schnitten die Priester im alten Ägypten den toten Pharaonen die Eingeweide heraus, bevor sie sie mumifizierten.«

Ich hatte den Film *Die Mumie* auch gesehen, zwei Mal, um genau zu sein, aber meine Aufmerksamkeit hatte seinerzeit ganz dem umwerfend aussehenden Hauptdarsteller gegolten. Pech, jetzt hatte ich mir einen furiosen Auftritt verscherzt. Die Rothaarige war übrigens Svenja von meinem Krimistammtisch. Verräterin.

»Dieser Hinweis könnte noch von Nutzen sein«, konstatierte Friedhelm. »Zweifelsohne wurde mit dieser Waffe Freiherr von der Uhlandshöhe ermordet.« Er wies mit dem Dolch auf die klaffende Wunde im Hals des greisen Blaublütlers. »Andererseits«, fuhr Friedhelm fort, »wurde Bambi von der Uhlandshöhe erschossen.« Er hob den Kopf der gemeuchelten Blondine vom Tisch, drehte ihn nach links und nach rechts, damit auch ja alle das nicht unbeträchtliche Einschussloch sehen konnten, und ließ den Kopf wieder auf die Tischplatte knallen. Aua.

Friedhelm setzte einen Gesichtsausdruck auf, der wohl wilde Entschlossenheit beweisen sollte. Er stellte sich hinter den Stuhl von Gundula und dann, mit einer blitzschnellen Bewegung, fischte er einen Revolver aus ihrer Tasche, die sie über die Lehne gehängt hatte.

»Ha!«, rief er.

»Wie kommt diese Waffe in meine Tasche?«, kreischte Gundula.

Ein Raunen lief durch den Saal.

»Meine Damen und Herren«, meldete sich Friedhelm wieder zu Wort. »Sie haben nunmehr genügend Hinweise erhalten. Wer war's?«

»Es war Gundula!«

»Es war Baldur!«

»Es war Colonel Mustard mit dem Leuchter in der Bibliothek!« Dieser innovative Lösungsvorschlag stammte natürlich von einer begeisterten *Cluedo*-Spielerin, nämlich mir.

Vom Tisch meiner Stammtischschwestern gingen eisige Schwingungen aus, und Friedhelm bedachte mich mit einem Blick, der nichts Gutes verhieß. Egal. Ich war soeben ohnehin zu dem Schluss gelangt, dass ich viel zu oft über Männer nachdachte. Von einem guten Buch hätte ich mehr.

Da meldete sich die *Chanel*-Schnepfe zu Wort, die mich eingangs ob meiner originellen Bekleidung mit Verachtung gestraft hatte. Dabei, was ist schon Kleidung? Nichts als die Fassung für einen Diamanten!

»Beide haben es getan«, nuschelte sie, die wegen des Mehrfachliftings im Gesicht nicht mehr ordentlich reden konnte – die Haut saß einfach zu straff. »Baldur hat mit dem Dolch den Vater aus verschmähter Sohnesliebe erstochen, und Gundula hat ihre verhasste Stiefmutter erschossen.«

Triumphierend sah sie sich im Saal um und setzte sich dann damenhaft.

Friedhelm lächelte. »Sehr gut, aber leider völlig falsch.«

Mein großer Augenblick war gekommen. Na warte, Schnepfe.

»Nicht völlig falsch, nicht wahr?«

Ich erhob mich und ließ meine kräftige Stimme quer durch den Salon erschallen.

»Es ist natürlich Unsinn, anzunehmen, Baldur habe seinem Vater mit einem altägyptischen Dolch die Kehle aufgeschlitzt. Ihm musste doch klar sein, dass der Verdacht daraufhin unwillkürlich auf ihn fiele. Und Gundula hat ihre frisch gebackene Stiefmutter ganz sicher nicht erschossen – die beiden hatten denselben Kleidergeschmack, so was vereint.«

Alle hingen gebannt an meinen Lippen, bis auf meine Stammtischschwestern, die dachten, ich würde mich mal wieder zum Affen machen. Doch das letzte Wort war noch nicht gesprochen.

»Andererseits dürfte Gundula keine Probleme gehabt

haben, sich den Dolch aus der Sammlung ihres Bruders anzueignen. Und Baldur hat sich diese zierliche Damenpistole mühelos auf einer seiner vielen Reisen um die Welt besorgen können. Geschwisterneid, meine Damen und Herren, eine mächtige Triebfeder.«

Das ausgerechnet aus meinem Einzelkindmund. Egal.

»Baldur und Gundula wollten ihren Mord dem jeweils anderen in die Schuhe schieben. Zu abwegig, meinen Sie? Ich denke nicht. Geschwister haben nämlich oft dieselben Schnappsideen zur gleichen Zeit. Voilà, die Lösung des Falles. Nur dass die beiden nicht mir mir gerechnet haben!«

Ich hatte tosenden Applaus erwartet, stattdessen kam eine junge Frau in der Rezeptionsuniform durch die Flügeltüren und rief: »Fährt einer der Herrschaften einen zitronengelben Porsche mit einem Ludwigsburger Kennzeichen? Der Wagen wird gerade abgeschleppt.«

Na schön, mein großer Moment hatte eine Delle, aber das kratzte mich weiter nicht. Ich hatte soeben Mörderspielgeschichte geschrieben: Auflösung nach nur drei Minuten, siebzehn Sekunden. Im Triumph riss ich die Arme nach oben.

Friedhelm sah mich an und dann, bedächtig und langsam, wie jemand, der eine Schwachsinnige instruiert, bat er mich, wieder Platz zu nehmen.

»Sehr schön, sehr schlüssig, sehr falsch«, intonierte er. »Hat sonst noch jemand einen Vorschlag?«

»Wie? Falsch?«, grölte ich.

Silke stupste mich von hinten an der Schulter. »Klappe, Zwerg Allwissend«, raunte sie mir ins Ohr.

Friedhelm blickte sich im Raum um. »Nun?«

Ich schmollte. Wo, bitteschön, sollte denn in meiner Lösung der Denkfehler sitzen? Sie war perfekt.

Da erhob sich Iris aus unserer Stammtischrunde. Iris ist ein lieber Kerl, eine Seele von Menschin, und ihre resolute Lebensgefährtin mit dem Unterlippenpiercing, die sie regelmäßig nach dem Stammtisch abholt, nennt sie zärtlich ihre »kleine Schmusebacke«, aber mal ehrlich, ihr IQ liegt irgendwo zwischen einem Eierkocher und einer Dunstabzugshaube. Noch kein einziges Mal hat sie bei einem Krimi vor der letzten Seite erraten, wer der Täter war. Immer überraschte sie die Lösung. Das spricht ja wohl für sich.

»Also, ich erkläre mir das so«, fing sie an und schwieg dann gleich wieder.

»Ja?«, meinte Friedhelm aufmunternd.

»Also, der Freiherr hat gemerkt, dass seine junge Frau ihn betrogen hat. Und da hat er sich geschämt und war wütend. Und diese Bambi«, Iris zeigte mit dem Finger, »die hat ihn natürlich nur wegen des Geldes genommen. Beide haben gewusst, dass man das Licht ausmachen würde, wenn die Torte hereingerollt wird. Und da hat sie ihn mit einem Dolch aus der Sammlung seines Sohnes erstochen, und er hat sie mit dem Damenrevolver seiner verstorbenen Frau erschossen, der nach dem Schuss in die Tasche seiner Tochter rutschte. Sie haben sich beide gleichzeitig ermordet. Im selben Augenblick. Gegenseitig.« Iris strahlte.

Friedhelm strahlte auch.

Ich stöhnte.

»Brava!«, rief Svenja. »Bravo!«, fiel die Menge ein.

Ich schmollte. Was sollte *das* denn für ein Ende sein?

Anschließend wurde eine Zwischentür entfernt und eine stadtbekannte Blues- und Swingband gab live ihr Bestes. Für mich nicht gut genug, ich fühlte mich meines Triumphes beraubt, einsam und verlassen, von aller Welt verschmäht. Also machte ich mich auf in Richtung Damenklo, um eine Weltschmerzträne zu verdrücken und die zwei Liter Apfelsaftschorle loszuwerden, die ich gebechert hatte.

Vor den zum Königin-Katharina-Salon gehörenden Toiletten hatten sich lange Schlangen gebildet, darum wagte ich mich durch den sich unendlich hinziehenden Flur zu den Toiletten des König-Karl-Salons, deren drei Kabinen ich abwechselnd okkupierte, nur so, zum Abreagieren.

Als ich wieder in den Waschbereich trat, lag da ein Mann auf dem Kachelboden. Es war Friedhelm. Aus seiner gestärkten Hemdbrust ragte ein Messer. Sein Hose baumelte in Kniehöhe.

Ich war entsetzt!

Sollte ich aus Versehen in der Herrentoilette gelandet sein?

Aber nein, die Tür ging auf, und Svenja und Maren wurden von einer Kellnerin hereingeführt, die gerade »Hier müsste noch etwas frei sein« murmelte.

»Ach, du liebe Güte!«, rief Svenja.

»Was hast du jetzt wieder gemacht?«, verlangte Maren zu wissen.

»Ich war das nicht!«, empörte ich mich.

Die Kellnerin quietschte nur auf und rannte davon.

»Herrje«, nölte ich, »ihr glaubt doch wohl nicht, dass ich auf einem öffentlichen Klo jemand ermorden würde. Das gehört alles zum Spiel.«

»Na, ich weiß nicht.« Svenja schüttelte zweifelnd den Kopf. Dann nahm sie ihre Puderdose aus der Handtasche und hielt den Spiegel vor Friedhelms Nase.

»Er beschlägt nicht!«

»Grundgütiger!« entfuhr es Maren. »Der ist echt tot.«

Mir wurde schwach um die Knie.

In diesem Augenblick ging die Tür auf, und ein korpulenter Endvierziger kam herein. »Hotelsicherheitsdienst!«, rief er. »Treten Sie alle beiseite!«

Er kniete sich ächzend neben Friedhelm und fingerte an dessen Hals herum. »Der Mann ist eindeutig tot.«

»Nein!«, gellte es da plötzlich draußen vor der Tür auf. Ich sah hinaus. Es war die Schnepfe im *Chanel*-Kostüm. »Nicht mein Friedhelm! Nein!«

Ihr Friedhelm? Ich geriet ins Grübeln. Aber dann wurde mir wieder schlecht.

»Lassen Sie niemand mehr herein!«, befahl der Hoteldetektiv einem seiner uniformierten Subalternen. Er schlug die Tür zu und sah zu mir auf. »Die Kellnerin sagt, Sie waren allein mit dem Toten, als sie die beiden Damen hereinführte.«

Ich nickte stumm. Oi, das sah nicht gut für mich aus.

»Wir werden die Polizei rufen. Ich kann nur hoffen, dass Ihre Fingerabdrücke nicht auf der Tatwaffe zu finden sind. Bitte verlassen Sie jetzt alle diesen Raum. Es darf nichts verändert werden. Wahrscheinlich sind schon zu viele Spuren verwischt worden.«

»Ich war das nicht«, krächzte ich.

»Wir werden sehen. Jetzt alle raus.« Er schob Maren, Silke und mich auf den Flur.

»Sie war es!«, kreischte die Schnepfe, als sie mich sah. »Sie war schon den ganzen Abend scharf auf meinen Friedhelm, das kann jeder bezeugen. Diese Person hat ihn auf die Toilette gelockt und ihm die Hose vom Leib gerissen. Und als er sich wehrte, hat sie ihn erstochen!«

»Unerhört!«, empörte ich mich. Ist aber möglich, dass ich das mit einer knallroten Rübe sagte. Der Gedanke war mir nämlich durchaus schon gekommen.

»Verhaften Sie diese Person! Verhaften Sie sie!«, verlangte die Schnepfe hysterisch.

»Einen Augenblick.«

Svenja schob sich zwischen mich und den Hoteldetektiv. Sie strahlte Ruhe und Gelassenheit aus, und sie stand offenbar auf meiner Seite. Ich vergöttere diese Frau!

»Wenn ich es recht sehe, dann haben nur ich, Maren und die Beschuldigte sowie die Kellnerin und der Hoteldetektiv die Leiche gesehen«, erklärte sie mit lauter Stimme in Richtung Schnepfe. Mittlerweile hatten sich diverse Schaulustige im Flur versammelt, darunter meine restlichen Stammtischschwestern. Atemlos verfolgten alle das Geschehen. Besonders ich war atemlos. Seit sich herausgestellt hatte, dass Friedhelm wirklich tot war, hatte ich keinen einzigen Luftzug mehr getan.

»Woher«, verlangte Svenja von der Schnepfe zu wissen, »woher wussten Sie dann, dass man ihm die Hose vom Leib gerissen hat?«

Die Schnepfe spitzte süffisant die Lippen. »Das habe ich intuitiv erraten. Von diesem billigen Flittchen kann man auch nichts anderes erwarten.«

»O nein, meine Teure. Da steckt mehr dahinter. Sie konnten den Gedanken nicht ertragen, dass Friedhelm sich von Ihnen abwenden könnte. Weil Sie glaubten, diese Toilette sei leer, haben Sie ihn hierher gelockt, damit er Ihnen seine Liebe unmissverständlich beweist. *Sie* waren es, gegen die er sich wehrte, und da haben Sie ihn kaltblütig abgestochen.«

Sollte ich etwa so laut gestrullert haben, dass mir diese lauschige Szene entgangen war?

»Es handelte sich nur um einen glücklichen Zufall, dass gerade meine Freundin in einer der Kabinen saß«, fuhr Svenja fort. »So konnten Sie den Verdacht bequem von sich abwälzen. Aber ich bin sicher, man wird Ihre Fingerabdrücke auf der Waffe finden!«

Der Hoteldetektiv wandte sich der Schnepfe zu. »Was haben Sie dazu zu sagen?«

»Er war mein Glück, meine Erfüllung, mein alles. Ich wollte ihn nicht verlieren.« Weinend brach sie auf dem echten Orientteppich zusammen.

Die Menge applaudierte wie wild. Ich holte endlich wieder Luft. Svenja lächelte souverän in die Runde, Maren umarmte mich, Friedhelm klopfte mir freundschaftlich auf die Schulter.

Friedhelm?

Friedhelm???

Lange nach Mitternacht saßen wir noch an der Bar im *InterConti*. Ich kippte einen Martini nach dem anderen, um mein Heil im Vergessen zu suchen.

Meine Stammtischschwestern hatten übrigens diese kleine Sondereinlage extra für mich gegen einen satten Aufpreis bei den Schauspielern bestellt – als Vorabgeschenk für meinen anstehenden Geburtstag. Und Svenja hatte höchstpersönlich ihren Puderspiegel mit Anti-Beschlag-Spray eingesprüht. Alle hatten sich köstlich amüsiert und prosteten sich unablässig zu. Ich dagegen laborierte an den Spätfolgen der Anschuldigung, eine Mörderin zu sein: Händezittern, Schluckbeschwerden, Blähungen. Da half es auch wenig, dass Friedhelm – oder Bruno, wie er im wirklichen Leben hieß – mich zum Abschied leidenschaftlich küsste, wie ein Hund, der an seinem Lieblingsknochen nagt, und mir nicht nur eine, sondern gleich drei seiner Visitenkarten zusteckte.

Ehrlich: Wer solche Freunde hat, braucht keine Feinde ...

Na wartet!

Homo homini lupus

*(Der Mensch ist dem Menschen ein Wolf
oder: Wie entwerfe ich eine
detektivische Handlung?)*

> SEMINAR FÜR ANGEHENDE KRIMIAUTORINNEN
> Seminarleiter: Heiner Wahlberg
> Freitag, 20:00 Uhr bis Sonntag, 19:00 Uhr
> Seminarkosten: 1.490,– DM (zzgl. MwSt.)

Wir saßen zu sechst um den riesigen Eichentisch und starrten Luftlöcher in den Raum. Keine leichte Übung: sich so zu beäugen, dass es nicht auffällt. Und was für ein armseliger Haufen von NachwuchsautorInnen das war!

Sophie – meine Freundin, seit neuestem auch Co-Autorin und für diesen Event extra aus Hamburg angereist – warf mir einen viel sagenden Blick zu. Sie dachte ganz offensichtlich dasselbe wie ich. Verblüffend, wie schnell eine enge Zusammenarbeit aus zwei kantigen Individuen einen siamesischen Zwilling machen kann.

Seit über einer Stunde warteten wir schon auf den Seminarleiter.

»Eine teure Schulung derartig verspätet anzufangen spottet jeder Beschreibung!«, zischelte Fräulein Herbst. Wir hatten uns einander noch nicht vorgestellt, aber in Brusthöhe prangte ein Plastiknamensschild auf ihrem Paillettenpulli. INGELORE HERBST. Ihr namenloser Begleiter sprach kein Wort. Er hatte ein Glasauge – mir war nur nicht klar, welches von beiden das Echte war.

Der hohe, kaum möblierte Raum warf ein düsteres Echo. *schreibung ... reibung ... ung*. Es war gespenstisch in diesem Zimmer des Kulturgebäudes. Durch die Ritzen im Gemäuer drang der Herbstnebel, die Beleuchtung war spärlich und flackerte, und das Mobiliar schien aus dem Fundus einer Horrorfilmgesellschaft entliehen. Ein idealer Ort für Meuchelmorde und ähnliche Gräueltaten. Bei derart exorbitanten Kursgebühren hätte ich eigentlich eher die Präsidentensuite im besten Hotel der Stadt erwartet. Aber nun gut.

»Weiß jemand etwas über den Seminarleiter?« Der Typ mit den kurz geschorenen Haaren und dem Spitzbart saß mir gegenüber. Im Stillen nannte ich ihn PAVAROTTI, denn er trug einen weißen Schal zum dunklen Anzug, wie ein ängstlicher Tenor, der um seine Stimme bangt. Dabei war es richtiggehend feuchtwarm hier drin, Äquatorialklima in Reinkultur.

»Geboren während der Kriegswirren. Seine Mutter war römisch-katholisch, sein Vater ein orthodoxer Jude. Zwei Stunden nach der Eheschließung ließen sie sich scheiden. Wahlberg wurde in den Sechzigern verhaftet, warum, weiß niemand. Mangels Beweisen setzte man ihn wieder auf freien Fuß. In den siebziger Jahren machte er als Sozialarbeiter ein Praktikum in einer Nervenheilanstalt. Man behielt ihn gleich als Insassen dort, wo er auch zu schreiben anfing. Vor kurzem wurde er in die Gesellschaft reintegriert und betätigt sich jetzt als Autorenberater.«

Ich starrte Sophie an. »Woher weißt du das alles?«

»Ich habe ihm gefaxt und ihn gefragt.«

Die Frau kann einem vielleicht auf den Nerv gehen!

Die Unterhaltung ebbte ab. Man hörte das Ticken der Pendeluhr. Da stand plötzlich DER TAUCHER auf. Der Taucher wurde von mir so genannt, weil er einen ganzen Stapel Bücher mitgebracht hatte, die wie selbst gedruckt aussahen und auf denen *Der Taucher* stand. Wohl sein erstes verlegtes Werk. Wahrscheinlich würde er uns nach dem Seminar anbieten, die Exemplare zu signieren und mit Rabatt an uns zu verscherbeln. Für diese Seminare nahmen sie jetzt schon jeden.

Der Taucher ging zum Beistelltisch am Fenster, auf dem ein paar Getränke und eine Schale mit Erdnüssen standen, nahm eine Flasche Apfelsaft naturtrüb, schüttelte sie kräftig und goss sich ein. Er hob die Keramiktasse und sprach einen Toast aus. »Auf unseren Seminarleiter, der ein ziemlich merkwürdiger Kerl zu sein scheint. Und auf ein unterhaltsames Wochenende!«

»Halt!«

Unbemerkt hatte sich ein etwa 50-jähriger Mann in speckigen schwarzen Lederhosen und pinkfarbenem T-Shirt in den Raum geschlichen. »Ich würde das nicht trinken, wenn ich Sie wäre ...«

Der Taucher ließ die Keramiktasse sinken.

»Der Saft ist vergiftet: ein geruchloses, farbloses, geschmackloses orientalisches Gift, das sofort tötet. Es gibt kein Gegenmittel.«

Der Taucher schluckte. »Das ist doch albern.« Wir anderen starrten mit offenen Mündern in Richtung Tür. Bestimmt waren unsere Amalgamfüllungen zu sehen.

»Keineswegs.« Wahlberg, es musste einfach Wahlberg sein, ging auf den Taucher zu, nahm ihm die Tasse aus der Hand und leerte den Inhalt auf die Tischdecke. Sofort zischte es, Rauchschwaden stiegen auf – und von der Tischdecke blieb nur noch die Erinnerung.

Nicht nur der Taucher wurde bleich. Auch Fräulein Herbst nestelte blässlich an ihren Pailletten.

Wahlberg drehte sich zu uns um und lächelte gewinnend.

»Guten Abend. Wie schön, dass Sie so zahlreich zu meinem Seminar gekommen sind. Dieses Wochenende wird für Sie zu einem Abenteuer werden, das Ihnen, sollten Sie es überleben, gänzlich neue Einsichten vermitteln wird.«

»Was soll das heißen?« Pavarotti war so weiß wie sein Schal.

»Das will ich Ihnen erklären. Der Krimi von heute hat keinen Tiefgang mehr. Weil keiner weiß, worüber er schreibt. Alles ist künstlich, kratzt nur an der Oberfläche menschlichen Empfindens.« Zum Dozieren verhakte Wahlberg seine Daumen in den Hosenbund. »Sie müssen in diesem Seminar einen Mordfall lösen, und wenn es Ihnen gelingt, werden Sie fürderhin völlig neue, lebensechte Plots entwerfen.«

Der Taucher mischte sich ein. »Das hätte verdammt ins Auge gehen können mit Ihrer Explosionsmischung.«

Wahlberg winkte ab. »Ich liebe es nun einmal theatralisch.«

»Ja, aber ich nicht. Sie glauben doch nicht, dass ich für so einen Quatsch auch nur eine müde Mark zahle!« Der Taucher grabschte nach seinen Freiexemplaren und stapfte zur Tür. Doch die gab nicht nach. »Verschlossen!«

Wahlberg nickte. »Natürlich. Mitgehangen, mitgefangen. Ich erkläre Ihnen nun das Spiel. Sie müssen – wie ich schon sagte – einen Mordfall lösen. Einer oder mehrere von Ihnen werden den heutigen Abend nicht überleben. Opfer und Täter befinden sich in diesem Raum. Finden Sie den Täter heraus, ohne dabei selbst umzukommen. Und der Anreiz: Wer das Rätsel löst, bekommt die Seminargebühren rückerstattet und kostenlos meinen neuerschienenen Bestseller *Blut schmeckt gut – Insidertips von einem, der es wissen muss.*«

Schwupp. In diesem Moment ging das Licht aus.

Man hörte einen erstickten Aufschrei. Ich glaube, er drang aus meinem Hals. Neben mir gab es einen schweren Plumps. Die Herbst war wohl ohnmächtig zu Boden gesackt. In der rechten Ecke röchelte einer.

Als das Licht wieder anging, war Wahlberg verschwunden. Wir anderen blickten grün aus der Wäsche. Auf die Straße konnten wir jetzt sowieso nicht mehr: Man hätte uns als Marsmännchen eingesperrt und viviseziert.

Pavarotti fand als erster die Sprache wieder. »Was machen wir jetzt?«

»Ist doch ganz klar. Der heutige Abend dauert nur noch drei Stunden. Täter und Opfer sollen sich doch unter uns befinden, also gibt es nur eine Lösung: Wir fassen uns alle an den Händen, und wenn die Pendeluhr da drüben Mitternacht schlägt, ist der Spuk vorbei.« Sophie übertraf sich heute wieder selbst.

»Wozu soll das gut sein?« Der Taucher teilte meine Bewunderung offenbar nicht.

»Wenn wir uns alle an den Händen halten, kann keiner ein Messer oder einen Revolver zücken und einen anderen heimtückisch abmurksen.«

Wir hielten also Händchen. Der namenlose Kerl mit dem Glasauge hatte schweißnasse Pranken. Mir wurde übel.

Minute um Minute verstrich. Die Herbst wurde unruhig und fing an zu zappeln. »Ich muss mal.«

»Jetzt nicht.« Sophie sprach ein Machtwort. »Außerdem ist die Tür versperrt.«

»Die Tür zum Klo nicht, die ist da drüben. Und wenn ich

nicht gleich gehe, passiert ein Unglück.« Sprach's, stand auf und ging.

Nach fünfzehn Minuten wurden wir anderen etwas unruhig. Der Namenlose mit dem Glasauge und den Schweißhänden klopfte an die Tür zur Toilette. »Ingelore? Ingelore, bist du fertig?«

Sie antwortete nicht.

Er öffnete die Tür. Ingelore Herbst saß vollkommen angezogen auf der Kloschüssel und starrte blicklos zur Glühbirne an der Decke hoch. Der Taucher sprintete zum Klo und betatschte ihren Hals. »Kein Puls, keine Atmung – wenn sich ihr Zustand nicht bessert, ist sie tot. Und kein Anzeichen äußerer Gewalteinwirkung.«

Nun stapfte auch Pavarotti zur Toilette. »Vielleicht Herzschlag. Diese Art Humor versteht nicht jeder.« Er wandte sich an den Namenlosen mit dem Glasauge. »Es tut mir Leid um Ihre Freundin.«

Das Glasauge sank zu Boden und fing an zu wimmern. »Sie ist nicht meine Freundin. Aber ihr Paillettenpulli erinnerte mich an meine Mutti.«

Sophie und der Taucher hievten ihn zu seinem Stuhl. Ich fächelte ihm mit dem Seminarprospekt Luft zu. Pavarotti schloss die Klotür.

»Bizarr. Das kann nur eines bedeuten.« Pavarotti kratzte sich am Kinn. »Nur ... ich weiß es nicht.«

Das Glasauge schluchzte. »Ich muss mich übergeben.«

Wir anderen sahen uns an. »Na ja, vielleicht wenn man die Leiche vom Klo hebt ...« Der Taucher ging zur Tür und öffnete sie. Er taumelte.

»Die Leiche ist weg!«

»Waaas??«

Wir starrten auf die Kloschüssel. Die Kloschüssel starrte auf uns. Fräulein Herbst war nirgends zu sehen.

Ob in diesem Moment jemand etwas sagte, weiß ich nicht – das Rauschen in meinen Ohren hatte philharmonische Dimensionen angenommen.

»Moment!«, rief Sophie. »Machen wir Nägel mit Köpfen und sortieren wir die Tatsachen!«

Ich ließ mich auf meinen Stuhl fallen. »Was für Tatsachen?«

»Ein Herzschlag ist ja nichts Ungewöhnliches, aber wie kommt eine tote Leiche aus einem zwei mal zwei Meter großen Raum ohne Fenster?«

Pavarotti ging zum Beistelltisch und schnüffelte an der Mineralwasserflasche. »Ob das zur Abwechslung trinkbar ist?« Er sah in meine Richtung.

»Ich weiß nicht – lassen Sie Sophie probieren.«

»Sehr witzig!« Meine Co-Autorin ging dennoch zum Tisch mit den Erfrischungen und griff sich ein paar Erdnüsse. Das Glasauge war unterdessen auf den staubigen Parkettboden gerutscht und schluchzte lautlos.

Der Taucher war verschwunden!

Pavarotti nippte an seinem Wasserglas. »Ohne seine Freiexemplare würde der sich nie freiwillig verziehen. Ich glaube, jetzt wird's ernst.«

Sophie machte die Tür zum Klo wieder auf.

Der Taucher saß auf der Schüssel – blutüberströmt. Eimerweise tropfte rote Flüssigkeit auf das Perserbrückenimitat.

Pavarotti verschluckte sich. Sophie hyperventilierte. Ich selbst blieb ganz cool – man könnte es auch »versteinert« nennen.

Als ich mich, scheinbar Stunden später, wieder bewegen konnte, war mein Adrenalinspiegel so hoch, dass ich keine Angst mehr hatte. Jedenfalls nicht allzu viel ... »Die Sache ist mir völlig klar!«

»Ach ja?« Sophies Fistelstimme troff vor Hohn. Mit dieser Tour überspielt sie immer ihre Angstanfälle. Allerdings war ihre Angst sonst nie so wohlbegründet wie in diesem Fall.

Pavarottis Augenbrauen berührten seinen ohnehin schon zurückgewichenen Haaransatz. Nur dem Glasauge schien alles egal.

Ich nickte.

»Ja, es ist klar. Ein Irrer veranstaltet einen Kurs mit echten Leichen, um sein Ego zu befriedigen. Gleichgültig, wie diese Sache ausgeht, er kommt auf jeden Fall in die Zeitung. Außerdem sperrt man ihn wieder in die Klapsmühle, wo er in Ruhe weiterschreiben kann. Der Typ ist wahnsinnig!«

»Nennen Sie mich nicht wahnsinnig! ICH BIN NICHT WAHNSINNIG!«

Der blutdurchtränkte Teppich unter der Leiche des Tauchers hob sich mit Schmackes. Wahlbergs Kopf kam zum Vorschein. Eine Falltür!

»Ich bin nicht wahnsinnig!«

Wie Frankensteins Monster torkelte Wahlberg auf mich zu – mit ausgestreckten Armen und fiebrigfunkelnden Augen.

Hilfe hatte ich nicht zu erwarten. Pavarotti stand wie ein Kinozuschauer daneben, nippte an seinem Wasserglas und beobachtete interessiert die Äktschn. Sophie zuckte unkontrolliert. Ob vor Lachen oder vor Entsetzen, kam nicht schlüssig zum Vorschein. Das Glasauge schlug auf den Parkettboden ein. Sein Augapfelersatz hatte sich wohl verselbstständigt, und er versuchte, ihn wiederzufinden.

Wie auch immer. Mit einem gewagten Hechtsprung wuchtete ich den Irren zu Boden, wobei mir meine einhundert Kilo Lebendgewicht zustatten kamen, rappelte mich flugs wieder hoch und entfloh durch die Falltür. Was aus den anderen wurde, war mir egal. Mit hängender Zunge hastete ich aus dem Haus, die Straße entlang bis zur Bushaltestelle, wo mich ein patrouillierender Streifenwagen einfing.

Als ich wieder zu mir kam, war es Samstagmittag. Der Chefarzt (ich bin privat versichert) brachte mir schonend die Wahrheit bei.

Wahlberg, Ingelore Herbst und der Taucher steckten unter einer Decke. *Creativity under Pressure* – so hieß ihr neues Schulungskonzept. Einzigartig in Deutschland.

Als Sophie das erfuhr, bekam sie Schüttelkrämpfe – vor Lachen. Bis heute ist sie noch nicht richtig ansprechbar. Aber das war sie ja eigentlich noch nie. Also kein großer Verlust.

Pavarotti sattelte um und wurde Konzertsänger. Passte sowieso besser zu seinem Schal.

Ingelore Herbst und der Taucher haben geheiratet und sich in Pakistan selbstständig gemacht – er eröffnete eine Leprakolonie und sie eine Boutique für Paillettenpullis.

Das Glasauge verschwand in der Versenkung. Gerüchteweise habe ich gehört, er solle sich als Einsiedlermönch einer militanten griechisch-orthodoxen Sekte angeschlossen haben.

Den ollen Wahlberg hatte ich derart schwungvoll auf den Parkettboden geknallt, dass er die folgenden sechs Wochen seinen Schädelbasisbruch in einem Viererzimmer in der städtischen Klinik seines Heimatortes auskurieren musste (er war nicht privat versichert). Seither hat er sich wieder auf traditionelle Schulungsmethoden verlegt.

Mir selbst geht es blendend. Ich habe nur die Lust am Krimischreiben verloren – jetzt sind Reiseführer im Stil von

»Sauerland bei Nacht« oder »Feldberg-Erstbesteigungen für Anfänger« angesagt.

Und bleiben Sie mir bloß mit Seminarangeboten vom Hals ...

Nunc est scribendum

(Jetzt muss geschrieben werden ...
oder: SAUERLAND BEI NACHT
[Untertitel: Die heißen Sauerländer
brauchen keinen Vergleich zu scheuen!])

Es klingelte mitten in der Nacht, will sagen, um acht Uhr dreißig. Niemand ruft mich an einem Werktag so früh an, nicht einmal Oma Nölle, die das nur sonntags zelebriert, wenn sie sicher sein kann, mich damit zu wecken. (Meine Oma geht davon aus, dass anständige Menschen um diese Uhrzeit quasi schon ihr Tagwerk erledigt haben und kurz vor der Mittagspause stehen.)

Selbst Sophie ruft nie so früh an. Nicht einmal damals, als sie im Nacht-ICE von Berlin nach Hamburg das Erste-Klasse-Abteil mit Dieter Bohlen teilte, wagte sie es, sich vor zehn Uhr morgens bei mir zu melden.

»Leider bin ich gestern erst aus dem Urlaub zurückgekehrt und konnte mich nicht früher bei Ihnen melden.«

Ich nuschelte etwas Unverständliches.

»Wir haben Ihren Artikel erhalten. Sauerland bei Nacht.«

Es war Luise Jürgens, Chefredakteurin von *ImTrend*, der Zeitung, für die ich schon hin und wieder bei akuter Geldnot den einen oder anderen Artikel verfasst hatte.

»Gut«, sagte ich, eine Nuance verständlicher.

Der Artikel lag schon seit zwei Wochen in der Redaktion. Ich räusperte mich und wollte mich nach dem Verbleib des Schecks erkundigen.

»Leider geht das so nicht.« Frau Jürgens klang enttäuscht. Tief enttäuscht. Gewissermaßen persönlich getroffen.

»Wie bitte?« Meine Zunge war pelzig belegt.

»Natürlich wünschten wir uns für unser Sommer-Sonderheft *Erotische Streifzüge durch Deutschland* ein paar gute Tipps, aber wir dachten da an einschlägige Lokalitäten, nicht an handfeste ... öhm ... biologische Gegebenheiten.«

Ich rieb mir den Restschlaf aus den Augen, setzte mich im Bett auf und klatschte mir zum Munterwerden zweimal gegen die linke Wange.

»Es ist die Stelle mit den Buschmännern, stimmt's? Ich habe das extra in einem anthropologischen Fachbuch nachgeschlagen: Die Buschmänner der Kalahari-Wüste haben tatsächlich ständig einen halb erigierten Penis.«

Ich meinte fernes Trommeln zu hören. War wohl Frau Jürgens mit ihren Fingern auf der Schreibtischplatte.

»Das ist ja auch völlig in Ordnung, aber Ihre Aufforderung an die sauerländischen Männer, sich ein Beispiel zu nehmen und an diesem für Frauen so entzückenden Detail doch etwas zu arbeiten, muss da raus.«

Ich schluckte. Fast zehn Zeilen weniger – das hieß, adieu drittes Guinness bei Gerd. »Kein Problem.«

»Das gilt im Übrigen auch für Ihren Vorschlag, die Sauerländer sollten zur Belebung ihres dürftigen Nachtlebens den Brauch des Walibri-Stammes in Zentral-Australien übernehmen und sich zur Begrüßung nicht die Hände, sondern den Penis schütteln.«

Damit hatte ich gerechnet. Ich nannte die Dinge eben beim Namen, und das war nicht jederfraus Sache. Diese drei Zeilen waren vernachlässigbar.

»Kein Problem.«

»Auch das Tallulah-Bankhead-Zitat hemmt den Lesefluss.«

»Wie? Die Stelle: ›Ich habe es beim Sex schon mit verschiedenen Varianten versucht: Bei den konventionellen Positionen werde ich klaustrophobisch und bei den anderen bekomme ich entweder Genickstarre oder Kiefersperre?‹«

»Genau.«

»Dann finden Sie womöglich auch den Passus zu krass, wo ich schreibe, dass laut einer jüngst veröffentlichten Studie der deutschen Ärzteschaft die meisten autoerotischen Staubsaugerunfälle im Sauerland nachgewiesen werden konnten? Das ist ein Fakt!«

»Mag ja sein, aber das interessiert niemanden.«

»Mich schon.«

Es schwieg in der Leitung. Es war ein vorwurfsvolles Schweigen.

»Na gut, ich will nicht schwierig sein. Streichen Sie die Stelle.«

Möglich, dass ich etwas pampig klang. Ich hatte mir die Recherche zu diesem Artikel nicht leicht gemacht. Höchstselbst war ich ins Sauerland gereist und hatte im furchtlosen Selbstversuch Feldstudien in den lokalen Szenekneipen durchgeführt.

Das war nicht nur lehrreich gewesen, ich hatte meine Bemühungen auch Olaf zu verdanken, der gerade ein verlängertes Wochenende bei mir in Stuttgart verbrachte und selig neben mir im Bett schnarchte.

»Wissen Sie, das Problem sind nicht diese ... wie soll ich sagen – markanten Passagen Ihres Artikels.«

»Nein?«

»Nein.« Frau Jürgens holte tief Luft. »Der ganze Artikel ist das Problem. Er ist doch etwas zu ... also ...«

»Zu negativ? So schlecht kommen die Sauerländer Männer bei mir gar nicht weg. Der Artikel endet mit einer positiven Note.«

»Sie meinen den Schlusssatz? ›Laut einem Bericht des Kinsey Instituts besaß der längste je gemessene Penis eine Länge von 38,09 Zentimetern, der kürzeste gerade mal 4,45 Zentimeter. Der längste Penis gehörte zwar keinem Sauerländer, aber zum Trost möge gesagt sein: der kürzeste auch nicht.‹«

»Genau den meine ich!«

Frau Jürgens stöhnte. »Ich will ja nicht sagen, dass der Artikel schlecht ist. Im Gegenteil, wir fanden ihn alle sehr erbaulich. Geradezu bildend. Bis auf Hagen, unseren Grafiker, einem Sauerländer. Aber so können wir den Artikel unmöglich abdrucken.«

Ich schmollte. »Ach nein?«

»Nein, ganz gewiss nicht. Wir sind ein seriöses Magazin.«

Ich sagte nichts, knüllte aber mein Kissen. Olaf neben mir kratzte sich im Schlaf die Weichteile.

»Natürlich möchte ich Sie nicht hängen lassen«, fuhr Frau Jürgens fort. »Aber die Erotik-Sonderausgabe geht heute schon in Druck. Können Sie mir denn bis 12 Uhr eine Überarbeitung mailen?«

»Kein Problem.«

Olaf zeigte sich überaus verständig.

»Klar, wenn du arbeiten musst, dann beschäftige ich mich solange anderweitig. Hm, wie wär's, wenn ich hier mal durchsauge?«

Ein Schelm, wer jetzt an meinen Artikel denkt.

Ich umarmte Olaf heftigst, dankte ihm, setzte mich vor meinen PC, stülpte meine kanarigelben Gehörschutzdämmer auf und erstellte eine Liste mit Dingen, die man gerade im Sauerland problemlos machen kann.

Schlag 11 Uhr 59 mailte ich sie in die Redaktion.

Der Anruf kam zwanzig Minuten später.

»Ich bin's, Luise Jürgens. Mir liegt gerade Ihr Artikel vor.«

Klang ihre Stimme ermutigend? Ich war mir nicht sicher.

»›Die Jägerhochstände im Sauerland sind für die auf ihnen in der Dämmerung stattfindenden Kussorgien berühmt? Und man möge nicht vergessen, den Vibrator in den Rucksack zu packen‹?«

Ich nickte, was sie natürlich nicht sehen konnte.

»›Nichts eignet sich besser für einen nervenkitzelnden Quickie als die Geisterbahn im Sauerländer Freizeitpark‹?«

»Die Bahn hat überaus bequeme Zweiersitze«, erläuterte ich.

»›Veranstalten Sie ein Picknick in der wundervollen Sauerländer Landschaft, bei dem die Köstlichkeiten nur von den Fingern des Partners geschleckt werden dürfen‹?«

Mein Magen knurrte bestätigend.

»›Sex im Schein des Lagerfeuers: Die Flammen zaubern wilde Muster auf Ihre Haut, während sie an Winnetou, wahlweise auch an Brad Pitt denken‹.«

Also, wenn man es nicht mit der richtigen Einstellung vorlas, klang es irgendwie abtörnend.

»Hören Sie, diesen Artikel können Sie sicher noch an die Redaktion des *Playgirl* verkaufen, für uns ist er leider nicht geeignet. Wir veröffentlichen nur jugendfreies Material.«

In einer Erotik-Sonderausgabe? Hm.

»Ein Vorschlag zur Güte: Sie könnten doch einen Artikel für unser nächstes Heft verfassen. Wir brauchen noch etwas Nettes, Ansprechendes, Mehrheitsfähiges über die Hobbys der Deutschen.«

Bitte, ich bin Voll-Profi, eine Ablehnung macht mir nichts.

Meine Unterlippe zitterte nur ein klitzekleines bisschen, als ich erwiderte: »Klar, gern. Bis wann brauchen Sie den Artikel?«

»Übermorgen. 1000 Wörter, wie gehabt.«

»Kein Problem.«

»Gut. Und noch eins ...« Irrte ich mich oder klang Frau Jürgens wirklich besorgt? »Wenn es irgend geht, sollte das Wort ›Sex‹ nicht in Ihrem Artikel vorkommen.«

Verklemmte Schnepfe.

»Sicher geht das. Ich denke hin und wieder auch an andere Dinge. Nicht oft, aber mit etwas gutem Willen werde ich es schon schaffen.«

»Sehr schön. Ich erwarte Ihren Beitrag bis Dienstagabend. Nehmen Sie irgendwas Ergötzliches, Harmloses, was alle anspricht. Da kommt mir eine Idee: Warum schreiben Sie nicht etwas über Flohmärkte? Ich liebe Flohmärkte. Und Flohmärkte sind momentan wieder ganz groß im Kommen!«

Na schön, dann also Flohmärkte.

Das FMF-Syndrom
Versuch einer Annäherung

(Jede Ähnlichkeit mit lebenden Personen ist rein zufällig)

Der Kranke erfährt die Wahrheit über sein Schicksal als Letzter. Diagnose des Arztes: unheilbar. Im letzten Stadium. Woran er leidet? Am FMF-Syndrom.

Dieses schleichende – von einigen Medizinern auch heute noch nicht offiziell anerkannte – Leiden gehört zu den großen Suchtkrankheiten der zivilisierten Welt. Die Risikogruppen sind derzeit noch unbekannt. Ebenso ist noch nicht abschließend geklärt, wie die Krankheit übertragen wird.

Die Öffentlichkeit wird bis zum heutigen Tage nicht ausreichend informiert. Darum an dieser Stelle der Hinweis: Wer sich schützen will, muss jeglichen Kontakt zu Infizierten meiden!

Wofür das »FMF« im FMF-Syndrom steht? Natürlich für **F**loh**M**arkt-**F**ieber.

Im ersten Stadium des Flohmarkt-Fiebers sind die Symptome kaum – wenn überhaupt – zu erkennen. Zumeist wird das Opfer von einem bereits infizierten Bekannten auf einen Trödelmarkt mitgenommen.

Die vielen Menschen und die unglaubliche Enge bereiten dem noch Ahnungslosen klaustrophobisches Unbehagen. Der leicht modrige Geruch verursacht Kopfschmerzen, und die gewaltige Ansammlung von Ramsch aller Art lässt ihn bestürzt fragen, wer um Himmels willen diesen »Schrott« kauft. Er beäugt zweifelnd seinen Bekannten, der das ganz offensichtlich tut. Außerdem brennen ihm die Füße. Das Opfer leistet sich insgeheim den heiligen Schwur, diese Erfahrung nie zu wiederholen. Amen.

Monate, in einigen uns bekannten Fällen sogar Jahre, verstreichen, und das Opfer wähnt sich gesund und glücklich. Es ist aber bereits infiziert; die Krankheit wartet nur genüsslich auf einen günstigen Zeitpunkt, um mit Wucht auszubrechen.

Eines Tages, mit hoher Wahrscheinlichkeit eines Samstags, geht der Infizierte nach dem obligatorischen Wochenendeinkauf an einem Flohmarkt vorüber. Nicht direkt vorüber, eher hinein. Plötzlich, wie aus tiefem Schlaf erwachend, fragt er sich, inmitten einer quirlenden, drängenden, schubsenden Menschenmenge, was er hier soll? Er weiß keine Antwort – klarer Fall von Gedächtnisschwund. Der Infizierte drängt wieder hinaus.

Doch da! Auf einem Stand direkt vor ihm sieht er etwas Braunes, Unförmiges. Es liegt zwischen *Brehms Tierleben* (Originalausgabe von 1892 mit Widmung) und einem rostigen Hammer (der nicht zu verkaufen ist; er wurde beim Standaufbau versehentlich liegen gelassen). Magisch zieht es ihn an.

»Original afrikanische Holzmaske, Mann. Nur 350 Mack. Is' ne echte Gelegenheit.«

Entsetzt blickt unser immer noch Ahnungsloser in das grinsende Pickelgesicht eines Alt-Hippies.

»Okay, weil du's bist – sagen wir 250 Schleifen. Is det en Wort?«

Zu Hause hält unser Opfer sein neu erworbenes Prachtstück in der Hand und betrachtet es stumm. Es ist der Anfang vom Ende – er weiß es nur noch nicht. Seine Frau will »dieses Dingens« auf gar keinen Fall im Wohnzimmer haben. Er hängt es – immer noch ungläubig über die eigene Tat – verschämt über die Corbusier-Liege in seinem Arbeitszimmer. Nach einem letzten Blick auf das wurmstichige, tätowierte Holzgesicht dreht er sich um und vergisst das Ganze. Denkt er ...

<u>Wir fassen zusammen:</u> Im frühen Stadium der Krankheit ist ein gelegentlicher Flohmarktbesuch (nur bei gutem Wetter und wenn man sonst absolut nichts Besseres mit sich anzufangen weiß) das einzige Anzeichen. Aber wie

bei Tablettensucht oder Alkoholismus verlangt auch diese Krankheit immer größere Opfer. Immer höher muss die Dosis werden, um die gewünschte Wirkung zu erzielen.

Der Kranke, wie wir ihn jetzt nennen müssen, kauft bald darauf noch eine Holzmaske, damit die Symmetrie über der Corbusier-Liege wiederhergestellt wird. Dann entdeckt er rein zufällig für einen immens günstigen Preis eine völlig anders geartete Maske und erfährt, dass diese aus Nepal stammt und böse Geister vertreiben soll. Seine Neugier ist geweckt. Bald fällt ihm eine bunte Maske aus Indonesien in die Hände, die Erfolg und Glück symbolisiert. Und schließlich eine aus Neuguinea mit echten Muscheln als Augen und einem Bart aus Stroh und gänzlich ohne Zweck oder Bedeutung. Völlig überteuert, aber er muss diese Maske einfach sein eigen nennen!

Kurz bevor der Kranke notgedrungen in eine größere Wohnung ziehen müsste (alle Wände hängen bereits voll; seine Ehefrau träumt nachts alp; Besucher fühlen sich noch Wochen später von tausend Augen beobachtet) entdeckt er, dass der klassische Eierbecher rein optisch-ästhetisch die ideale Ergänzung zu Holzmasken darstellt. Bald schon erweist er sich auch auf diesem Gebiet als Sammler mit Kennerblick, und seine beträchtliche Sammlung von Porzellan-Eierbechern aus drei Jahrhunderten findet sogar im Lokalteil seiner Tageszeitung Erwähnung.

Schon lange flaniert er nicht mehr länger einfach so über den Flohmarkt. Mit geblähten Nüstern und stetem Schritt hält er direkt auf jene Händler zu, bei denen er sich am aussichtsreichsten wähnt. Mit unbeweglichem Pokergesicht feilscht er um jede Mark – jedem Händler eines arabischen Basars würde es, wenn er diese Skrupellosigkeit miterleben müsste, die Schamröte ins Gesicht treiben. Erst in der Sicherheit der eigenen vier voll behängten Wände gönnt er sich mit geschwellter Brust ein sehr verhaltenes Triumphgeheul.

Bis heute ist sich die Wissenschaft über die Herkunft des Flohmarkt-Fiebers nicht im Klaren. Am verbreitetsten ist die Theorie, dass Schichten des Kleinhirns – Sitz des Urmenschen – von noch unbekannten, möglicherweise mutierten Viren befallen werden. Vom Zeitpunkt der Inkubation bis zum Ausbruch der Krankheit können mehrere Jahre verstreichen; die Vererbbarkeit der Krankheit ist umstritten, aber nicht völlig auszuschließen. Das Krankheitsbild ist immer das gleiche. Mit Brachialgewalt dringt der innere Neandertaler durch und verlangt sein Recht als Sammler und Jäger.

Trotz strömenden Regens oder klirrender Kälte zieht es den Kranken zum Flohmarkt, gut gerüstet in Bequemschuhen mit Thermo-Einlage, Angora-Unterwäsche, Schulterpolster und Ellbogenschützern. In der Hosentasche Vergrößerungsglas und Maßband.

Allen Kranken ist gemeinsam, dass sie in völlig überfüllten Wohnungen ein eher stilles Leben führen. Sie lesen viel und reisen wenig (mit Ausnahme der vielen Wochenend-Touren zu Flohmärkten der Umgebung).

In Großstädten ist die Krankheit verbreiteter als auf dem Lande. Bis zuletzt fühlt sich der Kranke nicht krank, sondern privilegiert. Er verbreitet sein Leiden mit Wonne und gründet vereinzelt sogar Freundeskreise.

Wir können Wissenschaft und Forschung für die Bekämpfung dieser grausamen Krankheit nur alles Gute wünschen. Möge rasch ein Heilmittel gefunden werden. Denn mittlerweile hat dieses Siechtum derart um sich gegriffen, dass man trotz allen Feilschens immer horrendere Summen bezahlen muss. Wenn ich Ihnen erzählen würde, was ich erst letzte Woche für eine Keramik-Milchschüssel im Bauhaus-Stil hinlegen musste ...

> Weitergehendes Informationsmaterial über das Flohmarkt-Fieber ist derzeit nicht erhältlich. Die Bundeszentrale für gesundheitliche Aufklärung erwägt die Einrichtung einer Telefonberatung, bei der Bürger und Bürgerinnen persönlich und anonym Antwort auf ihre Fragen erhalten können. Einige bundesdeutsche Großstädte planen darüber hinaus die Einrichtung von Beratungsstellen und Hotlines.
> Bitten wenden Sie sich an Ihr Gemeindeamt.

Als ich Mittwochabend vom Bahnhof kam – ich hatte Olaf zu seinem Zug gebracht und mich in einer filmreifen Knutschszene mit Überlänge fürs Erste von ihm verabschiedet –, tönte mir Frau Jürgens von *ImTrend* vom Anrufbeantworter entgegen. Sie klang befremdet.

»Es tut mir wirklich rasend Leid, aber unter einem erquicklichen Flohmarktartikel hatte ich mir doch etwas anderes vorgestellt als eine Warnung der Bundesseuchenstelle. Falls wir wieder einmal einen Artikel von Ihnen benötigen sollten, rufen wir Sie an.«

Tja, das war's dann wohl. Adieu, Guinness.

Sub omni canone

(Was so viel heißt wie unter aller Kanone und trefflich meinen Beitrag zur Auflösung der berühmten Stuttgarter KritikerInnenmorde beschreibt ...)

Karla Duckerheide strich ihr pastelliges *Jil-Sander*-Kostüm glatt. Eine steile Falte der Unzufriedenheit halbierte ihre Stirn. »Frechheit«, dachte sie, »mich hier in die Pampa zu locken!« Die »Pampa« war das Industriegebiet Stuttgart-Wangen in Hafennähe, und auch wenn der Begriff Pampa für die gewaltigen Lagerhallen von Feinkost Böhm, Foto Kodak und Co. doch ein wenig harsch erscheint, so muss man Frau Duckerheide doch zugute halten, dass Fussgänger bei der Planung dieses Viertels nicht mit einberechnet worden waren und es folglich kaum Bürgersteige gab, dafür umso mehr ungepflasterte kiesbesteinte Behelfstrampelpfade im Straßengraben.

Karla Duckerheide umkrampfte mit manikürter Hand die Einladung in ihrer Jackentasche. Die gepflegte Mittfünfzigerin gehörte zu dem erlauchten Kreis der angesehensten KritikerInnen Stuttgarts und besprach für die beiden wichtigsten örtlichen Tageszeitungen jedes Theaterereignis. Sie besaß sogar eine eigene Glosse in *Sonntag aktuell*. Ja, sie hatte es geschafft. Mit spritzig-witzigen Formulierungen wie *Der Hauptdarsteller packte die Rolle mit beiden Händen und würgte sie zu Tode* war sie die am liebsten gelesene und am meisten gefürchtete Kritikerin. Und nun war sie auf dem Weg zu einer avantgardistischen Neuinszenierung von *Julius Cäsar*. Schon seit einiger Zeit gab es in der kulturbeflissenen Metropole des »Ländle« das *Fliegende Theater* – Inszenierungen an den ungewöhnlichsten Orten: auf einer Wiese im Rosensteinpark, auf dem Fernsehturm und jetzt offensichtlich in einem ehemaligen Fabrikgebäude im Vorort Wangen. Karla Duckerheide schalt sich selbst, dass sie das Taxi schon an der Hauptstraße hatte halten lassen, um Geld zu sparen. Die letzten Meter zogen sich endlos, und bestimmt würden ihre *Ferragamo*-Absätze Kieselsteinnarben zurückbehalten. Na warte, das würde in ihre Kritik mit einfließen.

Nur ein schmales, ungefähr mannshohes Plakat, das wie selbst gemalt aussah, kündete davon, dass in der ehemaligen *Bäko*-Lagerhalle ein theatraler Genuss der besonderen Art wartete. Frau Duckerheide schüttelte den Kopf – auch die Beleuchtung war miserabel. Sie zog ihr Diktafon aus dem *Vuitton*-Shopper und ätzte schon mal flüsternd ab. Dann öffnete sie den knarzenden rechten Flügel der gewaltigen Eingangstür und trat in ein nach Rosenblüten duftendes Halbdunkel, in dem sie erst mal nichts weiter ausmachen konnte als einen selbst gebastelten Paravent, an dem mit *Tesa* ein Foto von Julius Cäsar in kleidsamer Toga geklebt worden war. Leise erklang vom Band ein Lyra-Spieler, der lateinische Weisen sang – es erinnerte sehr an Peter Ustinov als Nero angesichts der Brandkatastrophe vom Rom. »Entsetzlich«, nuschelte Karla Duckerheide in ihr Diktafon. Da durchbohrte auch schon ein scharfes Tranchiermesser die Kehle ihres schwanengleichen Halses.

Jacques ist ein ganz lieber Kerl mit Rauschebart und Wallelocken und mein bester Kumpel seit ewigen Zeiten. Er ist Exil-Franzose, arbeitet als Kulturschaffender im THEATER

DER MITTE und klingelt mich alle paar Jahre wegen einer *grande catastrophe* aus den Federn. So auch an diesem Morgen.

»Sieh dir das an!«, rief er und warf die *Stuttgarter Zeitung* auf den Parkettboden.

In meinem Alter bückt man sich nicht mehr einfach so und ohne Aufwärmtraining, also schlurfte ich nur schlaftrunken in die Küche, schaltete den Wasserkocher für meinen Instant-Guten-Morgen-Kaffee an und brummte: »Hä?«

Jacques tigerte in meinem schmalen Flur auf und ab. »Schon wieder. Es hat schon wieder einen Mord gegeben!«

Warum lässt man eigentlich Franzosen ins Land, die diesen ach so entzückenden Akzent nicht beherrschen? Wenn man Jacques lauscht, käme man nie auf die Idee, dass er alles andere als schwäbisches Urgestein ist.

»Hörst du mir überhaupt zu?«, rief er.

Ich blickte zur Küchenuhr. »Jacques, es ist halb sechs! Halb sechs Uhr früh! Wenn du mich jedes Mal wachklingeln willst, sobald mal wieder einer im Großraum Stuttgart abgemurkst wurde, dann ...«

»Nicht irgendeiner! Karla Duckerheide!«

Er sagte das so, als handele es sich um die Frau des deutschen Bundespräsidenten oder eine *Tagesschau*-Sprecherin. Mir sagte der Name nix.

Folglich zuckte ich nur mit den Schultern.

Jacques rollte mit den Augen. »Die berühmte Kritikerin! Die Grande Dame der spitzen Feder! Die Frau, die uns zugesichert hat, unser Projekt *Große Opern als Sprechtheater* sogar ins Südwestfernsehen zu bringen, falls wir ...«

»Falls ihr was?«

»Äh, nichts.«

Meine Hellhörigkeit erwachte. »Raus mit der Sprache!«

Jacques wollte sich zieren, aber da holte ich ein Stück Lübecker Marzipan aus dem Kühlschrank. Die Futterfolter funktioniert bei ihm immer. »Falls wir Wagners *Fliegenden Holländer* als Erstes aufführten.«

»*Der Fliegende Holländer* in der Sprechversion?«

»Genau. Und die Hauptrolle sollte ihr derzeitiger Lover bekommen. Ein junger Niederländer. Hans irgendwas.« Jacques ließ sich neben der Zeitung auf den Parkettboden fallen. »Ohne ihre Hilfe geht das Projekt sicher baden. Ich spüre das. Und wir haben unsere gesamten Jahressubventionen in die Sprechopern investiert! Das ist unser Ruin!«

Ich brühte ihm eine Tasse Instantkaffee auf, schüttete jede Menge Zucker und Milch hinein und drückte sie in seine klammen Finger.

»Das war ein gezielter Anschlag gegen unser Haus!« Jacques' Blick wurde finster.

Ich räusperte mich, hielt aber die Klappe. Mal ehrlich, wer sollte das Theater der Mitte auf so drastische Weise ruinieren wollen? Konkurrierende Theaterdirektoren? Der Kulturbürgermeister? Näää …

»Ma chère« – er sprach mir zuliebe immer *sähr fransösisch*, wenn er was von mir wollte – »du musst uns helfen! Du musst herausfinden, ob das nur ein dummer Zufall war oder ein zielgerichteter Terrorakt gegen unser Haus!«

Dass Kulturschaffende immer dermaßen zur Theatralik neigen müssen. Aber um meine Ruhe zu haben, sagte ich ihm zu, mich mal umzuhören. Dann schob ich ihn mitsamt Tasse aus der Wohnungstür und legte mich wieder ins Bett.

Es wäre wohl zu kompliziert, wenn ich jetzt erklären wollte, woher ich Annika kannte. Nur kurz: Sie war die Exfreundin des Bruders des Aushilfskochs meines Lieblingswirtes Gerd, und wir pflegten seit Jahren mehr oder weniger lockeren Kontakt. Gerd hatte mir erzählt, dass sie seit kurzem im Zeitungsarchiv der beiden großen Stuttgarter Tageszeitungen arbeitete, und das kam mir in dieser Situation gerade recht.

Ich hatte ja mal die *Stuttgarter Zeitung* abonniert, und das waren die bildendsten zwei kostenlosen Probewochen meines Lebens, aber unsere Hausbriefkästen reichten gerade eben für einen Brief, schon ein DIN-A4-Umschlag überforderte sie, von der prallen Zeitung ganz zu schweigen. Folglich musste ich immer zu nachtschlafender Zeit runter und die Zeitung aus dem Kasten puhlen, weil sonst der Briefträger meine Post schnöde drum rum quetschte oder achtlos auf den Boden im Flur warf. Und spontan verreisen war nur möglich, wenn ich einen Nachbarn zum gewissenhaften Briefkastenentleeren engagierte. Eindeutig zu viel Aufwand. Also versagte ich mir eine ordentliche Informationszuführung und schaute stattdessen in meiner Mittagspause *RTL aktuell* in dem Minifernseher in meiner Küche.

Wo war ich doch gleich? Ach ja, Annika.

Ich pilgerte also am Montagmorgen zur Adresse des Zeitungsarchivs und erwischte Annika in ihrer Kaffeepause.

»Der Mord an dieser Kritikerin? Ja klar, da kann ich dir einen Riesenartikel, den Nachruf und die Traueranzeigen raussuchen. Kein Problem. Im Radio kam heute früh nix anderes: New Yorker Verhältnisse in unserer geliebten schwäbischen Heimat.«

»Ist das nicht ein klitzekleines bisschen krass, wegen einer einzigen Toten?«

Annika sah mich an, wie ein Oberstudienrat einen absichtlich auf unbedarft machenden Schüler ansieht. »Hast du echt keine Ahnung oder stellst du dich dämlich? Sie ist schon die dritte!«

»Die dritte Tote?«

»Die dritte Kritikerin! Das heißt, die anderen beiden waren Männer.«

Ich schürzte die Lippen. Warum hatte es dieser brisante Skandal noch nicht in den *RTL-aktuell*-Nachrichtenüberblick geschafft? Dann würde ich jetzt nicht dastehen wie das Männchen aus dem Walde.

»Kannst du mir auch die Meldungen über die anderen beiden Toten kopieren?«

»Das kostet dich aber was.«

»Ein Abendessen im *Casa Mu*? Spanische Knoblauchleber, so viel du willst?«

»Gebongt!«

Es herrschten hochsommerliche Temperaturen, was in meiner Jugend im Monat Mai niemals der Fall gewesen wäre, aber dank einer großzügigen Ozonpolitik der weltweiten Industrie nun doch möglich war. Also las ich die Kopien der diversen Artikel nicht zu Hause im dunklen Kämmerlein, sondern im Biergarten im Stuttgarter Schlosspark. Eine große Portion Pommes mit doppelt Mayo und ein Radler versüßten mir die doch recht unschöne Lektüre: Der Kritikermörder, wie er genannt wurde, ließ es nämlich nicht einfach bei der Ermordung bewenden.

Als Erstes hatte es vor einem guten Monat Gerwin von der Alwerheide erwischt. Was wie der Name eines preisgekrönten Schäferhundes aus uralter Zucht klingt, war in Wirklichkeit ein verarmter Adliger, der sich als Kunst- und Theaterkenner seinen Lebensunterhalt verdienen musste und in seinem Nachruf als scharfzüngiger Meister der vernichtenden Aphorismen und Fleisch gewordener Grausamkeiten gerühmt wurde. Man hatte ihn in seiner Wohnung geblendet, vermutlich mit einem glühenden Metallteil wie beispielsweise einem großen Messer, und dann ermordet. Oder andersrum. Jedenfalls ein unfeiner Abgang für einen so feinen Menschen. Stand da.

Vor zwei Wochen wurde dann Roland Breitscheidt gemeuchelt. Beim Joggen im Kräherwald. Man hatte ihn enthauptet. In der Tasche seiner Jogginghose fand sich der Entwurf seiner letzten Kritik, die posthum veröffentlicht wurde. Er verriss eine Aufführung des Kleinen Hauses, wiewohl, eigentlich machte er nur den Hauptdarsteller nieder. »Man nimmt es einem Schauspieler übel«, hatte er, mit enormem Leidensdruck zwischen den Zeilen, verfasst, »wenn man immer nur Schlechtes über ihn schreiben kann.« Sein Kopf befand sich übrigens nicht in der Nähe der Leiche; den entdeckte man später in der Backröhre seiner aufgebrochenen Eigentumswohnung in der Schottstraße.

Ob ein Schauspieler zu einer finalen Rache Zuflucht genommen hatte?

Aber nein, das war zu offensichtlich. Tja, und Karla Duckerheide bildete den vorerst krönenden Abschluss. Mit unzähligen Messerstichen zu Tode gekommen. In dem Artikel über ihren Mord hieß es, die Polizei sei zuerst von mehreren Mördern ausgegangen, da die Stiche mit unterschiedlicher Wucht und Messerführung ausgeübt worden seien, aber bei der Obduktion habe sich doch herausgestellt, dass man nur von einem Einzeltäter ausgehen könne.

Hm.

Ich brachte mein Geschirr zurück, nahm mein Pfand entgegen und suchte mir eine freie Bank im Schatten, was eine Weile dauerte. Schließlich wurde ich direkt vor der Alten Oper fündig, mit Blick auf die Fontäne.

Eine Zeit lang ließ ich mich einfach von den süßen Frühlingsdüften betören und lauschte dem gleichförmigen Plätschern.

Schon merkwürdig, diese innovativen Mordmethoden. Wer nicht einfach nur erschießt, ersticht und erwürgt, sondern aus seinen Taten wahre Performance-Kunstwerke macht, der hat doch eine Message an die Welt, oder?

Geblendet, geköpft und gebraten, mehrfach erstochen – woran erinnerte mich das?

»Zwei köstliche Pasteten will ich aus euren Schurkenhäuptern backen!«

Mein Rubenskörper wurde von einem Blitz der Erkenntnis durchzuckt. Shakespeare, *Titus Andronicus*, elfte Klasse, Englisch Leistungskurs. Ha!

Und wer wurde von vielen Händen eiskalt erstochen? Julius Cäsar natürlich. Ebenfalls Shakespeare.

Fraglos gab es in irgendeinem Shakespeare-Stück auch eine Stelle, wo ein Typ mit glühenden Eisen geblendet wurde. Wahrscheinlich ein Heinrich oder ein Richard. Oder bei *König Lear*.

Der Täter inszenierte live und in Farbe die Morde von Shakespeare nach!

Ich konnte gar nicht schnell genug zu Jacques eilen.

»Gibt es jemand, der ganz vernarrt in Shakespeare ist und einen Groll gegen Kritiker hegt?«, verlangte ich zu wissen.

Jacques war leicht perplex. Nicht unbedingt ob der Frage, sondern weil ich ihn auf der Herrentoilette des THEATER DER MITTE beim Wasserlassen hinterrücks überfallen hatte. Aber in der Hitze der Ermittlungen kann man sich als Sherlotta Holmes kein Schamgefühl erlauben.

»Na, da gibt es viele«, meinte er nach kurzer Erholungsphase.

»Irgendjemand, dessen Liebe zu Shakespeare so groß ist, dass er seinem Groll auf Kritiker durch shakespearianische Morde Ausdruck verleihen würde?«

Jacques blinzelte verwirrt. »Wie?«

Ich lockte ihn aus der Toilette und hinaus auf die Bierbänke der Stehkneipe am Charlottenplatz. Dort erläuterte ich ihm bei einem alkoholfreien Bier meine brandheiße Spur.

»Also noch mal, auf wen passt diese Beschreibung? Du bist doch ein profunder Kenner der Szene!«

Jacques drückte seine geliebte *Gauloises blondes* auf der Holzbank aus. Er lächelte nicht geschmeichelt. Seine profunden Szenekenntnisse waren ein Fakt wie die Aussage »die Erde ist rund« – darüber lächelt man nicht, das nimmt man einfach zur Kenntnis.

»Da fällt mir spontan nur einer ein, aber ich glaube, der ist schon tot.«

»Wer?«, hakte ich nichtsdestotrotz nach.

»Walter-Paul Hörner. Schauspielerisches Urgestein vom alten Schrot und Korn. Hat, glaube ich, sein Leben lang nichts anderes gespielt als Shakespeare und Schiller. Vor Jahren hätte der den Stuttgarter Kritikerpreis für sein Lebenswerk bekommen sollen, aber bei der Verleihung ist es dann zum Eklat gekommen.«

Nachtigall, ick hör dir trapsen. Vom Eklat zum Mord war es nicht mehr weit!

»Was für ein Eklat? Lass dir doch nicht jedes Wort aus den haarigen Nasenlöchern ziehen!«

Jacques zog einen Spiegel aus seiner Hosentasche und inspizierte sein Gesicht. »Wirklich? Haare?« Er klang entsetzt.

Es kostete mich fünf wertvolle Minuten der Versicherung, dass er nur an den dafür vorgesehenen Stellen herrlich behaart sei und Nasenlöcher sowie Ohren völlig haarfrei seien. Ehrlich! Außerdem musste ich noch ein Bier spendieren. Aber dann kam er zur Sache.

»Walter-Paul Hörner wurde dann doch nicht ausgezeichnet, sondern irgend so ein Jungspund von Regisseur für seinen konsequent höchst originellen Inszenierungsansatz oder so ähnlich. Und dabei stand der Hörner quasi schon mit hängender Zunge sabbernd vor der Preisschnitzerei. Mega-peinlich.« Jacques nahm einen kräftigen Schluck. »Das hat er natürlich nicht gut weggesteckt. Mit geübter Theaterstimme röhrte er was von wegen ›Selbstverleugnung und Hingabe eines Schauspielers, zunichte gemacht von unqualifizierten Schreiberlingen‹ und ›zerstörtem Lebenswerk durch selbstverliebte Möchtegernkritiker‹. Hedwig, die Tochter des Mimen, musste ihn förmlich von der Bühne zerren. Seitdem hat man ihn nicht mehr gesehen.«

»Wann war das?«

Jacques blickte grübelnd gen Himmel. »Na, bestimmt vor fünf, nein, acht oder doch eher zehn Jahren. Ich wette, der ist schon tot. Der war damals schon hochbetagt, und so einen Affront steckt man in dem Alter nicht einfach weg.«

Ich hatte keine Zeit, um Jacques für seine lieblosen Bemerkungen über das Wegsteckvermögen unserer SeniorInnen zu schelten. Ich war schon auf dem Weg zur nächsten Telefonzelle, um Hörner, Walter-Paul nachzuschlagen.

Ich fand nur Hörner, Hedwig, Nittelwaldstraße 112 in Stuttgart-Botnang. Aber vielleicht wohnte ihr Vater ja bei ihr. Also auf in die Stadtbahn der Linie 9.

Ob ich Angst vor der Begegnung mit einem potenziellen Mörder hatte? Nö. Wen mein Format von 100 Kilo nicht schreckt, der ergreift beim Anblick meiner poppigen Optik die Flucht. An diesem Tag trug ich ein zwei Nummern zu kleines Top in einem kräftigen Lilaton und dazu eine wild gemusterte Haremshose, die mich doppelt so breit erscheinen ließ, als ich es ohnehin schon war. Meine frisch gewaschene Kräusellockenhaarpracht stand in alle Richtungen ab, und wem das noch nicht reichte, dem hatte ich auch noch ein frisches, nicht ganz abgeheiltes Tattoo auf meinem rechten Oberarm zu bieten: ein Medusenhaupt!

Ich befürchtete eher, den potenziellen Mörder so sehr zu verschrecken, dass ich keine verräterischen Versprecher aus ihm herauskitzeln konnte.

Aber statt einem altersschwachen Extragöden stand ich dann doch nur einer unauffälligen Endvierzigerin im Twinset gegenüber, die mich freundlich auf eine Tasse Tee in ihrem Gartenhäuschen einlud, ohne noch überhaupt die Beweggründe für mein Kommen zu kennen. Entweder eine zutiefst einsame Frau, die auch gern mit Staubsaugervertretern und Zeugen Jehovas plauschte, oder eine Hellseherin, die bereits ahnte, was mich zu ihr führte.

Nach zwei Tassen Bohnenkaffee, die selbst die drei verblichenen Kritiker wieder zum Leben erweckt hätten, saß ich schweißgebadet auf ihrer Hollywoodschaukel und versuchte krampfhaft, auf den Zweck meines Besuches zu sprechen zu kommen.

»Ihr Vater ...«, fing ich leidlich originell an.

Hedwig geriet ins Schwärmen. »Sie haben ihn noch auf der Bühne erleben dürfen? Eine Offenbarung, nicht wahr? Diese Bravour, dieses Einfühlungsvermögen, dieses Können – so was findet man heute gar nicht mehr!« Sie lächelte beseelt.

»Dann ist er also ...«, deutete ich an.

»Verkannt worden? O ja!« Jetzt mischte sich Empörung in das zarte Stimmchen. Die Porzellantasse in ihrer Hand zitterte. »Ihm sind Ungerechtigkeiten sondersgleichen widerfahren. Ihm, der nie einem Menschen ein Leid wollte. Immer hat er versucht, den großen Klassikern durch seine Darstellung neues Leben einzuhauchen.«

»Leben, das seinen Kritikern jetzt fehlt«, wagte ich einzuwerfen.

Sie bedachte mich mit einem strengen Blick. »Ja, ich habe gelesen, dass diese gnadenlosen Harpyen, die sich durch schändliche Kommentare über meines Vaters Kunst zu Ruhm und Ehren kritzelten, in letzter Zeit rasch von uns gegangen sind.«

»Sie *wurden* eher gegangen«, korrigierte ich.

Hedwig schwieg.

»Was sagt Ihr Vater denn zu diesen Morden?«, hakte ich unbarmherzig nach.

Hedwig knallte die Porzellantasse auf den Gartentisch. »Es ist wohl besser, wenn Sie jetzt gehen«, verkündete sie mit Eisklirren in der Stimme.

Erst draußen, auf der Straße, erfuhr ich von einer zufällig vor ihrem Haus kehrenden Nachbarin, dass Walter-Paul Hörner bereits seit drei Jahren auf dem Waldfriedhof ruhte. Pastor Lebewohl habe seinerzeit die Trauerrede gehalten – sehr ergreifend, sehr anrührend. Und der Grabstein sei in seiner Schlichtheit überaus bewegend. Ich solle die Grabstätte doch einmal besuchen – und auf jeden Fall Nelken mitnehmen.

»Rote Nelken hatte er immer am liebsten«, sagte die Frau und wischte sich mit einer Kittelschürze eine Träne aus dem Augenwinkel. Offenbar ein ehemaliger Fan.

Meine Rache-These wollte mir dennoch nicht aus dem Kopf gehen. Na schön, dann war Hörner also tot. Aber vielleicht hatte seine grau melierte Twinset-Tochter Hand an die jämmerlichen Gestalten gelegt, die ihren Vater in ein frühes Grab getrieben hatten. Oder aber es war die Tat der weinenden Nachbarin, die ihr Idol nie vergessen konnte. Das war doch durchaus vorstellbar.

Ja, das sei es, bestätigte mir Jacques, den ich um halb zwei Uhr in der Nacht aus dem Schlaf klingelte. Aber irgendwie spürte ich, dass er mir in seinem benebelten Zustand alles bestätigt hätte, beispielsweise auch, dass ich mehr Sexappeal besaß als Verona Feldbusch, Claudia Schiffer und Marilyn Monroe zusammen.

Was natürlich von der Wahrheit gar nicht so weit entfernt ist – auch wenn sich das nur dem Auge des Kenners auf den ersten Blick erschließt ...

Am nächsten Morgen pilgerte ich in aller Herrgottsfrühe zum Waldfriedhof. Ich weiß nicht, was ich mir davon erhoffte, aber ich hatte die ganze Nacht kein Auge zugetan, und da kommt man ja auf die unmöglichsten Gedanken.

Vielleicht war Hörner gar nicht tot. Möglicherweise hatte er seinen eigenen Tod nur inszeniert, um sich ungestört an seinen Kritikern rächen zu können. Bestimmt war seine Leiche nie gefunden worden.

Nach einer Dreiviertelstunde wackeren Herumwanderns – da lob ich mir den Lageplan von *Père Lachaise* – entdeckte ich Walter-Paul Hörners letzte Ruhestätte. Sie lag abseits, und ich wäre bestimmt daran vorbeigeschlappt, wenn mich nicht die vielen Nelken hätten stutzen lassen. Der Grabstein war wirklich schlicht, so schlicht, dass man ihn kaum wahrnahm.

Eine Weile meditierte ich über dem Grab. Was musste man wohl tun, um eine Exhumierung zu beantragen?

Da legte sich plötzlich eine schwere Hand auf meine Schulter ...

So richtig kam ich erst eine Stunde später im Pfarrhaus wieder zu mir, nachdem sich Pastor Lebewohl an die einhunderttausend Mal bei mir entschuldigt und mir drei Eierlikör eingeschenkt hatte.

»Es tut mir ja so unendlich Leid«, erklärte er nun zum einhunderttausendundersten Mal. »Ich hielt Sie für eine der begeisterten Verehrerinnen des verblichenen Herrn Hörner. Er hat ja so viele Menschen mit seiner Kunst glücklich gemacht. Immer noch kommen sie und legen Nelken an sein Grab.«

Der Likör versetzte mich in meine menschenfreundlichste Stimmung. »Wie schön. Obwohl ich gehört habe, dass er kein besonders guter Schauspieler gewesen sein soll.«

»Ach, Papperlapapp!« Ich wette, das war der obszönste Kraftausdruck, den der Herr Pastor kannte. Er wirkte sehr, sehr sanftmütig und würde gewisslich das Himmelreich erben. »Herr Hörner war Schauspieler mit Leib und Seele. Wer ihn einmal erleben durfte, vergaß das nie wieder. Seine Begeisterung übertrug sich von der Bühne auf das Publikum.«

»Und warum waren dann die Kritiken immer so schlecht?«, lallte ich.

»Kritiker sind eine eigene Spezies Mensch«, erläuterte Pastor Lebewohl und goss noch etwas Eierlikör nach. »Da wird nicht immer liebevoll und mitmenschlich geurteilt, sondern oft nur mit dem Gedanken, was sich gut verkauft und die Auflagenzahlen erhöht.«

Weltfremd war der Pastor also nicht. Nächster Versuch.

»Ich weiß nicht, ob Sie von den entsetzlichen Morden an den drei bekanntesten Stuttgarter KritikerInnen gehört haben?«

Der Pastor nickte. Sein Gesichtsausdruck schaltete wie auf Knopfdruck um und wies jetzt tiefe Betroffenheit auf.

»Nun«, meinte ich, »es drängt sich doch der Gedanke

auf, dass möglicherweise ein Schauspieler, nehmen wir einmal den Herrn Hörner, bei so viel vernichtender Kritik dem Wahnsinn anheim fällt. Oder auch ein naher Verwandter des so schmählich Kritisierten. Womöglich gar eine glühende Bewunderin?«

Ich blickte ihm tief in die Augen.

Lebewohl lächelte verzeihend. »Ich hätte Ihnen wohl doch nicht so viel Likör zu medizinischen Zwecken verabreichen dürfen. Wie wäre es mit einer Tasse Kaffee?«

Ich stellte das Glas ab. »Danke, nein. Bitte, weichen Sie mir nicht aus. Denken Sie nur mal einen Augenblick über meine These nach. Sie müssen zugeben, sie hat was, sie ist griffig, sie leuchtet ein.«

»Schon.« Er nickte zögernd.

»Ha!«, rief ich triumphierend.

»Aber«, entgegnete der Pastor, »Herr Hörner ist tot, das weiß ich sicher, ich stand seiner Tochter bei, als sie ihn nach dem Autounfall im Leichenschauhaus identifizieren musste. Und Hedwig Hörner wäre niemals zu einer Bluttat fähig. Was die Bewunderinnen des Verblichenen betrifft, die sind mittlerweile alle viel zu gebrechlich, um noch den Säbel der Rache zu schwingen.«

Ich setzte mich auf. »Seien Sie sich da nicht zu sicher, Herr Pastor!«, verkündete ich unheilsschwanger.

»Och«, jetzt grinste er breit, »ich denke schon, dass ich mir da sicher sein kann.«

Mit diesen Worten schob er mir die aktuelle Ausgabe der *Stuttgarter Nachrichten* zu.

Vielen Dank der Nachfrage, es geht mir gut. Allerdings auf einem sehr niedrigen Niveau.

Seit dem Vorfall auf dem Waldfriedhof habe ich das Telefon und das Faxgerät ausgesteckt, das Handy liegt im Keller, und meine E-Mails öffne ich nicht mehr. Ich brauche Abstand. Vor allem von Jacques, dessen gackerndes Gelächter ich mir nur zu gut vorstellen kann.

Die berühmten Stuttgarter Kritikermorde waren aufgeklärt. Der Fall war geknackt, brillant gelöst von der effizienten SoKo *Kritiker*. Noch ein vierter Theaterkritiker war in der Nacht vor meinem Friedhofsgang ermordet worden, aber er starb nicht umsonst: Man erwischte den Täter in flagranti, als er gerade den ruchlos erdrosselten Kritikerhals losließ und dabei wie wahnsinnig »Othello, Othello« flüsterte.

Also, insoweit hatte ich tatsächlich Recht gehabt: Die Morde sollten, wenn auch in kreativer Neuinszenierung, an den unsterblichen Schreiberling aus England erinnern. Braves Mädel, gut gemacht.

Allerdings hatte der Mörder nichts mit Hörner zu tun. Nicht mal weitläufig.

Es war Rüdiger Tretsche, 59, Feuilletonchef der größten Stuttgarter Tageszeitung. Bei seinem Geständnis gab er als Motiv an, dass ihm diese Kritiker schon seit jeher auf den Geist gegangen seien: Stets hätten sie an seinen Kürzungen herumgenörgelt, dabei seien diese immer fundiert beziehungsweise aus technischen Gründen zwingend notwendig gewesen. Stets hätten sie um mehr Geld gefeilscht und wären ihn um Spesen angegangen. Und stets hätten sie durchblicken lassen, dass er nur ein »Verwalter« sei, sie dagegen die wahren »künstlerischen Journalisten«. Und da sei ihm einfach ... also da habe er dann ... und jetzt herrsche endlich ... Ruhe ... jawoll.

Tretsche wurde in die Psychiatrie eingewiesen. Sicherheitsabteilung.

Also, wer lacht denn da jetzt so gackernd? Ist das Jacques? Oder sind *Sie* das? Grmpf!

Verba sequentur

(Die Worte werden sich schon einstellen
oder: Unsere Daily-Talkshow
gib uns heute!)

Unter Stuttgarts Intellektuellen, und nicht nur da, gilt es als Verbrechen, sich Talkshows reinzuziehen. Womöglich sogar regelmäßig. Man besucht die Lesungen siebenbürgisch-rumänischer Lyrikerinnen im neuen Kulturhaus am Berliner Platz und hört sich im Südwestrundfunk mitternächtliche Klangexperimente an (Fuge für Waschbrett, Pappkarton und zylindrische Röhren), aber man zappt sich nicht mittäglich durch den geballten Talkshow-Horror.
So wie ich.

Mittags, wenn uns unterbeschäftigten FreiberuflerInnen das große Gähnen überkommt, dann gehen manche von uns ins Mineralbad Berg und schwimmen sieben Kilometer, andere spinnen sich im Studio schwitzig und fit, und ich hau mich auf die Couch vor den Fernseher und trainiere meine Daumenmuskeln an der Fernbedienung.
Immer wieder lande ich bei Vera, Sonja, Bärbel oder Arabella und so lebenswichtigen Themen wie »Ich bin Friseuse, aber trotzdem nicht blöde« oder »Na und – ich habe meine Frau billig aus dem Versandhandel, weil deutsche Frauen mir zu anspruchsvoll sind« oder »Lass mich in Ruhe – du warst nur ein One-Night-Stand und bedeutest

mir nichts«. Meine Favoritin war jedoch *Rena um Eins*.

Rena war mir schon deshalb sympathisch, weil sie mir wie eine Schwester ähnelte: Fast so kugelrund wie ich, fast so wilde dunkle Wallelocken wie ich und eine mindestens ebenso große Klappe. Unter den ganzen gestylten blonden Hungerhaken war sie außerdem die Einzige, die sich nicht selbstverliebt in Eitelkeitsposen vor der Kamera räkelte und mehrheitsfähige Platitüden von sich gab, sondern auch mal ehrlich einer männlichen Jammerlappenlusche, die sich von aller Welt verlassen fühlte, knallhart erklärte: »Ich würde ja gern sagen: ›He Mann, ich bin für dich da‹, aber da müsste ich lügen.«

Knallharter Konfrontationstalk – das war ihr Markenzeichen, was nicht heißen soll, dass sie nicht auch mal eine Fruchtzwergemutti mit ondulierten Haaren in den Arm nahm, die sich wegen ihres untreuen Penners von Ehemann undamenhaft den Rotz aus der Nase heulte.

Also, wenn ich bisweilen eine Folge von *Rena um Eins* verpasste, dann zog ich mir zwar nicht wie ein Junkie mit glasigen Augen die nächtliche Wiederholung rein, aber wann immer ich zu Hause war, trieb es mich um 13 Uhr irgendwie magisch-andächtig vor die Glotze.

Kein Wunder, dass ich mich nicht lange zierte, als mich einer ihrer Gästeeintreiber spontan und aus heiterem Himmel anrief.

»Wir haben in der Zeitung gelesen, dass Sie schon mehrfach mit einem Verbrechen in Kontakt gekommen sind, zu dessen Aufklärung Sie dann beitragen konnten«, säuselte die betörend männliche Stimme von Frank, wie er sich vorgestellt hatte.

»Und weiter?«, hauchte ich sinnlich. Ich habe eine Schwäche für betörend männliche Stimmen.

»Rena plant demnächst eine Sendung zum Thema ›Synchronizität oder kosmische Zufälle‹. Hätten Sie eventuell Interesse, zu uns nach Babelsberg zu kommen und über Ihre Erfahrungen zu sprechen?«

Hätte ich Interesse, kostenlos nach Berlin zu reisen und mich in all meiner Pracht einem Millionenpublikum zu präsentieren? Ein paar Leute würden bestimmt platzen, wenn sie mich im Fernsehen sähen. Andererseits, wollte ich mich wirklich in den endlosen Zug aus SchwerstneurotikerInnen, ParanoikerInnen und psychopathischen Fetischisten einreihen?

»Selbstverständlich werden Sie von uns – das heißt: von mir – rundum betreut: Chauffeurservice ins Studio und zum Hotel«, flötete Frank.

Mir wurde ob seiner Stimme so wohlig – ich wünschte, es gäbe ihn in Pillenform.

»Ich würde rasend gern kommen. Wann brauchen Sie mich denn?

Eine Woche später saß ich im Speisewagen des ICE Stuttgart-Berlin. Man hatte mir eine Bahnfahrkarte zweiter Klasse zugestellt, aber keine Platzreservierung, und der Zug war ob der Ferienzeit trotz der frühen Stunde so knallevoll, dass ich verbissen meinen glücklicherweise erhaschten Platz im Speisewagen verteidigte, weil ich nicht im Gang stehen wollte. Um nicht vertrieben zu werden, hatte ich schon einen kleinen Salat, eine Suppe, zwei Stück Kuchen und ein Sandwich gegessen und drei Kaffee getrunken. Das Trinken versagte ich mir daraufhin, sonst hätte meine Blase ihr Recht verlangt, aber wer hier seinen Stuhl aufgab, hatte verloren.

Ich vertrieb mir die Zeit mit Zeitunglesen. *National Geographic*. Natürlich die englische Ausgabe. Sonderheft Amazonien. Wirklich interessant fand ich nur den Artikel über die Weiße, die seit zwei Jahrzehnten regelmäßig für einige Monate einen der letzten von der Zivilisation unberührten Stamm tief im Innern des Dschungels besuchte, um anthropologische Studien zu betreiben. »Ich kann dort viel mehr über Menschlichkeit lernen als in der so genannten zivilisierten Welt«, wurde sie zitiert. »Aber natürlich eigne ich mir auch praktische Fertigkeiten an wie Haute Cuisine aus Spinnen und Insekten oder Blasrohrjagd auf Äffchen und Urwaldschweine.« Das dazugehörige Foto zeigte eine pummelige Frau um die Vierzig mit einem glücklichen Grinsen im drallen Gesicht, umgeben von vielen Eingeborenen, die ihr gerade mal zu den Brustwarzen reichten – buchstäblich, denn die Forscherin war oben ohne abgebildet.

Sieben Stunden saß ich lesend, essend und platzverteidigend im Zug, aber das war erst der Anfang meines Martyriums. Kennen Sie den Bahnhof Zoo? Der ist ja nun nicht sooo wahnsinnig groß, aber offenbar weitläufig genug, damit Frank und ich uns verpassen konnten. Ich stand da wie bestellt und nicht abgeholt. Die Handynummer, die Frank mir genannt hatte, war dauerbelegt, also stieg ich, Powerfrau, die ich bin, in ein Taxi. In der stummen Hoffnung, der Sender würde für die Kosten aufkommen.

Die Strecke war lang, der Mittagsverkehr dicht, und während ich immer verbissener auf den Zähler guckte, wurde das Lächeln des Fahrers, der laut Plakette Özgür hieß, immer breiter. Wahrscheinlich finanzierte ich gerade den Sommerurlaub für seine Großfamilie. Oder seine neue Rolex.

Irgendwie konnte ich mich nicht, wie geplant, meditativ auf meinen bevorstehenden Auftritt vorbereiten. Ich mochte Renas aufklärerisches Prinzip, das immer ein wenig an die »Sendung mit der Maus« erinnerte. Ihre Lieblingsfragen lauteten: »Wie geht das?« oder: »Wie machen Sie das?« oder: »Welche Erklärung haben Sie dafür?«

Ich hatte keine Erklärung dafür, dass ich das Verbrechen magisch anzuziehen schien. Vielleicht hatte ja Rupert Sheldrake nicht ganz Unrecht, wenn er von morphogenetischen Feldern spricht, in denen Gleiches Gleiches anzieht. Oder C. G. Jung, der die magnetische Anziehungskraft bestimmter Ereignisse zueinander postulierte. So oder so ähnlich wollte ich mich vor laufender Kamera äußern. Fernsehen bildet – bei mir sollte das keine leere Phrase sein.

Als ich endlich in den beeindruckenden Studios des Privatsenders eintraf, war ich ein klitzekleines bisschen spät für die dritte Aufzeichnung um 15 Uhr dran. Aber das war sicher kein Problem: Ich sah mit den hochgesteckten Locken in meinem hautengen Müllmann-Overall, in Übergröße und in Knallorange, einfach umwerfend aus. Was ich unter anderem auch aus den schmachtenden Blicken von Özgür im Rückspiegel schloss. Ein bisschen Puder auf meine erhitzten Wangen, und schon könnte man mich auf das Studiopublikum loslassen.

Der Pförtner fand allerdings meinen Namen nicht auf seiner Besuchsliste. Erst eine eiligst herbeizitierte Volontärin klärte alles auf und führte mich durch ein unschönes Labyrinth aus Gängen zu einer Gruppe Menschen, die bei meinem Anblick schlagartig aufhörten zu reden. Dann plötzlich, wie durch Zauberhand, grinsten alle breit und glücklich.

»Sie schickt der Himmel«, rief ein gepflegter Anfangsdreißiger im Zweireiher, der sich als Redakteur von *Rena um Eins* herausstellte. »Wir stecken da tief in der Bredouille, und *Sie* können uns helfen!« Er legte mir seine mehrfach beringte Linke auf den Rücken und führte mich in ein schickes Büro, während er mit der Rechten die Volontärin und alle anderen Anwesenden wegwinkte.

»Hören Sie«, er sah mir tief in die Augen, »ich weiß, Sie sind für eine andere Sendung vorgemerkt, aber uns ist in letzter Sekunde ein Gast für die zweite Aufzeichnung abgesprungen, den wir dringend gebraucht hätten.«

»Ach ja?« Meine frisch gezupften Augenbrauen schossen in die Höhe. »Wenn ich für ihn einspringen soll, dann müsste mir allerdings das Thema zusagen.«

»Das wird es zweifellos. Ein Prachtweib wie Sie, mit dieser umwerfenden Ausstrahlung, ist für diese Sendung wie geschaffen!« Mit großen Augen wäre mir der Redakteur beinahe in den Ausschnitt gekrochen.

Ich sonnte mich in seinen Komplimenten.

»Es geht nämlich bei dieser Sendung darum, wie rückschrittlich unsere Gesellschaft immer noch mit üppigen Schönheiten wie Ihnen umgeht. Rena will da ansetzen. Schon aus Eigeninteresse hält sie einen Einstellungswandel für unabdingbar, und wie Sie ja wissen, erreichen wir mit unseren Sendungen Millionen von Menschen.«

Ohne dass er es bemerkt hätte, lag auf dem Papierberg seines Schreibtisches ein großer gelber Zettel: UNSERE EINSCHALTQUOTEN SIND IN DEN NICHT MEHR MESSBAREN BEREICH ABGESACKT – TU ENDLICH WAS! Das bezog sich zweifelsohne auf eine der anderen Dailytalks dieses Senders, ermahnte ich meine aufkeimenden Zweifel, und nickte. »Ja, es wäre wirklich wünschenswert, wenn die Medien und vor allem die Frauenzeitschriften endlich mal aufhören würden, uns Dicke als willensschwach und unästhetisch anzuprangern.«

Der Redakteur nickte begeistert. »Genau! Und Sie haben es in der Hand, dass wieder ein paar Millionen Menschen mehr lernen, sich zu verweigern, wenn über kräftige Staturen und propere Rundungen gespottet wird.«

Er kam um den Schreibtisch herum, nahm meine Hand und presste sie. »Ich danke Ihnen. Sie leisten einen wichtigen, einen lohnenden Beitrag zur Gesellschaftspolitik. Am besten führe ich Sie gleich zur Maske.«

»Aber nicht doch«, ich winkte ab, »Sie haben sicher Wichtigeres zu tun.« Ich wollte lieber von Frank mit der männlich-betörenden Stimme geführt werden.

»Ich bitte Sie – so viel Zeit muss sein.«

Der Redakteur lenkte mich, in meinen Ellbogen gekrallt, durch weitere Gänge. Sein Griff war fest; er fürchtete wohl, ich könnte mich in letzter Sekunde losreißen und flüchten.

Das hätte mir zu denken geben müssen!

Als ich erfuhr, dass der Titel der Sendung, in der ich nunmehr auftreten sollte »Fett – ich trau mich nicht mehr vor die Tür!« lautete, wäre ich am liebsten auf der Stelle umgekehrt. Aber da marschierte ich bereits ins Scheinwerferlicht.

In dieser lebensverändernden Sekunde wurde mir auch klar, warum die Maskenbildnerin bei meinem Anblick ausgerufen hatte »Oje, orange gekleidet – das geht leider nicht. Das bekommen die Farbfilter der Kameras nicht hin, und Sie sehen wie eine Patientin auf der Intensivstation aus. Warten Sie, wir haben da immer ein paar passende Stücke im Fundus.« Sie verschwand hinter einer langen Stange mit Fummeln in allen Größen und Farben.

»Die Hochsteckfrisur müssen wir auch ändern. Sonst kommen Sie bei der Nahaufnahme nicht ganz ins Bild und wirken immer irgendwie amputiert.«

Während sie mir die Locken glatt bürstete, spachtelte ihre Assistentin derweil eine braune Masse in mein Gesicht und kippte eine Dose losen Puder über mir aus. Sie entfernte, eh ich's mir versah, auch meine baumelnden Ohrringe. »Der Strass reflektiert die Scheinwerfer. Wir haben aber hübsche Perlenstecker hier.« Und schwupps bohrte sie mir falsche Perlen ins Ohr.

Zu meiner Verteidigung kann ich nur anmerken, dass alles rasend schnell ging und ich währenddessen einer subalternen Redakteurin einen wie aus dem Maschinengewehr geratterten Fragenkatalog beantworten musste und das nur mit Ja oder Nein. Ob ich ohne ins Schnaufen zu geraten eine Treppe in den zehnten Stock hochsteigen könne? Ob ich leicht transpiriere? Ob ein Mann schon mal seine Erektion verloren hätte, nachdem ich mich ausgezogen hatte?

An dieser Stelle wollte ich aufbegehren, aber die Assistentin der Maskenbildnerin zog flugs den Reißverschluss meines figurbetonenden Overalls auf und schälte mich aus meinem Kleidungsstück. »Hier, das müsste passen«, rief die Maskenbildnerin von hinten und stülpte mir etwas über, das ich erst draußen, vor dem Spiegel im Gang, als mausgrauen zeltartigen Kleiderschlauch identifizierte. Aber da schoben sie mich auf ein Zeichen der Regieassistentin schon zu dritt durch eine Tür und hinein ins Studio.

»Begrüßen Sie mit mir unseren nächsten Gast«, plärrte Rena in die Menge und ihr Broschenmikro, »eine Frau, die sich trotz ihres Aussehens vor die Tür traut. Kompliment!«

Ich torkelte auf ein unbequemes Hartholzgestühl in der Mitte der pastellfarbenen Bühne zu: Natürlich hatte der Stuhl Lehnen und natürlich war er zu schmal. Ich weiß auch nicht, warum ich mich hineinquetschte – ganz offensichtlich hatte ich in der Garderobe meinen Verstand zurückgelassen. Mir war schon klar, was die Millionen FernsehzuschauerInnen in diesem Moment zu sehen bekommen würden: eine auf billig geschminkte Dicke mit strähnigem Haar in einem unkleidsamen mausgrauen Sackzelt und eingeblendet die Worte: Heute bei RENA, FREIBERUFLERIN AUS STUTTGART, WANN SPECKT SIE ENDLICH AB?

In diesem Moment gab Rena die Werbepause bekannt, natürlich simuliert. Es war bereits ihre zweite Aufzeichnung an diesem Tag, das merkte man an dem Schweißperlenpegel ihrer Stirn, der stetig stieg und folglich regelmäßig abgetupft werden musste. Von einem muskelbepackten Schönling, der kaum volljährig aussah und nur Jeans und ein T-Shirt trug. Bestimmt war das *mein* Frank.

Dann wuselte Rena auf mich zu. Sie drückte mir die Hand, murmelte etwas von »Schön, dass Sie hier sind, wir stehen das gemeinsam durch« und enteilte hinter die Bühne. Der charismatische Funke sprang nicht über. Im Gegenteil. Wenn es mir gelungen wäre, mich einigermaßen damenhaft aus dem Stuhl zu pressen, hätte ich das getan, aber ich steckte fest. Im Übrigen stellte ich fest, dass mein Stuhl schmaler war als der des einzigen anderen Talkgastes auf der Bühne, einem drahtigen Mittfünfziger im edlen Sportdress und *Nike*-Tretern.

Noch bevor ich die Zeit fand, aus der Not eine Tugend zu machen und mir beispielsweise das Studiopublikum anzusehen, kam ein drolliger Kerl mit peppiger Elton-John-Brille herein. Wie sich herausstellte, war er der Warm-upper, der dem Publikum nach zwei billigen Witzen auf Kosten von Hella von Sinnen und Dieter Pfaff noch mal nahe legte, nur nicht mit Gefühlen zu geizen; dann drillte er es in Applausdonner und Buhrufen.

Und schon ging es weiter. Rena kam schweißfrei und nur scheinbar in denselben Klamotten aus der Maske, stellte sich vor die Kamera, auf der dann schlagartig das rote Lämpchen aufleuchtete und las von einem Schild, das die

Regieassistentin außerhalb des Bildes hochhob, ihre nächste Anmoderation ab.

»Meine Liebe«, quakte sie in meine Richtung, »du bist fett und hast ein Problem damit.«

Ich lächelte. »Nö.«

Rena, Vollprofine, die sie war, suchte auf den Kärtchen in ihrer Hand eine passende Erwiderung.

»Da hast du unserer Redaktion aber im Vorgespräch etwas anderes gesagt«, las sie schließlich stockend ab.

»Nö, hab ich nicht.«

Das war meine Art der Rache, und sie tat gut. Eine halbe Sekunde lang. Dann sprang der sehnige Vorruhestandsopa zu meiner Linken ein.

»Also, so wie du ausschaust, kannst du dich doch unmöglich wohl fühlen!«, polterte dieser authentische Bescheidwisser aus dem einfachen Volke.

Er hatte nicht ganz Unrecht – so, wie ich in *diesem* Moment aussah, fühlte ich mich nicht wohl.

»Ich war auch mal dick«, brunzte er weiter, »und ich weiß, wie man sich da fühlt – nämlich scheiße!«

Bei diesen Worten brach das Publikum in begeisterten Applaus aus. Der peppige Brillenträger hatte ganze Arbeit geleistet.

»Ich fühle mich wohl!«, krähte ich, aber das ging in dem frenetischen Klatschen unter.

Diese Fleisch gewordene Virilität neben mir sprang vom Stuhl auf. »Leute«, johlte er in die Kamera, »ich habe als Dicker gelitten wie ein Tier. Jawoll! Und ich war nur ein halber Mann.« Er langte in seinen Schritt. Rena erhielt von der Regie per Handzeichen die Anweisung, nicht einzugreifen.

»Dicke bringen es einfach nicht!«, röhrte er weiter. Dieses Prachtstück von einem Schwätzer war offenbar wild entschlossen, alles von sich preiszugeben.

»Sie vielleicht nicht«, rief ich, mittlerweile fuchsig geworden. »*Ich* habe immer multiple Orgasmen.« Aber man hatte mein Mikro abgeschaltet. Die Bühne gehörte dem Hasstiradenrufer.

»Auch meine Frau ist so ein Schwabbel«, erfrechte er sich weiter. »Bei dem Anblick vergeht es einem!« Das Publikum johlte. Mit Ausnahme einer drallen Blondine ganz rechts in der ersten Reihe.

»Nachdem ich abgespeckt habe, habe ich ihr im Bett klipp und klar gesagt: Runter mit den Pfunden oder runter von mir. Ich will ja nicht zerquetscht werden!« Die Stimmung stieg ins Unermessliche.

»Bravo!«, krähte ein gedungener Zwischenrufer.

Auf den hinteren Rängen hoben ein paar Bierbäuchige ein Spruchband hoch: Tutzing grüßt den Rest der Welt!

Zwei der vier Kameras richteten sich auf drei aufgebretzelte Girlies, die in Haltung, Gesichtsausdruck und Kleidung die Botschaft »Fick mich« unters Volk brachten. In der Aufzeichnung später tauchten sie sicherlich als Zwischenschnitte auf.

»Wer heutzutage noch dick ist, sollte sich schämen. Niemand muss dick sein. Das sieht man an mir!«, plärrte der fiese Möpp neben mir und riss beide Arme hoch.

Und im nächsten Augenblick klatschte er mit der Fresse voll auf den Betonboden.

»Hach, wie entsetzlich!«, hauchte tuntig der Junge, der Rena die Stirn abzutupfen pflegte.

»Regie, was machen wir jetzt?«, rief Rena.

Von der Frau war ich echt enttäuscht.

»Jaaaa!« grölte das Publikum, das immer noch an eine gelungene Showeinlage glaubte. Und auch mir schoss kurz der Gedanke durch den Kopf, dass es sich um eine abgekartete Maßnahme gegen das weitere Absacken der Quote handeln könnte.

In dem Durcheinander fiel es niemandem weiter auf, dass ich so lange ruckelte und rutschte, bis mich die Hartholzlehnen des Stuhles freigaben.

Unterdessen kniete schon ein Sanitäter neben dem, was ich auf Grund meiner zahlreichen Erfahrungen sofort als Leiche erkannte.

»Wahrscheinlich Hirnschlag«, diagnostizierte er ahnungslos und so leise, dass nur ich und der herbeigerufene Redakteur es hören konnten.

Mittlerweile war der Rotschopf mit der Elton-John-Brille wieder da und animateuste die Menge fröhlich aus einer der Türen des Studios hinaus. »Häppchen und Getränke für alle! Kostenlos!«, jubilierte er.

Ich sah, wie sich die dralle Blondine mit dem pummeligen Gesicht – die Einzige, die vorhin nicht massenhypnotisch in die Dickenhetze eingefallen war – nicht zur Fütterung abführen ließ, sondern klammheimlich, die Handtasche fest an sich gepresst, nach rechts in Richtung Ausgang entschlüpfte. Ja, dachte ich in plötzlichem Erkennen, an ihrer Stelle hätte ich genauso gehandelt. Dann drehte ich mich um und ging zur Maske.

Endlich allein und wieder mit Würde und Privatsphäre ausgestattet, wusch ich mir den Make-up-Kleister aus dem Gesicht, steckte mir die Haare wieder verrucht nach oben, klippste meine Strassohrringe zu und schlüpfte in meinen hautengen, orangigen Overall. Der Blick in den Spiegel im Gang offenbarte eine aufregende Frau.

Niemand hielt mich auf. Ich fuhr mit einem vom Pförtner bestellten Taxi zum Bahnhof und rollte kurz nach Mitternacht wieder in der schwäbischen Metropole ein.

Niemand behelligte mich, auch nicht, nachdem sich herausstellte, dass der von sich eingebildete Abspecker und Dickenhasser nicht an Hirnschlag, sondern an einem Giftpfeil, abgeschossen aus einem Blasrohr, gestorben war. Der Pfeil hatte ihn ja auch von vorn in die Kehle getroffen, nicht von rechts hinten, wo ich saß. Außerdem hatte ich das beste Alibi von allen: Eine der Kameras hatte während der ganzen Hasstirade meinen säuerlichen Gesichtsausdruck eingefangen.

In der Zeitung stand dann auch, dass die Frau des Opfers, die Anthropologin Doris Z., spurlos in Amazonien abgetaucht sei, was ihr nur deshalb habe gelingen können, weil erst bei der einige Tage später stattfindenden Obduktion festgestellt wurde, dass ihr Gatte mittels eines winzigen Giftpfeils ermordet worden war.

Natürlich hatte ich sie nach der ruchlosen Tat auf Grund des Artikels sofort erkannt und hätte durch einen lauten Schrei und zielgerichtetes Fingerzeigen ein Entkommen der Täterin verhindern können.

Aber das habe ich nicht getan. Mit diesem Wissen muss ich von nun an leben.

Hm. Geht erstaunlich gut ...

PS: Meine Mittagspausen verbringe ich seitdem schaufensterbummelnd in der Stadt oder bei einem Milchkaffee in einem der vielen Stuttgarter Straßencafés oder ich meditiere vor der Fontäne vor der Oper über Synchronizität und kosmische Zufälle, die es gar nicht gibt.

Rena um eins hat seit dem Live-Mord die höchsten Einschaltquoten in der Geschichte des deutschen Fernsehens.

Nuda Veritas

(Die nackte Wahrheit …
oder: Die Werbung lügt nicht)

»Schaust du gerade RTL?«

Abends halb zehn in Deutschland.

»Nope, ich bilde mich mit dem Auslandsjournal im ZDF.«

»Ha, wer's glaubt. Los, zapp rüber!«

Was Harry und Sally in *Harry und Sally* können, nämlich zeitgleich, nur in verschiedenen Wohnungen, gemeinsam fernzusehen, das können Sophie und ich schon allemal. Die Tatsache, dass Harry und Sally beide in New York wohnen, Sophie jedoch in Hamburg und ich in Stuttgart, stört uns dabei nur peripher.

»Da kommt ja nur Werbung.«

»Ja eben! Rate mal, wofür da gerade geworben wird.«

Ich lümmelte mich in meinem roten Lieblingssessel, die Beine über die Armlehne geworfen, eine Schüssel Nachos im Schoß.

»Ein nackter Mann von hinten, an einem See, wahrscheinlich in Skandinavien. Das ist leicht: Entweder ein Noch-viel-weißer-als-weiß-Waschmittel oder eine Nullfettmargarine.«

»Falsch.«

Ich konnte Sophie vor mir sehen. Strohwitwe. Vor sich

einen Berg Weingummis, zu beiden Seiten, auf dem Schoß und um den Hals ihre fünf Babys, allesamt rundumbehaart und vierbeinig, wahlweise der Familie der Katzen oder der Hunde zugehörig (wobei Hunde ja im Grunde Katzen sind, nur ohne deren Überheblichkeit). Die Fernbedienung in der Linken, das Schnurlose zwischen Ohr und Schulter geklemmt.

»Rate weiter. Schnell.«

»Also gut, Zigaretten sind nicht erlaubt. Vielleicht Whiskey. Oder ein Deodorant? So eines, bei dem dir dann der Tag gehört. Träller hier, Träller da. Oder nein, dafür nehmen sie immer nackte Frauen. Warte, das ist der Spot einer Versicherung!«

Sophie kicherte. »Gib dir mehr Mühe. Und hurtig, wenn er aus dem Wasser kommt, ist die Ratestunde um.«

»Ich hab's: Tamponwerbung! Lässt die Regel so diskret verschwinden, dass man gleich die ganze Frau nicht mehr sieht! Endlich nur noch Männer, wohin das Auge blickt.«

»Gaaaanz falsch. Da kommst du nie drauf – Autos! Ein koreanischer Kleinwagen.«

»Das wäre meine nächste Wahl gewesen.«

»Ja klar.«

»Ha, er steigt aus den Fluten, jetzt wird es sich zeigen – wieso schwenkt die Kamera denn jetzt nach oben? Manno.« Ich warf mir ein Nacho ein. »Nie im Leben ist das ein Autowerbespot«, spuckte ich zusammen mit ein paar Krümeln aus. »Du lügst doch.«

»Wie kommst du denn darauf«, empörte es sich aus dem Hörer.

»Ganz einfach – du bist Sophie, und dein Mund bewegt sich.«

»Sehr komisch, ich lache später. Siehst du: klein, bunt, vier Räder. Ein Auto.«

»Und da lümmelt er sich jetzt klatschnass auf die Sitze?«
Sophie weilte schon woanders.
»O, da, da, da, zapp auf Sat.1, flott. Das ist doch ein oberblöder Spot: Guten Freunden gibt man ein Küsschen oder zwei.«
»Dir nicht, du hast Herpes.«
»Klunte!«
»Tussi!«
Wir legten auf.

Fünf Minuten später.
»Jetzt sieh dir die Schnarchnase im Teleshopping-Kanal an!« Sophie schäumte.
»Ich denke, du guckst so was nie.«
»Ein Unfall beim Zappen.«
»Ja und?« Ich nahm das Männchen unter die Lupe: Trendfrisur, Trendbrille, Trendanzug. Ein wilder Gestikulierer vor dem Herrn. »Muss ich den kennen?«
»Das ist dieser Berliner Fitness-Guru. Also, ich will ja gern zugeben, dass er sich für sein Alter gut gehalten hat ...«
»Wieso? Wie alt ist der denn?«
»Na, ich schätze, um die 65.«
Ich schlug meine Stirn in Falten. »So sieht er doch auch aus. Nur, dass er mit seiner Aufmachung auf jugendliche 63 macht.«
»Nein, im Ernst, der hängt uns im Marathon bestimmt alle lässig ab. Aber wennste dem mal zuhörst: Zu seinen Ernährungstipps fällt dir echt nix mehr ein!«
Ich hatte mittlerweile meine selbst fabrizierte Gemüsecurrysoße vom Vortag aus dem Kühlschrank geholt und ertränkte gerade gnadenlos ein Nacho. »Predigen die nicht immer dasselbe? Kein Fett, keine Kohlehydrate, kein Eiweiß, kein Genuss, kein gar nichts?«

»So ähnlich. Wenn es nach ihm geht, leben wir in ein paar Jahren von Rohkost und Ernährungsergänzungspillen. Richtig dosiert hält uns das jung, gesund und schlank.«

»Aha.«

»Ehrlich, man möchte meinen, dass man nur die richtige Zusammenstellung an Pillen finden muss, dann kann man ewig leben.«

»Würg. Mit so einem Typen die Ewigkeit teilen?«

»Sag ich doch!«

»Bäh!«

Zwei Frauen, in Abscheu vereint.

Wir legten auf.

Drei Minuten später.

»Ist dir schon mal aufgefallen, dass in den Spots für Spül- und Waschmittel immer mehr Männer eine feudeltragende Rolle spielen?«

Ich hätte diese bahnbrechende Erkenntnis auch für mich allein in meiner Brust (Körbchengröße 110D) bewegen können, aber so war der Austausch anregender und beglückte darüber hinaus die Funktionäre der Telekom. Wozu hatte ich den Aktivplus-Spartarif?

Sophie zeigte sich skeptisch. »Ja klar, und wenn so ein Typ zum Schrubber greift, ist es gleich noch mal so sauber. Das ist doch reine Fiktion – wenn der Meinige bei Vollmond zum Hausmann mutiert, gibt's immer Spülstreifen auf den Tellern und Reststaubinseln unterm Schrank.«

»Damit könnte ich leben.«

»Gestatte, dass ich lache«, glörpste Sophie. »Ich wundere mich, dass du einen Wischmopp auf dem Bildschirm überhaupt erkennst. In deiner Wohnung war unter Garantie noch keiner. Selbst die Müllmenschen von Bangkok leben sauberer.«

Ich schmollte. »Also, ich versuche jetzt mal, das so nett wie möglich auszudrücken: Sophie – du bist blöde!«

»Das sagen die im Diät-Chatroom auch.«

»Hä?«

»Chatroom. Internet. Plaudern online.«

Werde ich mir ewig anhören müssen, dass ich ein Steinzeitmensch bin und von moderner Technik keine Ahnung habe, nur weil ich als letzte Frau auf diesem Planeten zu einem Internetzugang (und übrigens auch zu einem Handy) gekommen bin?

»Ich weiß, was ein Chatroom ist. Aber was machst ausgerechnet du bei den Diätfuzzis? Du diätest doch nicht? Oder bist du vom Glauben abgefallen?«

Sophie gluckste. »Quark, nein, aber ich zähle denen gern auf, was ihnen entgeht: Steak mit Sauce Béarnaise, Vanilleeis mit Schokosoße, Bananencremetorte, hmmmm. Ich will so bleiben, wie ich bin, la, la. Du solltest ein einziges Mal miterleben, wie sich der Zorn der 100-Kalorien-am-Tag-Muttis über mich ergießt.«

»Eines Tages steht eine von denen mit der Uzi vor deiner Tür und mäht dich nieder«, visionierte ich.

»Sei doch froh, dann bist du mich los.«

»Auch wieder wahr.«

Wir legten auf.

Zwei Minuten später ...

Cave Canem

(Vor Wadenbeißern wird gewarnt ...
oder: Der Hund von Bubenorbis)

Anders lautenden Gerüchten zum Trotz mache ich in meiner Wohnung durchaus auch mal sauber, und das nicht nur alle Schaltjahre, sondern bestimmt ein, zwei Mal im Halbjahr. Zu diesem Behufe habe ich mir vor kurzem sogar einen Staubsauger angeschafft, den *Speedsauger 2000* – ein herrliches Teil, das ganz so aussieht, als könnte es so gut wie alles, um eine Hausfrau glücklich zu machen, außer vielleicht Sex. Obwohl, Moment mal, wozu ist eigentlich dieser Aufsatz gedacht ...?

Also, wie auch immer, ich saugte an diesem Samstag gerade beseelt im Flur, als ich plötzlich so ein fernes Klingeln vernahm. Ich schaltete den Sauger aus und tatsächlich: Jemand klingelte an der Wohnungstür.

Dieser Jemand erwies sich als – Tusch! – Sabine Schöttle, meine alte Schulfreundin, die ich seit einer ungeplanten Spontanbegegnung im Herbst 82 nicht mehr gesehen hatte. Im Grunde erkannte ich die superschicke Rothaarige in der angesagten Caprihosenundsonnentop-Kombination vor mir nur an der Nase – die typische Schöttle-Nase, die man unter Hunderten herausfinden würde, selbst in Patagonien oder im Hottentottenland.

»Sabine? Bist du's?«

Man muss mein ungläubiges Erstaunen verstehen: Früher schien sie ihre Klamotten immer einfach aus dem nächsten Altkleidercontainer des Roten Kreuzes gefischt und ungewaschen übergestreift zu haben, und jetzt sah sie aus wie den Seiten der *Vogue* entsprungen.

»Du musst mir helfen!«, flehte dieses ätherische Wesen. »Bitte!«

»Klar, natürlich, wobei?« Ich zog sie am Ellbogen sanft in meine Wohnung. Kostenloses Entertainment der Nachbarn ist bei dieser Miete nicht mit inbegriffen.

»Der Fluch auf unserer Familie bewahrheitet sich – ich muss sterben!«

Eine halbe Stunde später saßen wir mitten im Schlachtfeld meiner Großputzorgie und hielten uns krampfhaft an den bauchigen Teetassen fest.

Sabine schluchzte leise vor sich hin – sie hatte seit ihrem Eintreten noch keinen einzigen zusammenhängenden Satz geäußert, und ich betrachtete meine ehemalige Schulfreundin, die nach zwanzig Jahren jünger aussah als damals zur Abifeier. Okay, optisch gab sie ja was her, aber in Sachen Contenance oder Grammatik hatte sie eindeutig abgebaut. *Das* ist also das Ergebnis der natürlichen Auslese ...

»Sabine, jetzt erzähl doch mal«, drängte ich leicht genervt ob der Tränenfluten. »Was für ein Fluch?«

Ich reichte ihr die Schachtel mit den schnäuzfesten Zellstofftüchern.

»Der Fluch«, schnief, schnief, »der seit Generationen auf meiner Familie lastet.« Rotz, röchel, schnäuz. »Das Familienoberhaupt stirbt unweigerlich immer eines gewaltsamen Todes! Letzte Woche war es mein Vater, und jetzt bin ich dran!«

Dazu muss man wissen, dass die Schöttles eine höchst

angesehene Metzgersfamilie aus Bubenorbis sind, einem kleinen Ort im Mainhardter Wald, nahe meiner malerisch-mittelalterlichen Heimatstadt Schwäbisch Hall. Als ich seinerzeit mit Sabine eingeschult wurde, war das einzig Ungewöhnliche an den Schöttles die Tatsache, dass ihr Vater gut und gern zwanzig Jahre jünger als ihre Mutter war. Skandal! Laut meinen Eltern, die ich mal heimlich belauscht hatte. Angeblich hatte sich der junge Metzgermeister aus dem Ruhrgebiet ins gemachte Nest gesetzt und die reiche Erbin aus rein finanziellen Erwägungen geehelicht. Wie man eine Metzgerei in Bubenorbis, und sei sie auch noch so gut gehend, als betörende Verlockung empfinden konnte, blieb mir allerdings bis heute ein Rätsel.

»Fluch?«, hauchte ich.

Sabine warf das beutelförmig vollgerotzte Schnäuztuch mit einem lauten »Pflatsch!« in meinen Papierkorb.

»*Du* wirst mich doch verstehen! Du hast doch so eine esoterische Ader. Und kennst dich mit Todesfällen aus. Niemand anderem würde ich das anvertrauen wollen außer dir!«

Sie sah mich trotzig an.

Ich sollte dringend mal an meiner Außenwirkung arbeiten.

Es stimmt schon, ich knete hin und wieder zum Spaß aus Modelliermasse kleine Voodoopüppchen und lege FreundInnen die Tarot-Karten, aber das macht mich noch nicht zur Fluch-Expertin. Und das mit den Todesfällen ist immens übertrieben. Bislang kreuzten nur vier Leichen oder so meinen Weg.

»Geh doch mal ins Detail«, forderte ich Sabine auf. »Was für ein Fluch? Woher? Und wie?«

Sie kippte den Rest Tee herunter. »Ich habe Hunger. Lass uns was essen gehen.«

Wir speisten in *Shiva's Garden*, meinem Lieblingsinder in der Calwer Straße. Das heißt, ich speiste *Chapati* und *Chicken-Curry (hot!)*, und Sabine kaute lustlos an einem Salat. Es war knallevoll, und wir mussten mit dem Katzentisch direkt unter dem Lautsprecher vorlieb nehmen. Aus diesem dröhnte ohrenbetäubend eine indische Melodie mitsamt männlicher Sangesstimme, die ich als unmusikalischer Mensch nicht von einer Katze im Mixer unterscheiden konnte und die meinem Trommelfell wehtat.

Aus Sabines Lippenbewegungen schloss ich, dass sie redete, aber ich verstand nur die Worte *Rhabarber, Rhabarber, tot* und *du bist doch so lieb, gell?*

Ich nickte.

Dann entrang sich mir ein nach Curry riechender Riesenrülpser, der die gesamte Calwerstraße in ihren Grundfesten erschütterte, gefolgt von sofortiger Erleichterung.

Wie sich am nächsten Morgen um sieben Uhr herausstellte – da klingelte Sabine mich wach –, hatte ich mich dazu verpflichtet, meine alte Freundin nach Bubenorbis zu begleiten, wo sie ihr Erbe in Augenschein nehmen sollte. Und sich dem Fluch stellen musste.

»Wieso hast du denn nicht gesagt, dass du kein Wort verstanden hast? Jetzt kann ich alles noch mal erzählen«, nölte Sabine empört, als wir auf der B27 in ihrem gelben Mercedes Cabrio nach Bubenorbis fuhren.

Gleich hinter Fellbach hatte es angefangen zu regnen, aber das Dach des Uraltwagens ließ sich nicht schließen, weswegen Sabine einen farblich zum Auto abgestimmten Plastikregenponcho trug, dessen Kapuze sie übergestreift hatte. Mir hatte sie dieses winzige Detail der kaputten Mechanik leider verschwiegen, weswegen ich ungeschützt nass geregnet wurde. Wenn Sie mich fragen, waren wir quitt.

»Also, eine alte Zigeunerin soll den Fluch Ende des achtzehnten Jahrhunderts ausgesprochen haben. Irgendein Vorfahre von mir hat sich wohl nicht damit begnügt, ihr kein Essen und kein Geld zu geben und sie vom Hof zu jagen, sondern hat auch noch den Hund auf sie gehetzt. Da hat sie die Familie verflucht. Das Familienoberhaupt sollte stets eines gewaltsamen Todes sterben. Idiot, blöder!«

Letzteres galt dem Taxifahrer, der nach erfolgtem Überholmanöver millimetergenau vor der Mercedesschnauze einscherte.

Mit meinen vom Regen klammen Fingern krallte ich mich in den Beifahrersitz. »Und daran glaubst du?«

»Wie sollte ich nicht? Der erste Schöttle wurde von einem Wolf zerfleischt, heißt es, und danach sind alle Männer meiner Familie aufs Grausamste umgekommen: Von Bullen zu Tode getrampelt, von Besoffenen erschossen, im Krieg geblieben. In der Art, eben. Keiner ist zu Hause im Bett friedlich eingeschlafen.«

Ich schürzte die Lippen. Seit zweihundert Jahren kein natürlich verblichener männlicher Schöttle mehr? Beachtlich!

Und schon reckte die Logik ihr nüchternes Haupt. »Aber Sabine, du bist kein Mann.«

»Doch, bin ich.« Sabine nickte, sah aber weiter auf den Asphalt. »Ich wurde als Junge geboren, aber als Mädchen erzogen. Und nach dem Abi habe ich mich dann operieren lassen.«

Mir muss wohl der Unterkiefer bis in den Schoß geklappt sein.

Sabine warf mir aus den Augenwinkeln einen Blick zu. »Reingelegt!«, kreischte sie fröhlich.

Dann lachte sie keckernd bis zum Ortsschild von Bubenorbis.

Der Regen tropfte, und meine Nase auch. Wir standen vor der Metzgerei Schöttle. Der Laden war geschlossen. *Wegen Todesfall*, stand auf einem Schild an der Tür zu lesen.

»Wollen wir nicht aussteigen?«, schniefte ich.

Sabine schüttelte den Kopf. »Nein, hier ist ja nur die Metzgerei. Mein Elternhaus steht am Waldrand.«

Das war mir neu. Sabine und ich hatten in Mathe voneinander abgeschrieben und uns gegenseitig Alibis gegeben, wenn wir mal mit einem Freund allein sein wollten, von dem unsere Eltern nichts wissen durften, aber Busenfreundinnen waren wir nie gewesen, und so weit ich mich erinnerte, hatte ich sie auch nie in ihrem Jungmädchenzimmer besucht. Das würde ich jetzt wohl nachholen.

Das Haus, eine ansehnliche Villa, lag etwas abseits. Was sage ich denn da – es lag so weit abseits, dass ich mich fragte, ob es Briefträger, Vertreter und Zeugen Jehovas jemals fanden. Wahrscheinlich nicht.

Wir traten ein, und es roch muffig. Mir fiel auf, dass ich mich zum Grund unseres Hierseins noch nicht geäußert hatte. Wie unhöflich.

»Mein Beileid, übrigens«, rief ich ihrem Rücken zu. Sie stand vor dem Goldfischglas.

»Schon gut, mein Vater und ich standen uns nie sehr nahe. Seit meine Mutter vor fünfzehn Jahren gestorben ist, habe ich ihn nur einmal gesehen, und das war bei Muttis Beerdigung.«

Der Goldfisch war seit dem Ableben seines Herrchens offenbar nicht gefüttert worden. Wie ein tollwütiger Piranha stürzte er sich auf die Futterflocken, die Sabine ihm ins Glas träufelte.

Ich ging in die Küche und hielt Ausschau nach etwas Trinkbarem. Die Milch war sauer, der Kaffee alle – aber zwei Teebeutel lagen noch in einer Dose. »Auch einen Tee?«

Sabine, die mir in die Küche gefolgt war, nickte und setzte sich an den Küchentisch.

»Was für ein Ende, so allein, in diesem Haus.«

Ich ließ sie reden.

»Die letzten Jahre war er nur noch selten in der Metzgerei. Er hatte es mit dem Herzen und konnte nicht mehr so recht. Eine Frau aus dem Ort hat ihm den Haushalt geführt. Ich war gerade zu Modeaufnahmen in der Karibik, als mich der Notar letzte Woche von Vaters Tod verständigte.«

»Du bist Model?«, fragte ich über das Zischen des Wasserkochers hinweg.

»Nein, Moderedakteurin.« Sabine nannte eine bekannte Frauenzeitschrift. »Jedenfalls muss er einen furchtbaren Tod gestorben sein.«

Sabine zog einen mehrfach gefalteten Zeitungsabschnitt aus der Po-Tasche ihrer Jeans und schob ihn zu mir rüber. METZGERMEISTER STIRBT FURCHTBAREN TOD stand da. Und etwas kleiner: SCHLUG DER FLUCH WIEDER ZU? MEHR AUF SEITE 3. Die Seite drei fehlte allerdings.

Ich schob das Blatt Papier zurück und goss das kochende Wasser über die knittrigen Teebeutel. »Wie ist es denn passiert?«

»Das weiß niemand. Man fand ihn tot in einer Lichtung. In den weichen Waldboden hatte er mit dem Finger einige letzte Worte geritzt: ›Es war der Hund!‹«

Ich warf Sabine einen kritischen Blick zu. Ein weiterer Beweis ihres abseitigen Humors? Aber nein, sie blickte ernst. Ihre Unterlippe zitterte.

»Der Hund?«

Sabine nickte. »Der Notar hat mir am Telefon erzählt, dass Vater auch Bisswunden hatte. Der Tod trat aber wohl durch Herzversagen ein.«

Jetzt weinte sie ein wenig.

Ich stellte ihr den Tee hin. Sie trank gierig, trotz akuter Verbrühungsgefahr. Dann stellte sie die Tasse ab und sah mich an. »Ich bin die letzte der Schöttles aus Bubenorbis. Jetzt wird der Fluch mich treffen!«

Gegen Mittag fing es an, wie aus Kübeln zu gießen. Sabine wollte unbedingt zu der Lichtung pilgern, an der ihr Vater den Tod gefunden hatte, und ich mochte sie in diesem Moment auch nicht allein lassen. Also pilgerte ich mit.

Dazu muss man erwähnen, dass ich in völliger Verkennung der Lage (man hatte mich ja auch nicht informiert) keinen Mantel mitgebracht hatte und daher von Sabine die Regenjoppe ihres verblichenen Vaters übergestreift bekam. Etwas makaber war das schon. Und auch etwas kalt. Die Joppe war nämlich nicht gefüttert. Wo bitte ist die globale Erwärmung, wenn man sie braucht?

Wir wanderten schweigend. Sabine ganz in Gedanken verloren, ich allmählich zur Eissäule erstarrend.

»Bist du sicher, dass du dich hier auskennst? Ist das der Weg zu der bewussten Lichtung?«, erkundigte ich mich, Stunden später, wie mir schien.

»Er hatte immer Angst vor Hunden«, erwiderte Sabine, offenkundig nicht als Antwort auf meine Frage. »Den allergrößten Stieren ist er furchtlos entgegengetreten und hat ihnen dieses Elektrokillerteil in den Anus geschoben, aber vor dem zahnlosen Schäferhund der Grieses hatte er eine Heidenangst.«

Sie schwelgte in Erinnerungen. Auch gut, das lenkt vom Schmerz ab.

»In der Zeitung stand, die Polizei suche jetzt den Halter eines Kampfhundes, den man in den letzten Monaten des Öfteren in und um Bubenorbis gesehen haben will. Ohne

Leine. Ohne Marke. Und wahrscheinlich zum Beißer getrimmt!«

Mir wurde mulmig.

»Hatte dein Vater eigentlich Feinde?«

»Du meinst, ob jemand absichtlich den Hund auf meinen Vater hetzte?« Sabine dachte kurz nach. »Ich glaube nicht, aber ich weiß ja auch nicht viel aus dem Leben meines Vaters. Er hat nie was gesagt, ehrlich, kein Wort. Nur die Fäuste hat er hin und wieder sprechen lassen.«

Ja, ich erinnerte mich an viele blaue Flecke und Striemen auf Sabines Gliedmaßen und Rücken, die in der Umkleidekabine vor dem Turnunterricht immer deutlichst zu sehen waren, aber damals war es noch Sache der Eltern, wie sie ihr Kind zu erziehen pflegten.

»Und nach dem Tod meiner Mutter wurde er noch verschlossener.«

Hm. War hier ein schweigsamer Mann mundtot gemacht worden?

»Wer könnte denn von seinem Tod profitieren?«, wollte ich wissen.

»Nur ich.«

Ich dachte nach. »Es kann aber doch kein Zufall sein, dass ein Mann, der eine panische Angst vor Hunden hat, ausgerechnet durch einen Hundeangriff stirbt.«

Sabine zuckte mit den Schultern.

»Hatte er sehr schwere Bissverletzungen?« Eine geschmacklose Frage, ich weiß, aber sie musste sein.

»Nein, offenbar nicht. Sein Herz hat vor Angst ausgesetzt. Lassen Hunde nicht von ihrem Opfer ab, wenn es tot ist?«

Gute Frage.

Wir erreichten die Lichtung.

»Das ist sie«, erklärte Sabine. »Ich erkenne sie an dem Hochsitz. Bis zu dem konnte sich Vater noch schleppen.«

Wir gingen hinüber. Man sah keine letzten, in den Boden geritzten Worte, die waren wohl entfernt worden, um keine Schaulustigen anzuziehen, aber mir wurde schnell klar, dass der Regen den Boden so aufweichte, dass ein Einritzen möglich war. *Venus was here*, schrieb ich zu Zwecken der Beweisführung mit meinem rechten Zeigefinger. Ging ganz leicht. Leichter jedenfalls, als anschließend hilfsmittellos den Dreck unter dem Fingernagel hervorzupulen.

Sabine war derweil auf den Hochsitz geklettert und meditierte in luftiger Höhe.

Und dann, wie es in den Büchern steht, zog mein ganzes Leben an mir vorbei, im Bruchteil einer Sekunde.

Ein riesiger, ach, was sage ich, ein gewaltiger Hund mit überbreitem Schädel und monströsen Hauern raste aus dem Wald auf mich zu. Die Erde bebte.

»Kletter hoch!«, schrie Sabine vom Hochsitz. »Schnell!«

Aber ich konnte mich nicht bewegen. Es ging einfach nicht.

Immer näher kam die Bestie, bis ich den faulen Atem zu riechen meinte.

Und dann war sie über mir!

Es wurde dunkel ...

Als ich wieder zu mir kam, dräute der gigantische Hund turmhoch über mir, die tonnenschweren Pfoten auf meiner Brust und die kolossale Zunge sabbernd in meinem Gesicht.

Kurz gesagt, er leckte mich, was das Zeug hielt, und das mit wedelndem Schwanz.

Irgendwie erinnerte mich das an meinen Exlover Urs.

Doch da wurde das Tier auch schon vorzeitig von mir geschoben, und zwei kräftige Männerarme wuchteten mich hoch.

»Das tut mir Leid, ich kann Ihnen gar nicht sagen, wie Leid mir das tut. Sind Sie in Ordnung?«

Ich nickte benommen.

Sabine war mittlerweile heruntergeklettert. »Theo? Theo, bist du das?«

»Sabine?«

Es folgte eine herzerweichende Szene mit Umarmungen und lauten »Das glaub ich nicht«-Rufen. Die Wiedersehensfreude schien groß und dauerte entsprechend lange. Ich setzte mich auf die Leiter und kraulte solange den Hund.

Theo war ein fescher Kerl, Typ markiger Landmann. Nett, aber sein Hund trug keine Marke. War das die berüchtigte Bestie von Bubenorbis?

Wuff, machte der Vierbeiner und warf sich auf den Rücken. Ich verstand das als Aufforderung zum Bauchkraulen.

Das donnernde Bellen brachte Sabine und Theo zurück in diese Realität.

»Ich habe das von deinem Vater gehört«, sagte Theo. »Mein Beileid.«

»Schon gut.« Sabine warf einen kritischen Blick auf den Hund.

»O nein!« Theo ahnte, was sie dachte. »Wolli hat mit dem schrecklichen Tod deines Vaters nichts zu tun! Wolli könnte keiner Fliege was zu Leide tun, er will immer nur kuscheln.«

Wie auf Stichwort robbte Wolli auf dem Rücken näher an mich heran. Schlamm spritzte auf.

»Aber wird dein Hund nicht gesucht?«, wollte Sabine wissen.

»Ja, klar, alle denken, er sei ein Kampfhund. Dabei ist man kein Kampfhund von Geburt, man wird dazu gemacht. Von Menschen!« Theo spuckte aus. Nur ganz knapp an meinem Hintern vorbei.

»Und jetzt haben die vom Amt eine Kampfhundesondersteuer erhoben, die kein normaler Mensch mehr berappen kann. Allenfalls noch ein Zuhälter. Ich kann mir ja kaum das Futter leisten. Was sollte ich denn tun? Wolli ins Tierheim geben? Dort habe ich ihn ja her, aus einem spanischen Tierheim. Beinahe hätte man ihn eingeschläfert. Aber das hat er nicht verdient. Also habe ich ihn hergeschmuggelt und nie offiziell angemeldet.«

Sabine nahm Theo fest in den Arm. So herzzerreißend fand ich die Geschichte gar nicht und wenn doch, hätte ich allenfalls den Hund umarmt.

»Mir war ja nie bewusst, dass du so ein großes Herz für Tiere hast«, flötete sie.

Theo errötete.

»Wir werden dich und Wolli nicht verraten. Versprochen!«

Sabine sah mich auffordernd an.

»Versprochen!«

Theo und Wolli begleiteten uns zurück zum Schöttle-Anwesen, wo wir fünf – Theo, Sabine, Wolli, der Goldfisch und ich – knochentrockene, altbackene Kekse aßen.

Theo erzählte, dass er sich nach einem abgebrochenen Medizinstudium gerade zum Förster umschulen lasse. Daher sein notorischer Geldmangel. Sobald er fest angestellter Waidmann sei, würde er dem Wolli ein Leben in Legalität ermöglichen. Bis dahin mussten Herr und Hund im Verborgenen Gassi gehen, meist nachts.

»Gibt es denn noch andere ... öhm ... Kampfhunde hier in der Gegend?«, wollte ich wissen.

»Nein, nur einen bissigen Schäferhund, aber der liegt immer an der Kette, der arme Wicht.«

Ich suchte nach der richtigen Formulierung. »Herr Schöttle hatte doch diese wahnsinnige Angst vor Hunden.

Wenn er nun den Wolli gesehen hat und aus Furcht die Situation missdeutete?«

Theo schüttelte vehement den Kopf. »Nein, ich bin doch immer dabei, wenn Wolli raus darf. Und glaubt mir, ich hätte erste Hilfe geleistet, wenn dieser Fall eingetreten wäre. Ist er aber nicht. Wir sind nie jemand begegnet. Nur ...«

»Nur was?« Ich wurde hellhörig.

»Einmal stand Frau Hellpach vor mir. Das war letzten Monat. Ein furchtbarer Abend, es hat geschüttet wie blöd. Ich denke aber, dass sie den Wolli nicht gesehen hat. Es war ja auch schon viel zu dunkel.«

Hm.

»Ich hatte schon Angst, sie würde ihre kleine Töle ausführen«, fuhr Theo fort. »Dann wäre Wolli sicher nicht zu bremsen gewesen. Aber sie hatte ihren Chihuahua nicht dabei. Was ein Glück.«

Ohne Angst um seine Füllungen biss er herzhaft in den letzten Keks.

Und da klingelte es an der Haustür.

»Ich hoffe, ich störe nicht.« Der grau melierte ältere Herr im dunkelblauen Zweireiher verbeugte sich andeutungsweise vor Sabine und mir.

Theo und Wolli waren flugs ins Schlafzimmer im ersten Stock verbannt worden. Nur der Goldfisch, nudeldick und satt gefressen, glotzte aus seinem Glas.

»Notar Büschler kommt extra heute am Sonntag, um mir das Testament zu übergeben«, erläuterte Sabine in meine Richtung. »Ich weiß das wirklich sehr zu schätzen«, sagte sie zu ihm. »Leider kann ich Ihnen nichts anbieten.«

Der Notar nickte würdig. »Ich bleibe auch nicht lange. Sie möchten in Ihrem Schmerz sicher allein sein. Hier das Testament.« Er überreichte Sabine eine dünne Mappe und sah mich durchdringend an. Wahrscheinlich überlegte er gerade, ob ich nur eine Freundin war und er mich daher aus Pietäts- und Vertraulichkeitsgründen des Zimmers verweisen sollte, oder ob ich die lesbische Lebensabschnittsgefährtin seiner Mandantin war und daher gewissermaßen ein Bleiberecht hatte. Er entschied sich offenbar für die letztgenannte Möglichkeit.

»Der gesamte bewegliche und unbewegliche Besitz Ihres Vaters geht an Sie über, mit einer geringfügigen Ausnahme: Der Haushälterin Ihres Vaters soll vom Konto ein kleiner Anerkennungsbetrag überwiesen werden.«

Er kritzelte die Summe auf einen Notizblock, und das so, dass ich sie nicht lesen konnte. Aber da Sabines Gesichtszüge nicht entglitten, ging ich davon aus, dass der Betrag wirklich mühelos zu verschmerzen war.

»Natürlich«, sagte Sabine. »Ich würde mich bei ihr auch gern noch persönlich bedanken.«

»Eine gute Idee.« Der Notar schien über so viel Mitmenschlichkeit richtig angetan und notierte die Adresse. »Da freut sich Frau Hellpach zweifelsohne.«

»Frau Hellpach?«, entfuhr es mir.

Notar Büschler drehte sich etwas widerwillig zu mir um. »Sie kennen sich?«

Ich verneinte. »Aber hat Frau Hellpach nicht so einen süßen kleinen Chihuahua?«

»In der Tat. Ein ganz prächtiges Exemplar. Sein Name lautet, wenn ich mich recht entsinne, Rutger – Rutger vom Ravenstein.«

Am Abend klarte es auf. Sehr zu meiner Freude. In einer wasserschwappenden Badewanne nach Stuttgart zurückzugondeln, hätte mir nicht behagt.

Aber auch so war es kein Zuckerschlecken. Sabine hatte

Theo und Wolli zum Abendessen nach Stuttgart eingeladen, und so kam es, dass Theo auf dem Beifahrersitz saß und Sabine anschmachtete, der offenbar gerade andere Dinge wichtiger waren als der auf ihr lastende Familienfluch, während ich mich hinten, auf den billigen Plätzen, neben Wolli quetschen musste. Der, wie ich hinzufügen möchte, unter extremen und geruchsintensiven Blähungen litt. Wahrscheinlich die Kekse.

Erschwerend kam hinzu, dass ich den Goldfisch in seinem Glas auf meinem Schoß balancierte. Ich hatte mich geweigert, den armen Flossenträger allein zurückzulassen. Womöglich wäre er verhungert.

Und während Sabine und Theo auf Teufel komm raus flirteten, Wolli rhythmisch alle dreißig Sekunden donnernd furzte und der Goldfisch sein Verdauungsschläfchen hielt, schossen mir furchtbar viele Gedanken durch den Kopf.

Zum Beispiel der Gedanke, ob es so etwas wie einen Fluch über zig Generationen hinweg wirklich gibt? Der Blutdurst der malträtierten Zigeunerin war doch sicher schon so um 1912 herum gestillt worden, oder nicht?

Ich dachte auch an Notar Büschler, der mir an der Haustür auf meine Frage hin noch mitgeteilt hatte, dass die Bisswunden in der Wade des verblichenen Herrn Schöttle keinesfalls von einem Kampfhund stammen könnten; die Polizei tippte auf einen kleinen Nager. Die Zeitungen hätten reißerisch übertrieben, wie üblich.

Ich dachte aber auch daran, wie wir – bevor wir uns auf den Weg nach Stuttgart machten – bei Frau Hellpach vorbeigeschaut hatten und wie sich ihr entzückender, nur an der Brust behaarter Chihuahua (mit einer Prise Dobermann) voller Schmackes auf die abgetragene Schöttle-Jacke stürzte und sich mit wild zuckendem nackten Hinterteil in den Jackenzipfel verbiss.

Sollte ihn Frau Hellpach auf den Geruch des alten Schöttle dressiert haben? Auf dass sich der Winzling beim Waldspaziergang kläffend auf ihn stürzte und ihn somit schnurstracks dem jähen Herztod in die Arme trieb? Sollte sie ihrem Arbeitgeber mit ihrem Rutger im Wald aufgelauert haben, wohl wissend, dass die Medien den ominösen Kampfhund beschuldigen würden? Sollte Frau Hellpach so perfide gewesen sein, weil sie hoffte, mehr zu erben als nur einen unbedeutenden Scheck, den sie nach einem kurzen Blick auf die Summe mit säuerlicher Miene entgegennahm?

Sollte ich meine Schlussfolgerungen jetzt irgendjemandem kundtun, auf dass der Gerechtigkeit Genüge geleistet würde?

Vielleicht hatten mir die Stinkewolken aus Wollis Hinterteil ja den Verstand umnebelt, aber ich sah Sabine und Theo vor mir, in ungefähr zwei Jahren, er der wackere Förster, im grünen Rock vor dem Kamin stehend, Wolli glücklich hechelnd zu seinen Füßen, und sie, die vom Fluch befreite rotwangige Herrin des Hauses, mit einem wonneproppigen Neugeborenen im Arm. Ich sah Frau Hellpach, mit tieffurchigen Unzufriedenheitsfalten auf der Stirn, wie sie in ihrer schmucklosen Einliegerwohnung mit knochiger Hand die Brustbehaarung ihres Chihuahua striegelte, ich sah den Goldfisch, der in seinem Glas in meiner Wohnung glücklich seine Bahnen zog, und ich sah Herrn Schöttle, der in einem großen Topf mit siedend heißem Öl neben all den anderen Kinderschlägern und Tierquälern brodelte.

Also, bei genauerer Betrachtung kam ich zu dem Schluss: Der Gerechtigkeit war bereits Genüge geleistet worden ...

In hoc signo vinces

(In diesem Zeichen siege ...
oder: Where no one went before!)

Als meine Cousine Tina es hörte, röhrte sie abfällig: »Bää, das ist jetzt nicht dein Ernst, oder?«

Als mein bester Kumpel Jacques es hörte, sagte er: »Nimm's mir nicht übel, aber ich persönlich kann damit nichts anfangen.«

Als meine Mutter es hörte, sagte sie: »Zieh dich bloß warm an!«

Worum es ging? Ich gedachte, an der FEDERATION CONVENTION in Bonn teilzunehmen, kurz FedCon.

Widerstand ist zwecklos!
Alte Borg*-Spruchweisheit
*Nein, nicht der ehemalige Tennisstar ...

Was, bitteschön, ist denn die FedCon, werden Sie jetzt fragen. Also, ich gestehe es gleich offen ein: Ich bin ein Trekker. Trekker, nicht die Geschlechtskrankheit, nein, Trekker, Sie wissen schon: Star Trek, *Raumschiff Enterprise*, der Typ mit den spitzen Ohren. Genau!

Ich bin alt genug, um schon anno 72 die Erstausstrahlung im ZDF gesehen zu haben. Das heißt, die Folgen liefen zeitgleich mit der Sportschau auf ARD, und ich durfte immer nur Weltraumoper schauen, wenn mein Vater zufällig aushäusig war. Besonders hingerissen war ich damals aber noch nicht.

Ich habe auch irgendwann in den Achtzigern ein oder zwei der Kinofilme gesehen; fand ich aber eher abtörnend. Der Typ mit den spitzen Ohren starb. (Keine Sorge, er stand von den Toten wieder auf, und das, ohne gleich eine Religionsgemeinschaft zu gründen ...) Es gab dann noch so was wie die *Nächste Generation* – für mich seinerzeit nix weiter als ein Neuaufguss, bei dem die Frauen statt unemanzipatorischer Megaminiröcke nicht weniger unemanzipatorische hautenge Ganzkörperstrampler trugen. Und der absolute Tiefpunkt war dann *Deep Space Nine*, eine Art Vetter dritten Grades der ursprünglichen Serie.

Fand ich alles ätzend. Hab ich nicht geguckt. Ich war ja als junger Mensch auch total fantasielos. Als ich klein war, hatte ich nicht mal eingebildete Freunde.

Doch dann kam der 7. Februar 1998 – ein Samstag.

Ich laborierte an einer schweren Erkältung. Meine beste Freundin war eben mit Sack und Pack und Mann und zwei Hunden und drei Katzen nach Hamburg gezogen, und mein damaliger Lover weilte beruflich in Passau. Niemand hielt also mein eiskaltes Händchen. Lesen konnte ich nicht, weil ich höllisches Schädelbrummen hatte, und im Fernsehen kam nichts, was mich auch nur annähernd interessiert hätte. Göttinseidank befindet sich im Erdgeschoss meines Wohnhauses eine supergute Videothek, also schlüpfte ich ungewaschen, ungekämmt und mit rot aufgequollener Nase in einen Trainingsanzug und schleppte mich nach unten. Es war gegen zwanzig Uhr. Die erst-, zweit- und drittklassigen Kinofilme waren alle schon ausgeliehen, die alten Schinken aus dem Lagerbestand hatte ich alle schon gesehen (ich besitze sozusagen die Platinkundenkarte), und das einzige, was ich noch nicht kannte, waren die Kassetten von dieser öden Serie *Deep Space Nine*. Das hilft dir beim Einschlafen, dachte ich so bei mir. In meinem geschwächten Zustand war es mir nicht möglich, den Ernst der Lage mit allen Konsequenzen abzuschätzen. Ich lieh mir die Kassetten aus.

Und saß am Haken.

Hoffnungslos.

Die Geburt einer Hardcore-Trekkerin.

Faszinierend!
Vulkanisch für »Guck an, wer häb au dös dacht!«

Einmal im Jahr treffen sich Menschen wie ich, besagte Hardcore-Trekker, im Marimax Hotel in Bonn. Manche von uns sind zünftig verkleidet und bunt bemalt, wofür sie dann Preise einheimsen und auf das offizielle Veranstaltungsvideo kommen. Andere, wie ich, reisen *au naturel* an, weil sie noch glauben, sich schämen zu müssen. Ich hoffe aber, dieses Weichei-Gehabe in ein, zwei Jahren abgelegt zu haben. Warum sollte ich mich auch schämen? Der Physiker Stephen Hawking und der junge König von Jordanien sind ja auch bekennende Fans! Ha!

So eine FedCon ist für den Trekker das, was für den Papst das Paradies ist: Ein Hort der Glückseligkeit, ein Schlaraffenland, die Insel der Seligen. Man kann für Hunderte von Mark Fan-Artikel im Ferengi-Markt kaufen (ich übersetze mal: im Händlerraum), sieht sich Uraufführungen frisch abgedrehter Star-Trek-Folgen auf dem Holodeck an (öhm: im Filmvorführraum), trifft hautnah seine Lieblingsstars aus den Star-Trek-Serien auf der Main Bridge (im Großen Konferenzsaal) und unterhält sich mit Fremden im »Quarks« (in der Bar), die nicht gleich (a) verständnislos, (b) entsetzt und/oder (c) verächtlich die Stirn runzeln, wenn man erzählt, schon die »Experience« (kann man nicht übersetzen, muss man erleben) in Las Vegas mitgemacht zu haben, sondern fragen, ob sie die Fotos dieser Reise sehen dürfen, die man doch ganz sicher im Geldbeutel hat. Man hat. Und zeigt. Herrlich!

Und ich werde nie vergessen, was alles geschah, als ich mich das erste Mal auf diese Wallfahrt begab.

Er ist tot, Jim.
Lieblingssatz von Dr. »Pille« McCoy

Ich pilgerte nicht allein, das ist doof und macht keinen Spaß, man will seine Begeisterung ja tauschen, nein, ich pilgerte mit meiner Freundin Alex.

Alex ist nicht ihr richtiger Name. Die Frau arbeitet als Personalchefin in einem großen Stuttgarter Konzern und will nicht als Trekker geoutet werden. Ihr Chef könnte womöglich auf den Gedanken kommen, dass eine dermaßen begeisterte Star-Trek-Anhängerin nicht die Richtige für einen so verantwortungsvollen Posten ist. Folglich kam Alex in Verkleidung und nahm mir ein Schweigegelübde ab. So viel sei aber gesagt: Falls Sie je während einer FedCon in Bonn sein sollten und Ihnen dort im Marimax Hotel eine aufreizende Klingonin begegnet (für Nichteingeweihte: Das ist eine Mischung aus einem umwerfenden Supermodel und einem stark behaarten Kampfhund), die Ihnen lauthals »Qapla!« (klingonisch für: »Guten Tag, herrliches Wetter heute. Geht es Ihnen gut? Mir auch, danke der Nachfrage!«) mit einem schwäbischen Akzent zubrüllt, dann antworten Sie artig: »Grüß Gott, Frau Dr. Drombowsky.«

Nun ist es ja psychologisch-wissenschaftlich-statistisch erwiesen, dass wir Menschen uns immer als das verkleiden, was wir gern wären, aber nicht sind. Klingonen sind beispielsweise in besagten Star-Trek-Serien groß gewachsene Raufbolde (die leicht in ihrer Ehre gekränkt sind, aber wunderbar loyale Freunde abgeben). Alex ist eher klein und zierlich, und wenn man ihr »Buh!« zuruft, fällt sie in Ohnmacht (obwohl ich gerüchteweise gehört habe, dass ihr Spitzname in dem Konzern »Die Eisenfresserin« lautet).

So wunderte es mich eigentlich nicht wirklich, als sie in der Mittagspause atemlos auf mich zugerannt kam.

»Da ist ein Mann auf dem Damenklo!«, spuckte sie mir ins Ohr.

Ich aß gerade mein *Gagh* (Spaghetti, die sich auf dem klingonischen Heimatplaneten bewegen würden) und trank einen Pflaumensaft à la Worf.

»Ja und? Unter 3000 liebenswerten Fans, die hier nichts weiter als eine gute Zeit haben wollen, kann ja mal ein schwarzes Schaf sein. Vielleicht ist ja auch das Herrenklo total überlaufen, und er wollte sein Kostüm nicht benässen.«

Diese Kostüme sind echte Handarbeit, wahnsinnig aufwändig. Ich fühlte mit ihm. Irgendwie.

»Nein, du kapierst es nicht!«, Alex hyperventilierte. »Du musst ihn dir ansehen!«

Ich habe schon viele Männer pinkeln sehen. Meistens meine eigenen, aber auch schräg gegenüber von meinem Arbeitszimmerfenster, im Badezimmer einer Stuttgarter Burschenschaft: Stehpinkler, Sitzpinkler und allesamt Nichthändewäscher.

»Kein Interesse«, sagte ich zwischen zwei Bissen. »Außer,

ich darf eine anatomische Besonderheit erwarten ...« Ich wackelte mit den Augenbrauen.

»Jetzt komm schon!« Alex zerrte mich am Kaftanärmel in Richtung Damenklo. Es war nicht ganz leicht, sich durch das Getümmel der wogenden Menschenleiber zu schieben. Aber schließlich gelang es uns. Und da, in der hintersten Kabine der lang gestreckten Hoteltoilette für Damen, saß ein Admiral der Sternenflotte auf der Porzellanschüssel.

Tot.

Schweigen ist Silber,
Reden ist Gold,
kräftig Reinsemmeln ist Latinum.
Motto des ersten Klingonen-Ferengi Kampfsportkorps

Im Star-Trek-Universum gibt es gute und böse Admiräle. Wie im richtigen Leben auch. Sind ja meine Worte: Star Trek ist eine Art Paralleluniversum zu unserer Alltagsrealität. Nur besser.

Mein erster Gedanke war, dass der Typ auf der Kloschüssel mit seinem roten Jäckchen und den Rangabzeichenknöpfchen wie ein böser Admiral aussah – ein korrupter, herzloser, vom Leben enttäuschter Admiral.

Mein zweiter Gedanke war: Würg!

Ich erleichterte mich in der Kabine nebenan.

Es war nicht meine erste Leiche, aber meine erste, bei der man am Hinterkopf das Gehirn herausquellen sah.

Dann strich ich Alex tröstend über den Unterarm – sie stand wie salzgesäult vor dem Toten. Aus der Kabine hinter uns kam eine auf »Trill« geschminkte Frau. »He, starke Inszenierung!«, lobte sie und ging zu den Waschbecken.

Ich beschloss, Alex sich selbst zu überlassen und rannte hinaus zu den Sicherheitsleuten am Eingang.

Na ja, und dann ging alles sehr schnell.

Beam me up, Scotty.
»9. Stock: Damenoberbekleidung, Haushaltswaren, Stoffecke.«

Die Vertreter der Bonner Mordkommission wirkten nicht besonders erfreut, als sie die offizielle Anwesenheitsliste der Veranstalter sahen: 3241 Verdächtige – darunter Menschen, die vom rasierten Kopf bis zu den Zehen mit blauer Farbe bemalt waren, andere Menschen weiblichen Geschlechts in giga-engen Polyesteranzügen, mit hoch gesteckten blonden Haaren und einer Art Metallteil über dem linken Auge. Und das waren noch die harmlosesten, sprich: die augenfreundlichsten Exemplare. Fasching war nichts dagegen.

»Lauter Verrückte«, murmelte einer der Beamten einer Kollegin zu, ich hörte es genau. Auch, wie sie ganze Hundertschaften an Verstärkung riefen, damit sich keiner der über 3000 Spinner heimlich verdrücken konnte.

Natürlich nahmen sie zuerst die Aussagen von Alex und mir zu Protokoll. Wir hatten die Leiche ja entdeckt. Und gemerkt, dass es keine preisverdächtige Performance eines durchgeknallten Fans war, sondern traurige Realität.

Ich saß gerade im leergeräumten Starcasino, wo sonst die TV-Promis aus den USA ihre von Hand geschriebenen Autogramme an Leute verteilten, die vor lauter Vorfreude ein Grinsen im Gesicht trugen, das ein abtrünniger Weight Watcher seinem ersten Cheeseburger seit Jahren zuwerfen mochte, und erzählte Hauptkommissarin Bauer alles, was ich wusste, was wie üblich nicht besonders viel war. Da trat der Gerichtsmediziner zu ihr und raunte ihr etwas ins Ohr.

Ich verstand nur »Fundort nicht Tatort« und »schon zwölf Stunden tot.«

»Sie sind erst heute Morgen angereist?«, fragte Frau Bauer anschließend.

Ich zog meine Zugfahrkarte aus der Umhängetasche, zusammen mit meiner abgestempelten Tageskarte, der Con-Badge.

»Tja«, sie lächelte, »dann sind Sie aus dem Schneider. Der Tote starb bereits gegen Mitternacht.«

»Da fällt mir aber ein Stein vom Herzen.« Das tat es wirklich. Ich hatte alle meine Schätze gekauft – zwei bajoranische Ohrringe, ein Autogramm von Majel Barrett, die CD von Uhura alias Nichelle Nichols und drei Videokassetten. Und ich hatte diverse Schauspieler auf der Bühne erlebt: Alle Frauen magersüchtig, alle Männer muskelgestärkt, allesamt austauschbar (woraufhin ich beschloss, dass ich lieber gar nicht wissen wollte, wer hinter der Rolle steckte). Jetzt wollte ich nur noch mit der Linie 63 zum Hauptbahnhof fahren und in den Intercity nach Stuttgart steigen.

»Selbst wenn Sie alle TageskartenbesucherInnen ausklammern, müssen Sie doch noch stundenlang Hunderte von FedCon-BesucherInnen befragen, oder?« Mein Gesichtsausdruck ließ Mitgefühl erkennen. So was nennt man Frauensolidarität, und ja, das gibt's: Im Star-Trek-Universum ist eben alles möglich.

Frau Bauer seufzte. »Mal sehen. Jede Minute kann sich an unserem Kenntnisstand etwas ändern. Sie können gehen. Mein Assistent begleitet Sie zum Ausgang.«

Ich war schon an der Tür, als mir etwas einfiel. Ist ja oft so, dass man etwas sieht, was man dann erst Tage später so richtig realisiert. So gesehen, war ich echt früh dran.

»Könnte ich wohl ein Foto des Opfers sehen?«, fragte ich Frau Bauer.

Die Hauptkommissarin runzelte die Stirn. »Wir pflegen die Schaulust Unbeteiligter normalerweise nicht zu unterstützen.«

Ich schüttelte den Kopf. »Nein, das ist es nicht. Ich erinnere mich gerade an ein Detail.«

»Was für ein Detail?«

»Dazu müsste ich den Toten sehen.«

»Na, dann auf.« Sie erhob sich, und gegen meinen Willen wurde ich hinunter in das Erdgeschoss und zur Toilette geführt. Ein Foto wäre mir, schon rein aus geruchstechnischen Gründen, lieber gewesen ...

Mehr ist gut,
alles ist besser.

Ferengi Erwerbsregel Nr. 242

Die Leiche wirkte noch jungfräulich unberührt, obwohl sich mittlerweile an die zwanzig Beamte der Spurensicherung um sie drängelten.

Angesichts der Lokalität fiel mir wieder ein, dass ich drei große Pflaumensaft getrunken hatte, die bei jedem Schritt in mir blubberten. Aber die Toiletten waren tabu.

»Nun«, meinte Frau Bauer eine Spur ungeduldig, »was genau ist Ihnen an der Leiche aufgefallen?«

»Die Hosen!«

Ein Blick auf den steifen Unterkörper reichte, um mich beinahe triumphal aufheulen zu lassen. (Hm, ich wünschte, das würde öfter in meinem Schlafzimmer passieren.)

Frau Bauer blieb ratlos. »Ja und?«

»Das ist die braune Hose von Odo, dem Formwandler. Und die Stiefel gehören doch ganz eindeutig einem Klingonen. Sehen Sie nicht die zahnartige Ausbuchtung?«

Ich hatte mich in Erregung gebrüllt. Jetzt erst wurde mir nämlich das ganze Ausmaß dieser schändlichen Kombination bewusst.

Frau Bauer und die anwesende Herrenschar der Spurensicherung starrten mich glasig an. Gleich würde einer mit einer Zwangsjacke aufwarten.

»Verstehen Sie denn nicht?«, rief ich. »Kein echter Trekker würde so was anziehen. Wenn man nur ein Oberteil hat und kein passendes Unterteil, dann trägt man es nicht. Oder im schlimmsten Fall zieht man Jeans dazu an. Aber man würfelt nicht alle Völker und Ränge durcheinander. Niemals!«

Frau Bauer musterte mich prüfend, aber wohlwollend. »Das heißt?«

»Das heißt, dass der Tote kein Fan ist. Er ist nicht nur kein Trekker, er hat sich offensichtlich auch nie damit beschäftigt. Der gehört gar nicht hierher.«

Frau Bauer nickte. Langsam erfasste sie wohl die tiefere Bedeutung meiner Worte. »Er wollte sich also kostümiert einschleichen«, folgerte sie schneidig – und total daneben.

Ich winkte ab. »Mit dem linken Stiefel am rechten Fuß und dem rechten Stiefel am linken Fuß?« Ob der martialischen Form eines klingonischen Durchschnittsstiefels mochte dieses Detail dem Unbeleckten nicht sofort auffallen. Mir dagegen schon.

Alle senkten den Blick. Jemand holte tief Luft.

»Nein, ich glaube eher, dass man dem bereits Toten die Uniform übergestreift hat.« Ich wuchs mal wieder über mich selbst hinaus.

»Wissen Sie was?« fuhr ich fort. »Sie sollten bei den FedCon-Besuchern, die hier im Hotel wohnen, einmal nachfragen, ob jemand bestohlen wurde. Ob eventuell eine Admiralsjacke, eine DS9-Sicherheitschefhose und ein Paar Klingonenstiefel aus den Gästezimmern verschwunden sind.«

»Aus den Zimmern? Das würde bedeuten, dass der Mörder Zugang zu allen Zimmern hatte.«

Ich nickte.

Huldvoll.

Dann schoben mich kräftige Hände in Richtung Ausgang.

Bei Graptas Hammer!
Oops – falsche Baustelle ...

Alex und ich nahmen den Intercity 15 Uhr 48 ab Bonn Hbf, nur dass der wegen Gleisarbeiten in Köln erst um 16 Uhr 11 eintraf. Wir setzten uns in den Speisewagen und tranken Wein. Zu medizinischen Zwecken. Und in rauen Mengen. Wie wir in Stuttgart aus dem Zug kamen, weiß ich nicht mehr. Wahrscheinlich beförderte uns ein freundlicher Schaffner hinaus. Oder in meinem Fall zwei Schaffner.

Erst als ich am nächsten Morgen verkatert aufwachte, merkte ich, dass ich meine Stofftüte mit den FedCon-Einkäufen irgendwo zwischen Bonn und Stuttgart verloren haben musste. Jedenfalls war sie weg. Und meine gute Laune auch. Für die nächsten drei Monate.

Über Umwege erfuhr ich, dass der Tote ein Drogendealer war. Ein unzufriedener Geschäftspartner, Lebensgefährte eines Hotelzimmermädchens, hatte seine Idee, sich Klamotten von den irren Trekkies anzueignen und den Toten dann mitternächtlich auf dem FedCon-Klo zu verstecken, für genial gehalten. Sollte doch einer dieser Weltraumspinner dafür büßen. Diese Fehleinschätzung würde er nun fünfzehn Jahre lang bedauern können, so viel hat er nämlich aufgebrummt bekommen.

Was lernen wir daraus?

Unterschätze niemals einen Trekker!

Dies miserabilis

(Oder für alle Nicht-LateinerInnen:
Ein verdammt schlechter Tag ...)

Woran erkennt man einen echt schlechten Tag?

Mir machte es das Schicksal leicht: Mitten im Shamponieren meines wallenden Haupthaares, es war kurz nach neun und mein ganzer Körper war noch voll geseift, fiel plötzlich das heiße Wasser aus.

Als ich nach viel Gekreische, noch bibbernd von der Kaltwasserbrause, in die Küche wankte, um mir mit einer starken Tasse Instant-Kaffee über diesen Schock hinwegzuhelfen, musste ich feststellen, dass sich der Kühlschrank über Nacht aufgetaut hatte. Also, *ich* hatte ihn nicht darum gebeten.

Es stank, und in der Lache übel riechender Brühe, die sich unter dem Uraltteil, das ich mit der Wohnung übernommen hatte, befand, schwamm ein totes Silberfischchen.

Prost Mahlzeit!

Ich wickelte eine Rolle Kleenex auf und tunkte den Zellstoffberg in die Lache.

Auf dem Weg ins Wohnzimmer kamen mir schon die ersten Federn entgegen. Und in der Tat, meine beiden Wellensittiche waren in der Mauser und hatten offensichtlich mal wieder eine mitternächtliche Panikattacke hinter sich.

Im Wohnzimmer sah es aus wie nach einer Federkissenschlacht aus einem Internatsfilm der Siebziger.

»Sch ... vögel!«, brummte ich und marschierte angenervt zurück ins Schlafzimmer. Im Flur musste ich bemerken, dass der jüngste Neuzugang in meiner Kleinfamilie, ein fetter Goldfisch, wie tot auf dem Boden seines Glases lag. Hm, schwammen tote Fische nicht mit dem Bauch nach oben an der Wasseroberfläche?

Ich beschloss, mir keine Sorgen zu machen, und stieg in Jeans und T-Shirt. Wenn eine es verdient hatte, ihren Morgenkaffee im *Ronzino* einzunehmen, dann ich.

Wer das *Ronzino* nicht kennt: es ist eine elegante Espressobar im Stuttgarter Zeppelin-Carré. Erste Adresse für Wichtigtuer und Kaffeeliebhaberinnen. Selbstredend gehöre ich zur zweiten Kategorie. Und selbstredend merkte ich an diesem besagten Höllentag erst beim Eintreten in die edle Halle, dass der Reißverschluss an meiner Jeans den Geist aufgegeben hatte. Und mein T-Shirt reichte nur bis zum Bauchnabel.

In der sich sekündlich vergrößernden Lücke wurde das Haupt von Minnie Maus sichtbar. Ich hätte diesen elenden Schlüpfer, den mir meine Mutter in einem Care-Paket zum letzten Osterfest geschickt hatte, stante pede entsorgen sollen ...

Zu spät.

Nach einer notdürftigen Reparatur auf dem riesigen Damenbequemklo und einem hastig hinuntergestürzten Latte Macchiato klaute ich die *Stuttgarter Zeitung*, die der Herr neben mir nachlässigerweise auf seiner roten Ledersitzbank hatte liegen lassen, während er, bestimmt stehpinkelnd, seinen großen Milchkaffee entsorgte, und hastete, mir die Zeitung vor den Schritt haltend, nach Hause.

Dort empfing mich die Stentorstimme meines derzeitigen Lovers Bruno, eines begnadeten Jungschauspielers, auf dem Anrufbeantworter. Herumdrucksend.

»Du ... äh ... Schatz ... wir müssen reden!«

Den Spruch kannte ich. Die finale Verabredung stand an. Irgendwas in Richtung »mehr Freiraum«.

Es wundert ja wohl nicht, dass ich nach all dem etwas unkonzentriert an meinem PC saß und die Übersetzung einer philippinischen Jungfräulichkeitsbestätigung ins Deutsche in die Tasten schlug.

Die Cola, die ich als Konzentrationshilfe nippte, verfehlte gegen elf Uhr elf meinen Mund, landete in der Tastatur und machte nicht nur das Weiterarbeiten unmöglich, sondern ließ auch den Abholungstermin platzen. Als die amtlich bestätigte Jungfrau um kurz nach zwölf bei mir klingelte, fand sie nichts weiter vor als eine klebrige Tastatur, eine Übersetzerin mit einer notdürftig an Ort und Stelle gehaltenen Jeans und über allem der brackige Gestank von Abtauwasser, der aus der Küche herauswaberte.

Um 13 Uhr gab ich den Kampf gegen das Schicksal auf, stieg in mein zweites Paar Jeans und marschierte ins *Café Eberhard*, um mich an einem Johannisbeerkuchen (mit echter Sahne – nicht aus so einer Sprühflasche!) gütlich zu tun.

Wenn man als Frau im *Café Eberhard* sitzt und sich plötzlich und unerwartet ein Mann erkundigt, ob er sich zu einem setzen darf, dann hat man allerhöchstens den Austausch von Modetipps zu erwarten.

Das Erste, was er denn auch sagte, war: »Interessant, ein roter und ein blauer Turnschuh. Absicht?«

Er sprach nicht in Rätseln, sondern von meiner Fußbekleidung. Ich errötete, aber kurz darauf stellte sich heraus, dass er diese Mischung apart fand. Und die ganze pralle Frau auch.

In meinem Alter hört man das Wort »apart« immer seltener, darum erholte ich mich rasch von meiner Verblüffung und versprühte Charme.

Mit meiner Sprühfontäne warf ich keine Perlen vor die Säue. Erstens war Patrick keine Sau, sondern ein Keiler, noch dazu einer, der gutes Aussehen und Humor in sich vereinte. Gut, Intellekt gehörte nicht zu seinen Vorzügen, aber frau darf nicht unbescheiden sein.

Er lud mich auf einen Sekt ein. Und weil ich, Urgestein der Siebziger, emanzipiert bin, lud ich anschließend ihn zum Sekt ein. Dann gab's einen Sekt auf Kosten des Hauses. Offenbar feierte irgendjemand Geburtstag oder schwulen Hochzeitstag oder was immer.

Nach drei Sekt auf einen leeren Magen (ein Stück Johannisbeerkuchen zählt nicht) bin ich nicht mehr Herrin meiner Sinne. Wen wundert es, dass ich, als ich wieder klar denken konnte, in meinem Bett lag. Nicht allein, versteht sich.

Draußen war es schon dunkel. Der Geruch nach Brackwasser war fast verflogen (alle Fenster standen sperrangelweit auf, und es war arschkalt, aber es roch wieder halbwegs erträglich).

Als ich, an seine gleichmäßig atmende Männerbrust gelehnt, darüber sinnierte, dass alles Böse eine gute Wendung findet und man den Tag nicht gleich beim Aufstehen verfluchen soll, klingelte es an der Wohnungstür.

Eigentlich war ich ja zu faul, um mich aus der gemütlichen Liebeslaube zu heben, doch Neugier, dein Name ist Weib. Ich kam nicht weit. Eine haarige Männerpranke drückte mich aufs Bett zurück, und ein Bariton murmelte: »Lass es klingeln ...«

Ich ließ es klingeln.

Dumpf über die Küsse hinweg hörte ich Schritte.

Schritte? Da wurde auf einmal die Schlafzimmertür aufgerissen. Auf der Schwelle stand Bruno, mein Lover. Er trug nichts weiter als ein rotes Spruchband mit der Aufschrift WILLST DU MICH HEIRATEN?

Wissen Sie, es gibt Tage, da sollte man einfach nicht aufstehen ...

Danksagungen

COGITO ERGO SUM – ich denke, also bin ich. Schön und gut, aber das reichte noch nicht, um dieses Buch zu schreiben. Ich musste auch was erleben.

Alle Geschichten sind mir genauso – oder doch fast so oder zumindest ziemlich ähnlich – passiert. Ich danke daher den Menschen meines Umfelds, vor allem Sophie (die es wirklich gibt, obwohl sie selbstredend in Wirklichkeit keinerlei Ähnlichkeit mit der hier dargestellten fiktiven Person hat – sie ist noch viel schlimmer) und *Büchmanns Geflügelten Worten* (Droemer Taschenbuchausgabe von 1977).

Alle Figuren in diesem Buch sind natürlich – mehr oder weniger – meiner blühenden Fantasie entsprungen. Außer meinem Alter Ego: Ich bin auch im realen Leben unleidlich, übellaunig, politisch total unkorrekt, ätze ständig herum und leide unter fortgeschrittener Paranoia.

GOLDMANN

*Das Gesamtverzeichnis aller lieferbaren Titel erhalten Sie
im Buchhandel oder direkt beim Verlag.
Nähere Informationen über unser Programm erhalten Sie auch im Internet unter:*
www.goldmann-verlag.de

★

Taschenbuch-Bestseller zu Taschenbuchpreisen
– Monat für Monat interessante und fesselnde Titel –

★

Literatur deutschsprachiger und internationaler Autoren

★

Unterhaltung, Kriminalromane, Thriller
und Historische Romane

★

Aktuelle Sachbücher, Ratgeber, Handbücher und
Nachschlagewerke

★

Bücher zu Politik, Gesellschaft, Naturwissenschaft und Umwelt

★

Das Neueste aus den Bereichen
Esoterik, Persönliches Wachstum und Ganzheitliches Heilen

★

Klassiker mit Anmerkungen, Anthologien und Lesebücher

★

Kalender und Popbiographien

★

Die ganze Welt des Taschenbuchs

★

Goldmann Verlag • Neumarkter Str. 18 • 81673 München

Bitte senden Sie mir das neue kostenlose Gesamtverzeichnis

Name: _____

Straße: _____

PLZ / Ort: _____